歪つ火

JN082148

三浦晴海

角川ホラー文庫
23979

目次

いななき森林キャンプ場

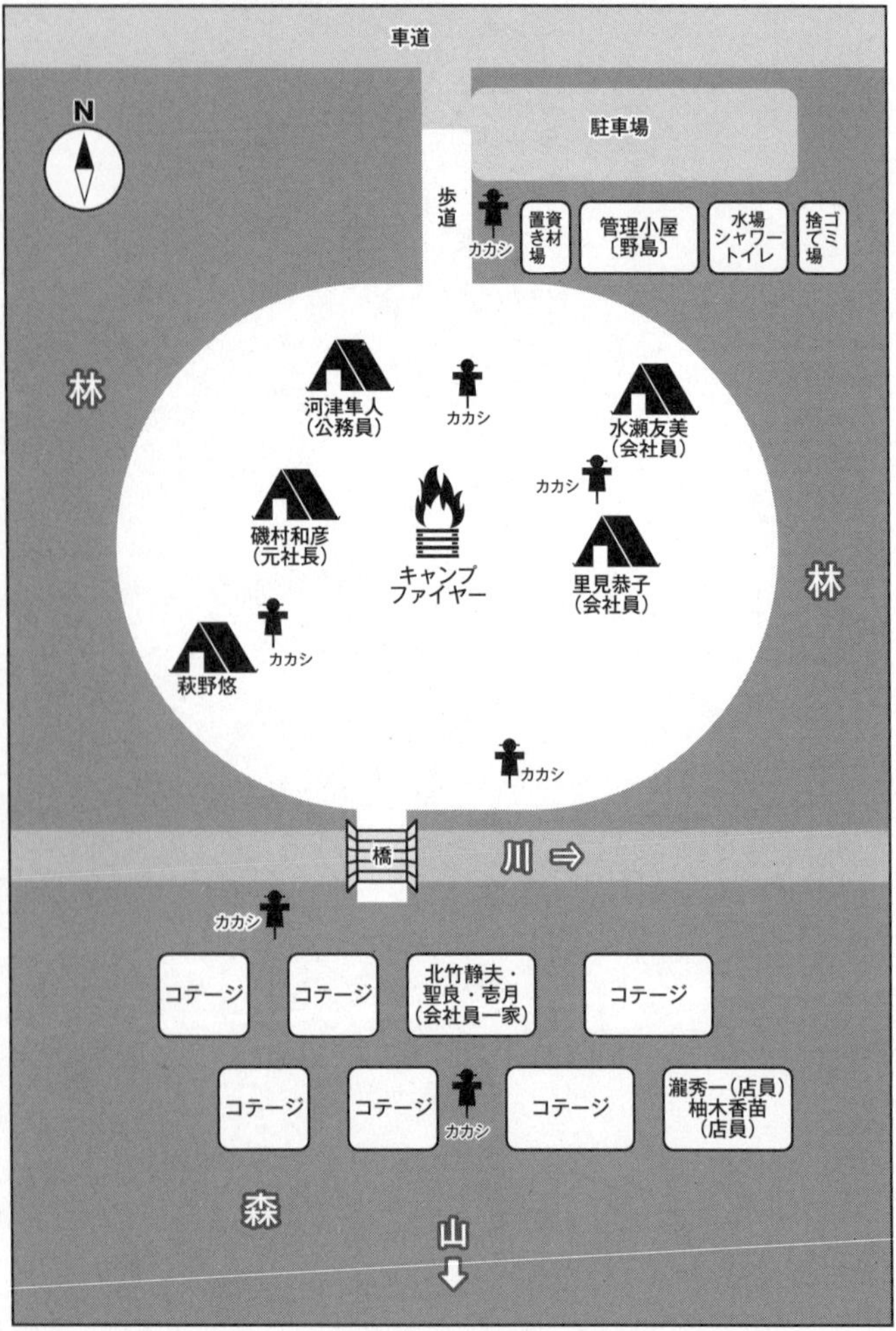

第一章　招《しょう》禍《か》

1

その日、会社を休もうと思ったのは、カーテンの隙間から差し込んだ朝日が眩《まぶ》しかったからだった。季節によって角度を変える陽光が一直線に枕元まで届いて、水瀬《みなせ》友美《ともみ》は白い光に包まれて目を覚ました。その瞬間、今日は野外で過ごさなければならない、あの狭い総務部のオフィスで働いている場合ではないと確信した。

その他の理由もなかったわけではない。以前から職場の環境に馴染《なじ》めず出勤するのが億劫《おっくう》だったこともあるだろう。必要のない会議に駆り出されたり、間違いだらけの仕様書を修正させられたり、ずさんな営業の要求に振り回されたり、上司の都合でルールをねじ曲げられたり、忙しい最中《さなか》にお茶《ちゃ》汲みや苦情対応を強いられたり、陰口を叩《たた》いて笑い合ったり、残業時間が三十分単位で切り捨てられたり。中小企業にありがちな馴《な》れ合いとしがらみが混在する閉鎖的な風土に鬱憤《うっぷん》を溜《た》め込んでいた。

しかしそんな細々《こまごま》とした不満だけでは説明できない気持ちもあった。私は今の仕事、産業機械メーカーの事務職に向いていない。いや、他のどんな仕事にも、この社会そのものにも向いていない。子供の頃から二十六歳の今まで、いつも自分の居場所が分からないという思いを抱き続けていた。ここは私が生きるべき世界じゃない。それでもこの世界で生きていくしかない。そんな相容《あい》れない思いが極まると、きまってバイクに乗って遠くへ行きたい気持ちに駆られた。

ベッドに寝転がりスマホで行き先を検索する。こういう時は行き慣れた場所を避けて直感で選ぶのがいい。その見知らぬ土地が私の本当の居場所かもしれないと、勝手にストーリーを想像して現実逃避できるからだ。アウトドアばやりのおかげで候補地はいくらでも選択できる。でもレビュー評価は先への楽しみが薄れるので見ないようにした。

いつでも出かけられるようにとキャンプ用品は部屋の隅にまとめてある。食材は冷蔵庫にある物に加えて、移動中にどこかで買い足せばいいだろう。目的地を決めてルートを確認すると、やおらベッドから降りて支度を始める。会社を休もう、キャンプへ行こうと決めると途端に胸が昂《たか》ぶり頭が冴《さ》えてきた。

先日買ったばかりの新しいパーカーを着て、動きやすいストレッチデニムを穿《は》く。靴はバイクの運転と野外活動を考えて足首まで隠れるブーツでいいだろう。パーカーはモスグリーン色で、火の粉が飛んでも穴が空きにくい難燃《なんねん》加工が施されていた。洗面所で長い髪を後ろに流して首元近くで団子にする。これはヘルメットを被《かぶ》った時に収まりやすい髪型として長年の研究の末に辿《たど》り着いたものだった。あとはファンデーションと日焼け止めだけを塗って準備を終えた。

一式を詰め込んだボストンバッグとテントを背負ってマンションの駐車場へ向かう。購入から三年目になる中型バイクは、つい先日ローンを完済して真の相棒となっていた。平日の早朝にカバーを外されて困惑したようだが、チェーンを解《ほど》かれて遠出ができると分かるとすぐに喜び車体を震わせた。バイク乗りはまるで機械やエンジンを命ある動物のように扱うが、実際に乗り続けていればそれが愛着ではなく真実であると気づく。少なくともこのバイクには柴犬《しばいぬ》かポニーくらいの知性と感情を持ち合わせていた。

同じマンションに住むスーツ姿の女性がちらりと目を向けて隣を通り過ぎていく。友美はその様子を見て我に返ると、スマホから会社の上司にメッセージを送った。無断欠勤すると、事故に遭ったか急病で倒れたかと電話を掛けてくるかもしれない。しかし朝日が眩しいので休みますと説明してもきっと理解されないだろう。それで本日は有給休暇を頂戴《ちょうだい》しますと入力するだけに留《とど》めておいた。

送信ボタンをタップしてから、もっと別の文面のほうが良かったのではと思い直す。今までお世話になりましたとか、旅に出ますので捜さないでくださいとか。意味深長《いみしんちょう》に伝えて驚かせたほうが面白かったかもしれない。いや、騒ぎが大きくなって捜索願《そうさくねがい》でも出されたら大変だ。友美は浮かれた気分を心の中で抑えてから、少し自己嫌悪を抱く。冗談とは思われないような気がした。

2

高速道路を下りてからは想像以上の山道となり、友美は晴れ晴れとした気分も忘れて難路の運転に集中した。スマホのナビゲーションはルートこそ正確だが高低差までは表示されず、急峻《きゅうしゅん》な坂道には焦りを覚えるほどだった。おまけに画面上で行き先を拡大すると、道が途中で終わってキャンプ場まで繋《つな》がっていない。もしやバイクを降りて山登りをするのかと思ったが、行ってみると問題なく道があって安心した。どうやら公道ではなく私有地となっているようだ。

辿り着いたキャンプ場は意外にも綺麗《きれい》に整備されて、第一印象では信頼できる施設のように感じられた。周辺の木々は邪魔にならないよう切り揃えて枝葉も掃除されている。駐車場もきちんとアスファルトを敷いて区切りの白線も引かれていた。世間には水溜まりだらけの草むらや砂地を囲っただけの駐車場も少なくはない。それに比べるとここは管理が行き届いていると言えるだろう。

駐車場には五台の車と二台のバイクが停まっている。従業員のものがあったとしても、他にいくらか客もいるようだ。友美はこのキャンプ場に利用の予約もしていない。とにかくどこかへ行きたいという衝動に突き動かされてここまでやって来た。思いがけない場所に期待していたところもある。野外活動にはそれくらいの余裕を求めていた。

平日なので満員ということはないだろうが、定休日や、すでに潰《つぶ》れて閉鎖している可能性はあった。どうやらそれは免れたようだが、まだ当日の受付や予約なしの来場を断られる恐れが残っていた。もしそうなれば諦《あきら》めるしかない。せっかくだが引き返して、日帰りのできる温泉にでも浸《つ》かってから帰宅するつもりだ。まさかどこかの森で勝手に野宿をするわけにもいかない。そこまでの冒険は望んでいなかった。

駐車場の奥は石段のある緩やかな斜面になっており、その先に三角屋根を載せたログハウス風の建物が見える。あれがキャンプ場の管理小屋なのだろう。その手前には横長の板に『いななき森林キャンプ場』と書いた看板がある。事前に調べた通りの場所に違いなかった。

立て看板の側では一人の男がこちらを見下ろしている。カーキ色のオーバーオールに麦わら帽子を被った大柄な人物が顔を向けて立っていた。遠さと逆光のせいで表情までは分からないが、服装と身長の高さから見ても男性だろう。見返しても動き出さない様子から、このキャンプ場の従業員に思えた。

友美は気まずい空気をいなすように会釈する。だが相手はそれでも微動だにせず無言で威圧感を醸し出していた。何か気にくわないことでもあるのか。予約もせずにやって来た女を何者だろうと見定めているのか。少し緊張しながら石段を上がって近づくと、ようやくその態度の真相に気づいた。男は動くはずのないカカシだった。

木の杭《くい》を支柱にして宙《ちゅう》に浮かぶようにカカシが立っている。駐車場から見上げると支柱の部分は傾斜に隠れるので、異様に背が高く見えていたようだ。カカシのくせに少し猫背で、両腕も真横に伸ばさずだらりと下げている。体は綿でも入れているのか肉付きがよく、服も絵ではなく市販されている物を身に着けているので違和感はなかった。ただし顔はベージュ色の布が貼られただけで目鼻などは描かれていなかった。

友美は鼻で小さく溜息《ためいき》をつくと、冷めた目を向けて横を通り抜ける。立て看板の飾りか、ちょっとしたお遊びか。出迎えの演出としてはあまり趣味が良くない。複数人で来ていたら驚いても笑いの種になるだろうが、一人で来て騙《だま》されたら馬鹿みたいだ。それとも見間違えるほうが珍しいのか。いや、あのカカシには悪意があった、と自問自答を繰り返して恥ずかしさをごまかした。

キャンプ場は管理小屋を北側の縁にしたシェラカップ状というか、底が平らなすり鉢状に敷地が広がっている。手前には短い草の生えた広い砂地があり、自由にテントが張れるフリースペースとなっていた。その奥には東西を横断するように川が流れ、橋を渡った先には南側の斜面に沿って数棟のコテージが建っている。こちらはテラスでバーベキューをして室内で寝泊まりできるようだ。

コテージは丸太小屋をイメージした佇《たたず》まいで、宿泊者の人数に合わせられるようそれぞれ大きさが異なっている。橋に最も近い一棟のテラスには客らしき男の姿が見えた。テントサイトのほうには客が持ち込んできた色も大きさも様々なテントが四つ見える。仲間内ではないらしく、テント同士は縄張りのように一定の距離を開けて張られている。

そしてテントとテントの間には例のリアルなカカシがぽつりぽつりと立っていた。

カカシはおのおの体格や服装を変えつつ敷地に点在している。もはや騙されることはないが、テントを張る際の障害物にならないだろうかと気になった。いや、むしろこれはロープや白線を用いずにテントサイトを区切るために立てられているのか。カカシを避《よ》けてテントを張れば、おのずと見えない一区画を占有できるということだ。

もしそうならば考えたものだが、それなら樹木でも植えたほうがふさわしい気もする。やはり単なるオーナーやスタッフの趣味か。似たり寄ったりな他との差別化を狙ってのことか。ひとまず友美の頭には、カカシのいるキャンプ場と記憶された。

3

管理小屋はやはり目の前にある三角屋根の広い建物だった。正面へ回ると看板の下に『受付・売店』の表記があった。建物の右隣にはトイレとシャワー室があり、さらに共用の水場とゴミ捨て場が設けられている。左隣は庇《ひさし》の下に薪《まき》が積まれて、『一束《ひとたば》三〇〇円』と値札が付けられていた。

小屋に入ると右が受付で、左は売店になっている。さらに奥にもう一つ広い部屋があり、そちらにはテントやウェアや焚火台《たきびだい》などキャンプ用品が販売されているようだ。売店ではカップラーメンやアイスクリームなどの軽食から、紙コップやウェットティッシュなどの日用品、さらにバドミントンのラケットや水鉄砲、それにシャボン玉ができる玩具《おもちゃ》などが陳列されていた。

シャボン玉の玩具は息を吹きかけて飛ばすオーソドックスなものから、ドライヤーのような形状で大量に噴射できる電動式の物まで多数揃えられていた。汚れることを気にせずに遊べるのでアウトドアの定番だ。それを前にして二人の子供があれこれ触れて遊んでいる。小学生高学年くらいの女の子と未就学児くらいの男の子。恐らく姉と弟だろう。二人とも右の手首に緑色の虫除《むしよ》けリングを着けている。目を輝かせて声を上げる男の子を、冷めた目をした女の子が相手をしている風だった。

受付カウンターには三十代くらいの男がいた。直線的な眉《まゆ》に目尻《めじり》の下がった顔つきで、鼻の下と顎《あご》に薄く髭《ひげ》を生やしている。ネイビーのキャップの上にサングラスを載せて、ロングスリーブのTシャツを身に着けていた。

キャンプ場のスタッフらしく、筋肉質のスポーツマン的な印象がある。うつむいて何やら事務仕事をしているようだが、時折《ときおり》目線だけを上げて小屋内の様子を窺《うかが》っていた。首から下げたネームホルダーには野島《のじま》とある。友美が近づくと彼は一瞬だけ顔を上げてから、またすぐに下を向いた。

「あの……」

「はい、なんでしょうか」

野島は潑剌《はつらつ》とした声を上げるが、顔をこちらに向けようとはしない。何か仕事が立て込んでいるのか。少し気まずい空気が流れた。

「……キャンプ場を、使わせてほしいんですけど」

「ええ、どうぞご自由に」

「いえ、そうじゃなくて。初めて来たので受付を……」

「あ、はい。受付ですね」

野島は妙に視線が定まっておらず、友美の顔を見たかと思うと右に逸《そ》らしたり、左に逸らしたりと落ち着きがなかった。

「それじゃ、ええと、こちらの受付用紙に名前や連絡先などをご記入お願いします」

「予約も入れずに来てしまったんですけど、大丈夫でしょうか？」

「はい、大丈夫です」

「……一人の、ソロキャンプで、テントサイトで一泊、できますか？」

「はい、はい」

野島は目を泳がせたまま強くうなずいた。友美は軽く顎を下げると卓上のペンを取って受付用紙に記入を始めた。態度がぎこちないのは受付業務に慣れていないのか、元からそういう対応なのか。アウトドア好きには二種類の人間がいる。ひとつは街を離れて自然の中で皆と自由を楽しみたい人。もうひとつは集団が苦手で自然を相手に一人黙々と野外活動がしたい人だ。彼の性格は後者らしい。きっと力仕事や工作は得意だが、接客は苦手なのだろう。

そう冷静に分析できるのは、何より友美自身もそんな性格と自覚しているからだ。人付き合いが苦手で、特に初対面の人間を前にすると、緊張のあまり体が固まってしまう。それを勢いでごまかそうとするので、余計に挙動不審になってしまう。そして一人になると後悔に苛《さいな》まれて自らの不甲斐《ふがい》なさに溜息をつくのだ。

「あの、書き終わりました」

「あ、はい。ありがとうございます」

野島は受付用紙を受け取ると、大して中身も見ずにバインダーへしまう。発言の始めに『あ』を付けてしまうのも会話が苦手な人の特徴だった。

「ええと、キャンプサイトはこの地図のここからここまでとなります。敷地内なら自由にテントを張ってもらって結構です」

野島はテーブル上の地図を示す。そこに置かれた赤い石のマーカーを見ると、キャンプサイトにはすでに四組が滞在しているらしい。橋を越えた先のコテージは八棟あり、そのうちの二つが埋まっていた。

「詳しいルールはこの紙に書いてあります。ゴミは生ゴミとプラスチックと缶と瓶に分けて外のゴミ捨て場に捨ててください。消し炭は水場近くのここに。この管理小屋は午後六時に閉めます。夜間の連絡先はこちらです。明日《あした》のチェックアウトは十時です」

「分かりました」

「それでは、はい、ごゆっくり」

「……あの利用料金は、後払いですか？」

「え？　あ、いえ、先払いです。今ここで、はい」

野島は思い出したように地図の隣の料金表を指し示す。キャンプ場での利用料金は先払いの場合が多い。彼は私に似ていると思っていたが、どうやらそれ以上に間の抜けたところがあるようだ。今日から勤めだした新人のアルバイトかもしれない。

受付にいる友美の背後を二人の男女が通り過ぎる。奥のキャンプ用品売り場にいた客だろう。男は黒色の薄いウィンドブレーカーに黒色のズボン姿で、黒色のブーツを履いている。髪が長く、痩《や》せた長身で、手足も長い針金のような青年だった。一方で女は長くウェーブのかかった茶髪に大柄でぽっちゃりとした体形をしている。服も明るい青色のフレンチスリーブシャツにプリーツスカートを身に着けてサンダルを履いていた。

友美は二人が管理小屋から出て行く様子を目で追う。どちらもアウトドアには似つかわしくない格好をしているので、テントではなくコテージの宿泊客だろう。軽装のカップルや子供たちがいるということは、カジュアルで安全に楽しめるキャンプ場と評価できる。地元では名の知られたところなのかもしれない。

利用料金はソロキャンプで一泊二五〇〇円、さらに駐車料金が五〇〇円、入場料が五〇〇円で合計三五〇〇円だった。市営や村営などの施設ならもっと安いところもあるが、民営なら格安と言えるだろう。釣銭なくきっちり支払うと、受付の男はトレイごと受け取って素早くテーブルの下に収めた。

手続きを終えると荷物を取りに駐車場へ戻る。癖のある対応はともかく、断られることなく利用できて良かった。これで引き返す心配もない。設備や客層を見てもまともな施設に思える。行き当たりばったりの旅としてはうまくいったほうだろう。

途中で人が立っていると思ったら、さっきも見た立て看板の隣にあるカカシの背中だった。そういえば野島にカカシが立っている理由を尋ね忘れたことを思い出した。

4

友美は管理小屋にも近い東側の空きスペースに荷物を運んで拠点にする。テント泊ならトイレや水場に近いほうが良いという判断だった。本当はもっと人目に付きにくい、日当たりのいい林のそばでひっそりと野営したいところだが、初訪問ともあって無難な場所を選んだ。駐車場も近いので、何か起きてもバイクで逃げ出せるだろう。

持参した生成《きな》り色のテントは三角柱を横倒しにした形状で、開いた出入口が屋根代わりにもなるタイプだ。小型のため人間一人が横になればそれで一杯になるが、バイク乗りのソロキャンパーとしてはこれで充分だった。グランドシートとエアー式のインナーマットを敷いて寝袋を置くと、ひとまず寝床は完成する。夏場は防寒対策を考えなくて良いので設置も簡単だった。

ボストンバッグから取り出した一人用のテーブルやチェアを組み立てて、ミニグリルを開いてLEDランタンを脇に置く。無表情で黙々と進める基地作りにわくわくするような胸の高鳴りを覚えていた。キャンプ用品は最低限の生活必需品がコンパクトにまとまっているのがいい。いざとなったら誰に頼らなくても生きていけるという自信と安心感を与えてくれた。

「こんにちは、いい天気だね」

通りすがりの若い男がふいに声をかけてきた。背が高くて足が長く、こざっぱりとした顔と髪型をしている。チェックのシャツとベージュのチノパンを身に着けた、友美よりやや年上らしき爽《さわ》やかな男だった。

友美も、こんにちは、と小声で返して会釈する。

「一人で来たのかと思って見に来たんだ。ソロキャンプだよね？」

「え、ええ、まあ一応……」

「女の子なのに珍しい。ここへは何度も来ているの？　慣れているみたいだけど」

「あ、いえ、初めてです。ソロキャンプは他でもしていますけど」

友美は言葉に詰まりながら返答する。単なる挨拶《あいさつ》かと思ったが男は立ち去ることなく話を続けた。見知らぬ人、しかも男性から声をかけられると緊張してしまう。さっきまでの高揚が一気に冷めていく。

「俺もソロキャンプでね、ここへは初めて来たんだ。一緒だね」

「そう、ですね」

「素敵なテントだね。軽くて張るのも簡単そうだ。一人ならこれくらいがいいよな。俺のはあっちにある青色のドームテントなんだけど大きくてね。二人か、頑張れば三人でも寝られそうなサイズなんだよ」

「はあ……」

「ああ、俺、河津《かわづ》隼人《はやと》。君は？」

「水瀬、です」

「よろしく、水瀬さん」

「どうも……」

返す言葉が見つからず沈黙が流れる。精悍《せいかん》な顔付きの河津は余裕の感じられる笑顔でじっとこっちを見つめていた。ソロキャンプの女が見知らぬ男から声をかけられるという話を聞いたことはあるが、自分が経験するのは初めてだ。もし絡まれても無視すればいいと思っていたが、テントを張って基地を作ると立ち去るわけにもいかなかった。

一体なんの用ですか？　別にあなたと話す気はないんですけど。邪魔しないでくださ い。頭の中で声を上げるが、そんな強気の台詞《せりふ》は口にできない。河津もそれほど危険そうに見えず、本当に女のソロキャンパーが珍しくて様子を見に来ただけにも思えた。こういう時に軽くあしらって追い返すことができればスマートだが、友美はそんなスキルを持ち合わせていない。できることは空気が重くなるような沈黙と乗りの悪い返答ばかりで、相手が居たたまれずに帰ってくれるまで待ち続けるしかなかった。

「キャンプってテントを張ったらもうすることがないよね。ソロキャンプだと話し相手もいないし。水瀬さんは今からどうするの？」

「えっと、どうしようかな……とりあえず休憩して、お昼ご飯でも作ろうかなと」

「そうなんだ。あ、俺、ミル挽《び》きのできる奴を持っているんだけど、うちで挽《ひ》き立てのコーヒーでもどう？」

「え？　あ、私、コーヒーはあまり……」

「遠慮しなくていいよ。こういうところで出会うのも何かの縁だし。水瀬さんのこともっと教えてほしいな」

「い、いえ、私は……」

「まあまあ……」

河津は笑顔で友美の肩に触れようとする。

「あっ」

ぞっと寒気が走り思わず砂を蹴《け》って後ずさりする。河津は驚いたように手を止めた。

「ああ……悪い」

「い、いえ、すみません……」

「ねぇねぇ、どうしたの？」

その時、通りかかった女が友美と河津の間に割って入ってきた。ショートボブの髪型に高い鼻、細眉《ほそまゆ》で気が強そうだ。ベージュのブルゾンを着てショートパンツの下にレギンスを穿《は》いていた。やはり少し年上に見えるが、河津の知人でもないようだ。

「なんだか変なやり取りをしているみたいで気になったんだけど、喧嘩《けんか》でもしているの？　あ、私、邪魔かな？」

「け、喧嘩じゃないです。あの、出会ったばかりなので」

友美は慌てて取り繕《つくろ》う。近づいた河津を強く拒んだ様子を見られて誤解を与えてしまったらしい。

「出会ったばかり？　あ、じゃあナンパされているんだ。えー、やめたほうがいいよ。迷惑行為はお控えくださいって、キャンプ場の利用規則にも書いてあったでしょ？」

「そんなんじゃないよ……大体いきなりなんだよ、君は」

河津は訝《いぶか》しげに眉を寄せる。しかし女はわざとらしい笑顔を返した。

「いきなりなのはあなたも同じでしょ。私、里見《さとみ》恭子《きょうこ》って言いまーす。よろしくねっ」

「名前なんて聞いてないし。俺はただ、ソロキャンパー同士だからコーヒーでもどうって誘っただけだよ」

「それをナンパって言うんじゃないの？　この人あんまり乗り気じゃないみたいよ。ねえ、嫌なんでしょ？」

「い、いえ、それは……」

友美は小さく首を振りつつ、肯定とも否定ともつかない返答をする。河津の誘いに乗る気はないが、無下《むげ》に断るのも申し訳ない気がした。

「あ、私も一人なんだけど代わりに誘われてあげようか？」

「はあ？　何言ってんだよ」

「ご自慢のコーヒーとやらをおごってよ」

「俺は自販機じゃないんだよ。もういいよ。気が失《う》せた。じゃあね、水瀬さん」

「あ、はい……」

河津はぶっきらぼうに言うと背を向けて立ち去っていく。里見恭子と名乗った女は、えーっと鼻にかかった可愛らしい声を上げてからこっちを向いた。

「私の扱い、ひどくない？　自販機でももう少し愛想良く光るでしょ」

その真剣な口調に友美も思わず吹き出した。

5

里見恭子は友美より年上の三十代。河津はつれなくしていたが、友美から見ると活発そうな顔立ちでスタイルのいい女性だった。テントは若草色をした三角錐《さんかくすい》のワンポールテントで、友美のところからは薄緑色のパーカーを着た女のカカシを挟んだ隣のスペースを占有している。さっき言ったように同じく一人でやって来たソロキャンパーだと、尋ねる前から矢継《やつ》ぎ早《ばや》に自己紹介してくれた。

「でも私、実はソロキャンプって初めてなんだ。キャンプ自体は学生のころに何度か行ったことがあるけど、一人で来ることってなかったから」

「そうなんですか？　私はてっきり慣れた人だと、上級者だと思っていました」

「全然、全然そんなことないよ。知ったかぶりが得意なだけ」

「テントも可愛いし。チェアも素敵で……あれ、いい奴ですよね」

友美は彼女が作った陣地に目を向ける。チェアは骨組みと座面を分解できるアウトドア仕様だが、構造が特殊でハンモックのように揺らすことができる。有名ブランドの製品で価格も数万円の高級品だった。

「そうだったかなぁ。あとで座ってみる？　私ね、なんでも道具から揃える人だから。家にも使っていないダイエット器具がいっぱいあるよ」

「ダイエットの必要なんてあるんですか？」

「あるある。三十過ぎたら出てくるんだよ、あっちこっち色々とね。恭子でいいよ。そう呼んで。水瀬さんは？」

「あ、友美です」

つられて答えると、友美ちゃんね、と恭子が繰り返した。同性だからか、河津と比べて会話が弾む。それだけではなく、彼女の明るい表情と軽妙な口調には気兼ねなく話せる雰囲気があった。

「それで友美ちゃん……いや、友美って呼んでもいい？　ちゃん付けだと子供っぽいし、さん付けだと仕事みたいでしょ？　私のことも恭子でいいから」

「それはいいですけど……」

「あと、お願いだから敬語もやめて。私、年上になりたくないの」

恭子は拝むように手を合わせてくる。距離の詰め方が素早く強引だ。しかし無遠慮でなく、きちんと理由を付けるところが上手なのだろう。嫌な気はしなかった。

「それでね、友美。せっかくだからソロキャンパーの活動を見学してもいいかな？　これから何するの？」

「見学って言われても。これからお昼ご飯でもしようかなと。ホットサンドメーカーがあるので何か軽く焼こうかと思っていました……思っていたよ」

「あ、あの挟む奴だよね。私も持っているよ。でも使ったことない。ねぇ、私も隣で真似してもいいかな？　駄目？」

「い、いや、それは……」

その時、ポケットの中でスマホが振動するのを感じた。それなりの山奥だが電波は届いているらしい。取り出して確認すると会社からの着信だった。さすがに理由も告げずに欠勤したのはまずかったか。スマホは現実を片時も忘れさせてくれない。まるでストーカーに背後から肩を掴《つか》まれて引き戻されたようだ。

友美は着信を切って端末の電源もオフにした。

「……じゃあ、せっかくだから一緒にお昼を作ろうか、恭子」

「本当？　やったぁ。荷物取ってくるね」

恭子は嬉《うれ》しそうにいそいそと自分のテントへ戻っていく。年上なのに仕草がいちいち無邪気で可愛らしかった。ソロキャンプは自由にできるのが魅力だが、やはり初めは近くのキャンパーやネットの動画を参考にしたほうが効率的だ。一緒にしたいと言うなら受け入れてやるくらいの親切はあってもいいだろう。会社からの着信のせいで少し気分が沈んだので、恭子のような賑《にぎ》やかな人と盛り上がりたい気持ちもあった。

恭子は鉄板二枚で挟み焼ける食パンサイズのホットサンドメーカーと、一人用の焚火《たきび》台《だい》と、三本足の簡易チェアを持参する。友美は折りたたみ式のまな板の上でハムやレタスを載せて準備を始めていた。

「ねぇ、友美。これで良いのかな？」

「うん……これくらいの調理なら焚火台じゃなくて、シングルバーナーがあったほうが早いと思うけど」

「シングルバーナーって？」

「カセットボンベで火を点《つ》ける台だよ。薪《まき》と炭で火を焚《た》くのは時間がかかるから夕食でいいかなと」

友美はボストンバッグから器具を取り出す。ドーム型のカセットボンベに点火部と五《ご》徳《とく》を付けただけのシンプルな構造だ。火力は小さいがコンパクトで持ち運びやすく、湯沸かしや簡単な煮炊きにも使えるのでソロキャンプの必需品だった。

「これだと煙も出ないし煤《すす》も付かない。小さいから一枚分しか焼けないけど」

「ああ、それ持ってるよ。そんな名前なんだね。取ってくるよ」

恭子はそう言って再び自身のテントへ戻る。本当に物だけはよく持っているらしい。帰ってきた手にあったのは、やはり友美の物よりワンランク上のブランド品だった。

「恭子って、ひょっとしてセレブなの？」

「セレブ？　いやいや、そんなことないよ」

「でもそのバーナーも新品でしょ？　キャンプ用品を一式揃えるだけで結構かかるのに」

「あー、まあ、それなりに？　でも仕事もしているからね。独身だし、相手もいないし、趣味に費やせる余裕はあるかもしれないね」

「私も同じなんだけど……仕事って、やっぱり営業？」

「なんでそう思ったの？」

「分からないけど、そんな風に見えた」

「そっか。うん、当たり。いわゆる広告代理店の営業で、プランナーで、ディレクターかな。今日は休み……だと思う」

「思うって？」

「うちって定休日がないからさ。アポイントが入ってなかったら勝手に休むんだよ。仕事も得意先や下請けや現場への直行・直帰ばかりで会社にもほとんど行かないし、個人事業者みたいに動いているの。お陰で連勤も残業も本人任せ。でも会社からはチェックが入っていて、ちゃんと有給休暇を取りなさいって指導されるのよ」

「へぇ……凄《すご》い」

友美は感嘆《かんたん》した。やはりこの社交性と元気さは営業職に向いている。恐らく仕事ぶりも有能で稼ぎも多いのだろう。憧《あこが》れるが自分には真似のできないスタイルだった。

「友美は？　働いているの？　あ、もしかしてイラストレーターとか？」

「イ、イラストレーター？　どうして？」

「だって、なんだか繊細そうに見えるから。ミュージシャンには見えないけど、陶芸家とか？」

「私、芸術なんて全く駄目だから」

「そう？　じゃあ……あ、ソロキャンパー？　これ仕事なの？」

「じ、事務だよ。普通にメーカーの事務職」

友美は首を振る。戸惑う様子がおかしかったのか、恭子は楽しそうに笑っていた。

「そうなんだ。確かに事務っぽくもあるよね。真面目に黙々と仕事をしてくれそう。でも今日って休日だっけ？」

「いや、私も有給休暇で……」

「有休で、ソロキャンプに？」

「……いい天気だったから」

「分かる！　こんな日は働いている場合じゃないよね！」

恭子はいきなり大声を上げると、空を見上げて両手を広げた。

「晴れた空に白い雲！　梅雨の終わりで真夏の始まり！　こんな最高の日に外へ出ないなんてもったいないよ！　会議室でプレゼンしたり、席でパソコンを叩《たた》いたりしている場合じゃないよ、友美！」

「う、うん……」

「だって一生のうちであと何回こんな日があると思う？　もし明日《あした》に隕石《いんせき》が落ちて地球が滅亡するとしたら、最後の思い出が終電の窓に映る自分の疲れた顔だったら嫌じゃない！　こういう日こそ休まないと！　絶好の有休日和だよ、友美！」

「そう、だよね」

友美は恭子の勢いに気後れしつつ拍手する。いささか大袈裟《おおげさ》だが自分の思いを代弁してくれた気がした。同時に、彼女の仕事も決して楽なものではなく、鬱憤《うっぷん》を溜《た》め込んでいるのが分かった。慣れないソロキャンプに出かけて、やけに初対面の相手に絡んでくるのも元の性格ばかりではなさそうだ。

「私も、恭子の言う通りだと思う。こういう日こそ遊ばないとね」

「そう！　だから友美もテンション上げて！　私を一人にしないで！　あ、あっちに川があったよね！　やっぱりキャンプと言ったら川遊びじゃない？　ねぇ、行ってみようよ！」

恭子はチェアに座る友美に両手を差し出して立たせようとする。しかし友美はとっさに胸の前で腕を組んで軽く身をかわした。それからぎこちなく笑みを作って見せた。

「とりあえず、お昼ご飯を作らない？」

「あ、そうだったね。はい、よろしくお願いします、先生」

恭子は両手をだらりと垂らすと、そのましゃがんで持参したシングルバーナーの準備を始めた。友美の態度を特に気にした様子はなかった。組んだ腕の中で震えを抑えて、心の中で溜息《ためいき》をつく。彼女のざっくばらんな人柄と切り替えの速さが羨《うらや》ましかった。

6

ホットサンドで簡単な昼食を済ませた二人は、片付けのあとキャンプ場を散策する。友美も当初から見回るつもりだったので、川のほうへ行こうという恭子の誘いを受けることにした。山の日差しは想像以上に強く、じりじりと首筋を焼かれるような感覚に脅《おび》えてパーカーのフードで隠す。ただ日陰に入って風が通り抜けると都会にはない爽快《そうかい》さが感じられた。

テントサイトを見渡すと他に二つのテントが見える。友美のテントから対称となる敷地の西側には河津隼人の青いドームテントがあった。彼はその前で背もたれの長いチェアをたっぷりとリクライニングさせて、銀色のマグカップを手に景色を眺めていた。気配を感じてこっちを振り向いたが、友美が会釈すると黙って顔を背けた。

「どうする友美。今度はこっちから絡みに行く？　手伝うよ」

恭子はいたずらっぽい笑みを浮かべる。友美はわずかに身を引いた。

「いや、いいよ。私、気にしてないから」

「そうだね。あの人、ちょっと変わっているけどいい人だと思うよ。お金持ちっぽいし、実はお堅い職業じゃないかな」

「悪い人ではないと思うけど、お堅い職業って？」

「だってナンパが下手だったから。私が話しかけたら途端に機嫌が悪くなったし。私、友美が困ってそうだから行ったけど、河津さんが乗ってくれたら三人で遊んでもいいと思っていたんだよ」

「なるほど。私も三人なら話しやすかったと思う」

「ナンパっていうか、人付き合いってそういうもんでしょ。だけど彼、あっさり引き下がっちゃって。だから本当はそういうことに慣れていないんじゃないかなって」

「あんな風に帰ったらそれでお終《しま》いだからね。でも、それならどうして私のところに来たんだろ。無理をしてまで」

「そりゃ友美が可愛かったからでしょ」

「ないよ」

友美が即答すると恭子は流し目を向けてふぅんと返す。河津を見ると彼はいつの間にかサングラスを掛けて表情も分からなくなっていた。ナンパはお断りだが、自分もせっかく声をかけてくれた相手に対して冷たい態度を取ってしまった気がする。そういう性格だから職場でも孤立してしまうのだと少し落ち込んだ。

川のある南に向かってしばらく歩くと、今度はカマボコ型をした横に長いテントが見えてきた。まるで深い森のように濃いモスグリーン色をしているので、大きさの割には景色に紛れて目立ちにくかった。こういうタイプを選ぶ人はキャンプの熟練者に違いない。テントの前では岩のようにどっしり構えた初老の男が地面に腰を下ろしていた。

「見て見て、あの人。雰囲気あるね。山男って感じしない？」

「うん。相当慣れた人だと思う」

男は白髪の目立つ長髪を後ろに束ねて、口髭《くちひげ》を生やした栗の渋皮のような日焼け顔を見せている。服装は青色のシャツにポケットの多い黒のジャケットを身に着けて迷彩柄のズボンを穿《は》いていた。

「何をしているのかな？　ナイフで作業をしているみたいだけど」

「ブッシュクラフトかな。木を削って道具を作るっていう」

ブッシュクラフトは森の中で生活するために、森で手に入るものを使って物や道具を作ることだ。広い意味ではライターや着火剤を使わずに火を熾《おこ》したり、木を伐採してテーブルやチェアや食器を作ったり、さらには住処《すみか》を確保することなども含まれる。ただしキャンプ場では火打ち石を使って焚火《たきび》を熾したり、ナイフやナタで拾ってきた枝を加工してランタンスタンドなどを作るのが一般的だった。

「凄い人だと太い木を組み合わせてチェアを作ったり、一枚の布でテントを作ったりするんだよ。自由に木を伐《き》れるところじゃないと難しいけど」

「へぇ、面白いね。あとであの山男さんのところにも遊びに行ってみようか」

「それは……どうだろう」

山男が何をしているかは興味深いが、遠目にも気難しそうに見えて関わりたいとは思わない。そういう見物はネットの動画で済ませたかった。

山男のテントから目を逸《そ》らすと、少し離れたところにもう一つグレーのテントがあった。友美のものと同じ形状をした一人用のパップテントだ。入口は閉じられて周辺にキャンプ道具もないので、まるで地面から大きな岩が突き出したようにも見える。人の姿はないので持ち主が中にいるのか外に出ているのかも分からない。カンカン帽に花柄のワンピースを着た女のカカシがモデルのようなポーズで固まっていた。

7

敷地の南にはやや広い川が東西に横断しており、橋を渡ると斜面にコテージが建っている。河原では管理小屋で見かけた二人の子供が水遊びをしているようだ。

「水めっちゃ綺麗《きれい》だね！」

恭子が声を上げて河原へ下っていく。川の水は清らかで底の砂利まで見えるほど澄んでいる。森が近くなったせいで蟬の声も大きくなり、川のせせらぎと相まって賑《にぎ》やかな夏が耳に届く。

　歓声が聞こえて目を向けると、男の子が川に浸《つ》かって水を飛ばしている。姉らしき女の子は河原で見守るように佇《たたず》んでいた。

「気持ち分かるなぁ。友美、水着は？」

「入るの？　まさか……」

「さすがにそこまで用意してないねぇ。足くらいは浸けてみようかな」

　恭子は眩《まぶ》しげに目を細めた。男の子は遊びながら徐々にこっちへ寄ってきた。

「こんにちはぁ。水、冷たい？」

　恭子が優しく声をかけると男の子は足を着いて川の中で立つ。Tシャツと短パンに見えるのは子供用の水着なのだろう。

「全然冷たくないよ」

「嘘だぁ。全然ってことはないでしょ」

「あっちのほうが冷たい」

「ああ、奥のほうが深そうだからねぇ」

　川は近くで見ると思ったよりも流れが速く、遠くのほうは底が深いらしく色が暗くなっていた。遊泳禁止の看板などはないが、背の低い子供は気をつけたほうがいいだろう。

　男の子は短く切り揃えたおかっぱ頭を濡《ぬ》らして、小動物のように大きくて丸い目を輝かせている。水滴が玉となって流れる丸い頬は、のぼせたように赤く染まっていた。

「きただけ、いつきです」

「お名前？　ありがとう。私は里見恭子です。こっちのお姉ちゃんは水瀬友美ちゃんね」

恭子に紹介されて友美もうなずく。男の子はざぶざぶと川から上がってこっちに近づいてきた。

「魚、捕《と》ったよ。三匹」

「へぇ……凄《すご》いね。手で取ったの？」

友美は頑張って少し大袈裟に感心する。子供は遠慮も前置きもなしに話しかけてくるので戸惑ってしまう。男の子は水滴を散らしながら大きくうなずいた。

「あっちに、石で囲んで入れてる。本当は四匹いたけど、閉じ込める前に一匹逃げた。シュッて逃げた」

「そう。みんな逃がしてあげないの？　持って帰るの？」

「見に来て」

男の子はそう言うなり友美の左手を両手で摑《つか》んだ。

「あっ」

その瞬間、友美はじっとりと濡れた手の感触に総毛立った。胸がつかえて息が詰まる。足の爪先から氷に触れたような冷たさが伝わり、顔に腫《は》れ上がったような圧迫を感じる。

目の前に、垂れ下がる髪に顔を隠した、女の暗い姿が浮かんだ。

とっさに友美は左手を振って男の子の手を引き離す。それはまるで焼いた鉄板に手を置いた時のような無意識の拒否反応だった。

「どうしたの？　友美」

隣の恭子が目を丸くしている。友美も自分の行動にうろたえた。男の子は両手を出したまま、不思議そうな顔を向けて固まっていた。

「いや……あ、だ、大丈夫？　ごめんね。びっくりさせちゃって」

友美は慌てて取り繕う。男の子は小さくうなずくと恭子のほうに顔を向けた。

「魚、捕ったよ。あっちに、三匹……」

「おお、やるねぇ。捕まえてるの？　ヤマメ？　イワナ？　見せて見せて」

恭子は男の子の手を取り一緒に河原を歩いて行く。それから友美に向かって、ちょっとそこで休憩してて と手振りで伝えてきた。

友美は左手を強く握り締めてから開く。それでも血の気を失った掌《てのひら》が小刻みに震えていた。突然のことで対応できなかった。あんな小さな子供に掴まれただけでも取り乱してしまう自分が嫌になる。だが一瞬、頭を過《よ》ぎった光景には耐えがたい恐怖を覚えた。

8

「子供が嫌いなんですか？」

「え？」

ふいに声をかけられて友美は振り向く。さっき見た女の子が川のほうを見つめたまま隣にやって来た。内巻きの髪を肩まで伸ばして綺麗《きれい》に櫛《くし》を通している。ふっくらとした子供らしい丸顔に知的そうな切れ長の目をしていた。服装はブルーのTシャツの上にライトグリーンのロングシャツを羽織り、七分丈のデニムズボンを穿いている。お洒落《しゃれ》にも関心のある大人びた子に見えた。

「分かります。うるさいし、遠慮がないし、汚いですから。あれでもかなり成長したんです。自分で名前が言えるようになりました」

「あ、違う。そうじゃないよ」

友美は慌てて否定する。おかしな誤解を与えてしまったことに気づいた。

「子供が嫌いってわけじゃないよ。あの子もお利口さんだし、元気だし、とってもいい子だと思うよ」

「でもさっき手を振り解《ほど》きましたよね。気を遣わなくても大丈夫です。川から出たばっかりの汚れた手なんかで触られたら私も嫌ですから」

「ううん、そんなことない。私、汚いなんて思ってない。ここの川は水も綺麗だし、キャンプに来ているんだから、あんなのは普通。手を離したのは私のせいだから」

女の子に疑いの目を向けられて、やむを得ず友美は告白した。

「私、なんていうか、昔から人に触られるのが苦手なの。苦手というか、大嫌いで堪えられないの」

「人に触られるのが？」

「そう。女の人でも男の人でも、大人でも子供でも、誰にも触られたくない。そういう、ちょっと変な奴なんだよ。それであの子に触られた時も、いきなりだったから思わず払ってしまって。だから本当に、あの子は何も悪くないの。かわいそうなことしちゃった」

「それは別に気にしていないと思いますけど……潔癖症ですか？」

「そうじゃないんだけど。人がね、駄目なの」

友美はわざとらしく困った顔を作る。河津に触れられそうになって声を上げたのも、恭子の手を拒んでしまったのも同じことだった。他人の手に対して強い恐怖心を抱いている。そうなってしまった決定的な出来事もあったが、それは思い出したくなかった。

女の子は神妙な顔つきになって、そうなんですか、とつぶやく。正直に答えたせいで、また新たな誤解を生んでしまっただろうか。この子は賢そうだが、ちょっと思い込みの強いところがあるのかもしれない。友美は小さく咳払《せきばら》いをした。

「ところで君たちって姉弟《きょうだい》？　あの子は弟？」

「そうです。私は北竹聖良《きただけせいら》っていいます。あっちは弟の壱月《いつき》。私は小六で、壱月は五歳です」

「五歳……そう、やっぱりお姉ちゃんだったんだね。今日は日帰りで来たの？　それとも泊まり？」

「泊まりです。あそこに見える橋に一番近いコテージにいます」

聖良は川の向こうに見える木造小屋を指差した。斜面に建っているのでここからだと見上げる形になる。張り出したテラスには大型の焚火台《たきびだい》があるらしく、川や景色を眺めながらバーベキューなども楽しめるようだ。

「水瀬さんは、里見さんと来たんですか？　この辺で見かけなかったけど、テントですか？」

「あの人とはここで知り合ったの。どっちもソロキャンプ。向こうにテントを張って一泊するの」

「ソロキャンプ……格好いいです。あとで見に行ってもいいですか？」

「もちろん。ああ、でもちゃんとパパかママに聞いてからね」

「ママはいません。パパは……」

聖良は少し遠くに目を向けた。その先には一人の男が橋を渡ってこっちに向かってくるのが見えた。ブルーのストライプシャツにジーンズ、サファリハットの下に四角い眼鏡をかけている。格好は少し古臭いが真面目そうな中年だった。

「パパです」

「どうもどうも、こんにちは。父親の北竹静夫《しずお》です。お日柄も良くて良いですね」

北竹はサンダル履きの足でざくざくと砂利を踏みしめる。娘に似た切れ長の目をしているが、少し目尻《めじり》が下がっているせいか気弱そうに見えた。友美は会釈で応《こた》えた。

「聖良、お姉さんに遊んでもらっていたのか？　迷惑かけちゃ迷惑だよ」

「迷惑なんてかけてない。遊んでもらっているのは壱月だよ」

離れたところでは恭子と壱月が川面《かわも》に目を落として騒いでいた。恭子は靴を脱ぎ、レギンスの裾《すそ》も上げて水に入っているようだ。

「パパ、壱月が魚を捕っていたから見に行ってあげて」

「おお、そうかそうか。どれどれ、どれどれ」

北竹は友美に軽く頭を下げると息子のほうへ向かっていった。言葉を繰り返す癖が剽軽《ひょうきん》で、親しみやすそうに感じられた。

「素敵なパパだね。優しそうで」

「まぁ、悪い人ではないです」

「それが一番だよ」

友美は思わず口にした言葉に自分自身で驚く。しかし、あえて訂正する気はなかった。

「ソロキャンプって、楽しそうですね。自分でテントを張ったり、ご飯を作ったり。水瀬さんは一人で車を運転して来たんですか？」

「私はバイク。だから荷物もあまり載せられなくて、どれだけ減らしていくか、コンパクトに収められるかを考えるのが大変なんだ。それが楽しみでもあるけど」

「ふぅん。私も行ってみたいな……」

「もうちょっと大人になったら行けるよ。その気持ちが残っていれば」

「そうですね。でも私は、行けないと思います。一人では」

　聖良はそう言うとちらりと遠くに目を向ける。恭子と壱月と北竹がのんびりとした足取りでこっちに戻ってくるのが見えた。

「放っておけないから。ちゃんと見ていないと心配なんです」

「壱月くんのこと？　そうだね。でも聖良ちゃんが大人になる頃にはもう……」

「壱月だけじゃなくて、パパも」

「パパも？」

「今日も、ちょっとは気休めになればいいと思うけど」

　聖良はにわかに顔を曇らせる。何か思うことがあるのだろうか。一家の事情は知らないが、なんとなく母親の不在が関係しているようにも感じられた。

「やあ、ただいまー！」

　恭子が遠くから友美たちに向かって声を上げる。傍らの壱月も、ただいまーと元気良く手を上げていた。すっかり仲良くなったようだ。

「もう、友美ったら全然来ないから帰って来ちゃったよ」

「え、待っていたの？　川にも入っていたよね」

「足だけね。気持ち良かったよ。それでね友美、キャンプファイヤーやろうよ！」

「はぁ？」

友美は突然の話に混乱する。足下では壱月までファイヤーと叫んでいた。

「キャンプファイヤーって……どうやるの？」

「あれ、友美は知らないの？　キャンプマスターなのに？」

「マスターじゃないから。そんなのやったことないよ」

「面白そう。パパは？　やり方知ってる？」

北竹はうーんと唸《うな》って腕を組んだ。

「僕も自分でしたことはないなぁ。大体はイメージできるんだけど」

夜のキャンプ場で、櫓《やぐら》に組んだ木を盛大に燃やして、皆で囲んで歌を唄《うた》う。友美も漠然とは想像できるが、具体的に何をどうすれば良いかまではよく分からない。ソロキャンパーの自分には無縁のイベントだった。

「僕は水瀬さんが詳しいと聞いて、壱月も見たがっているみたいだから、じゃあ一緒にやってみましょうかと気軽に考えていたんだけど……」

「ちょっと恭子。なんでそんな勝手なことを」

「え、でも楽しそうじゃない？　せっかくの機会だし、天気もいいしみんなでやれば絶対盛り上がるよ」

恭子に悪びれる様子はなかった。聖良と壱月がうんうんとうなずいていた。底なしの社交性が暴走している。なんとなく、彼女の普段の仕事ぶりが垣間見《かいまみ》えた気がした。

「ねぇ、パパ。どうせならコテージにいたあの格好いい人も誘おうよ」

「あの夫婦か恋人同士の人たちかい？　どうかなぁ。予定もあるだろうし、迷惑じゃないか？」

「聞いてみるだけでもいいから。行ってみようよ」

聖良と北竹が何やら相談している。聖良が子供らしく楽しんでくれているのはいいが、あとに引けない雰囲気になりつつあった。

「恭子、みんなでバーベキューとかじゃ駄目なの？」

「えー、別に良いけどさぁ。そんなの、いつもやっていることじゃない？」

「私たち全員初対面なんだけど……じゃあネットでやり方を検索してみようか」

友美はしぶしぶポケットからスマホを取り出す。真っ黒な画面を見て電源を切ったままだったことを思い出した。

「ネットかぁ……あれ？　友美のスマホ……格好いいね。新製品？」

「え？　いや、何年も前に機種変したけど」

「あ、あの人に相談してみようよ。さっき見かけた山男みたいな人」

そう言って恭子がぱっと顔を上げる。ころころと興味の変わる人だ。

「キャンプとか詳しそうだったじゃない。きっと知ってるよ」

「でもあの人、ちょっと怖そうじゃなかった？　怒られるんじゃ……」

「平気平気、きっといい人だよ。じゃあ北竹さん。話がまとまったらご報告に来ますね」

恭子はそう言うなり背を向けて引き返していった。友美は迷いながらも北竹一家に頭を下げてから彼女のあとを追った。おかしな事態になってきた。でも心の底で少し楽しんでいる自分もいることに気づいていた。

9

キャンプに詳しそうな山男というのは、モスグリーンのテントの前で腰を下ろして木を削っていた初老の男だ。白髪の頭に口髭《くちひげ》を生やした日焼け顔で、眉間《みけん》に皺《しわ》を寄せて黙々と作業していた。恭子と友美が訪れた時も変わらず木工細工に励んでいた。彼の前には均等にカットした木を重ねて作った小さな壁が新たにできていた。

「こんにちは。なんの作業をされているんですか？」

恭子は近づくなり屈《かが》んで明るく声をかける。男は手を止めると丸く大きな目をちらりと向けたが、再び顔を伏せて作業に戻った。眉《まゆ》が太く、どことなくしかめ面のダルマに似た風貌《ふうぼう》をしている。手元では木の台の上で、別の太い木の枝をナイフで加工していた。

「はじめまして。私、あっちのテントでソロキャンプをしている里見です。初心者なんでアウトドアの達人の皆さんに声をかけて色々と教えてもらっているんですよ」

「水瀬です、はじめまして」

友美も小声で続く。男は軽く身じろぎしてから低い声で応えた。

「磯村《いそむら》だ。俺は別に達人じゃない」

「達人はみんなそう言うんですよね。何を作っているんですか？　大きなスプーンですか？」

「柄の長いフォークだ。肉を焼く時に刺して使う」

「へえ、面白い。でも木で作っても焼け落ちちゃうんじゃないですか？」

「そう簡単には燃えないが、燃えても別に構わない。持ち帰るわけじゃないからな」

「あ、なるほど。遊びなんですよね。えっと、何とかクラウド」

「ブッシュクラフトだよ」

友美はやんわりと訂正する。磯村の傍らには太いナタや折りたたみ式のノコギリなどが見える。工作好きなのだろう。地面にはたくさんの木屑《きくず》が散らばっていた。

「そっちの、枝の先がふさふさに削ってあるのはなんですか？　ナイフの切れ味を確かめるんですか？」

「……フェザースティックだと思う。着火材にするんだよ」

磯村に反応がなかったので友美が代わりに答える。スギやマツなど油分の多い針葉樹の枝は燃えやすく、枝の先を削いで羽根のように木片をめくっておくと火種に使いやすい。どれだけ薄くできるか技術を競い合う遊びもあると本かネットで見たことがあった。

「じゃあそっちの、木を重ねて作った板か壁みたいなのは？」

「あれは、何だろう。風除《かぜよ》け？」

「そのつもりで作ったが、もう風向きが変わった。動かさないとな」

磯村は再び手を止めると改めてこっちに体を向けた。

「悪いが俺はあまり口がうまくないんだ。遊ぶなら他へ行ってくれないか」

「まあまあ。そういう木とか枝って森の中で拾ってくるんですか？　それとも伐採するんですか？」

恭子は軽く受け流して無邪気に質問を続ける。ふと見ると、磯村は左手首より先にタオルを巻き付けていることに気づいた。拳《こぶし》を握った手の上から布に包まれているので指が使えない。どこかで怪我でもしたのか。しかし痛みを感じている風には見えない。元から不自由をしているようだ。

「木なんてどこにでもある。落ちていたら拾うし、なければ手頃なものを伐《き》るが、あまりやらない。真似する奴が出てくるからな」

「え、磯村さんは伐ってもいいけど、他人は伐るなってことですか？」

「森の中では伐って問題ない木と、そうでない木がある。枝を伐る位置も問題ない箇所と傷つく箇所がある。何も知らない奴は手を出さないほうがいい」

磯村の知識は正しいのかもしれないが、そもそも他人の持ち物であるキャンプ場や山林で勝手に木を伐るのは誰であってもいけないことだ。熟練者の傲慢《ごうまん》さが鼻に付いたが、友美にそれを口にする度胸はなかった。

「すごーい。やっぱり達人じゃないですか。そんな磯村さんにお願いがあるんです」

恭子が大袈裟《おおげさ》に褒めると、磯村は軽く眉を持ち上げた。

「私たちと一緒にキャンプファイヤーをやりませんか？」

「キャンプファイヤー？　いや、結構だ。俺はいい」

「言い間違えました。私たち、キャンプファイヤーをやりたいんですけど、手伝ってもらえませんか？」

「手伝う……俺に何をやってほしいんだ？」

「まず何からやればいいんですか？」

「何を言っているんだ、あんた」

怪訝《けげん》そうにする磯村に恭子は笑顔で返し、友美は申し訳なさそうに頭を下げた。

「キャンプファイヤーをやりたいんじゃないのか？」

「やりたいんですよ！　でも誰もやり方を知らないんです」

「だから俺にやってくれって？」

「もちろん私たちもお手伝いします」

「おい、さっきと言っていることが逆になっているぞ」

磯村は呆《あき》れたように鼻で笑う。途端に場の空気が和むのを感じた。

「俺だってそんなの、まともにやったことないぞ。木を組んで火を点けるやつだろ？」

「そうです。大体みんなそんなイメージを持っています。ね、友美」

「でもこのキャンプ場でキャンプファイヤーなんてしてもいいのかな」

友美は今さらながらの疑問を口にして辺りを見回した。

「地面に焦げ跡もないから、直火《じかび》は禁止かもしれない。一人用の焚火台《たきびだい》でやってもキャンプファイヤーにはならないか。北竹さんのところもテラスに備え付けだろうし」

「え、そんなのあるの？　勝手に焚火もしちゃいけないの？」

「そういうところも多いよ。火事になったら危ないし、後始末も大変だから。焚火シートがあればいいのかもしれないけど、それでも小さいと意味ないよね？」

「ごめん。私、友美の言ってること分かんない。でもやっちゃ駄目かもしれないんだね。どうしよう磯村さん」

「関係ないだろ。地面で火を焚《た》いて何が悪い」

磯村がこっちをじろりと睨《にら》む。

「風向きを見て気をつけていれば火事になんてならない。灰が出たら穴を掘って埋めればいい。それが自然だ。禁止される筋合いはない」

「わ、私が禁止しているわけじゃ……。一応、管理小屋の受付で聞いてみたほうが……」

友美は磯村の態度に少し脅《おび》えた。どうもこの男はキャンプ場のルールよりも己の主義を優先させる性格らしい。おそらく普段は野山でひっそりと、勝手気ままに野営を楽しんでいるのだろう。それならどうして今日はこの有料施設を利用しているのか？

「ねぇ、思い出したんだけどさ。管理小屋の隣に薪《まき》がいっぱい売られていたよね」

恭子はまるで緊張感のない声を上げる。

「あれが使えたら手っ取り早いですよね。受付での確認ついでにそれも見に行きませんか？　磯村さん」

「……分かった、行こう」

磯村は恭子に促されてのっそりと立ち上がる。思ったよりも背が高く、横幅も広く、まるで熊のように大柄な男だった。協力する気になったのはキャンプ場への反発心によるものか。朴訥《ぼくとつ》として真面目そうだが、頑固でひねくれたところがあるようだ。強引に誘ってはみたが、トラブルを起こさないだろうかと少し不安になった。

10

管理小屋の左隣は庇《ひさし》の付いた資材置き場になっていて、伐採された丸太が大量に陰干《かげぼ》しされている。手前には均一に切り揃えられた薪が針金で束ねられ三〇〇円で販売されていた。磯村によると薪は一般的に使われているクヌギやコナラの木らしい。産地や季節にもよるが、薪として使うには一年から二年ほど乾燥させる必要があると教わった。

友美は二人を残して一人管理小屋に入った。交渉は得意ではないが、知識に乏しい恭子や我の強い磯村に任せると揉《も》め事《ごと》を起こしそうで心配だった。小屋の中では少しだけ並んだ雑誌コーナーの前で河津隼人がアウトドア雑誌を立ち読みしている。受付カウンターの向こうには来場時にもいた、キャップの上にサングラスを載せたスポーツマン風のスタッフの野島が、少し離れた固定電話で会話をしていた。

「……そうですねぇ。今月はもう平日もご利用いただけません。いやぁ、申し訳ございません。来月のお盆明け、十六日以降は平日にまだ少し余裕がありますけど。ああ、九月なら週末でも空きはありますよ」

野島は友美を見るなり少し声を落とす。対面で話をしていた時よりも対応がスムーズで慣れているように感じられた。馴染《なじ》みの客を相手にしているのか、自分が相手ではやりにくかったのか。耳に届いた会話の内容では今月の予約は埋まっているらしい。夏のキャンプシーズンとあって盛況のようだ。

「すみません、ちょっといいですか？」

友美は電話が終わるのを見計らって声をかけると、野島は返事をしてやってきた。しかしまた緊張したように顔を強張《こわば》らせて視線を泳がせる。やはりこの微妙な態度は癖なのだろう。しかし友美もまじまじと顔を見られるのは苦手なので不快とは思わなかった。

「お聞きしたいのですが、ここのテントサイトでキャンプファイヤーをやってもいいのでしょうか？」

「え、キャンプファイヤー？　どうして？」

「どうしてというか、なんとなく、そんな雰囲気になって」

「一人でやるんですか？」

「いえ、皆さんと。他のソロキャンパーやコテージの人たちとお話ししていたんです」

「他の人と。それは、うーん……」

野島はそう唸《うな》って口籠《くちご》もると、困った風にそわそわと手元のノートをめくったり、再び電話をかける素振りを見せる。

「やっぱり駄目ですか？」

「あ、いや、大丈夫ですよ」

しかし野島は慌てたように首を振って、あっさりと許可した。

「すみません。そういう話は初めてだったので、ちょっと驚いただけです。キャンプファイヤーですね。はい、やっても大丈夫です」

「そう、ですか」

友美は釈然としない気持ちを抱く。やはりキャンプファイヤーをやるのは珍しいことらしい。しかしそこまで驚くことだろうか。

「……でも、初めてならキャンプ場のオーナーさんへの確認とか、必要ありませんか？」

「オーナー？　いやオーナーは僕です。だから、はい、平気です」

「あ、そうですか」

意外にもこの男は施設の運営者だという。それなら今、どこへ電話をかけるつもりだったのか。単に困った時の癖だろうか。

「どう？　友美。オッケーだった？　キャンプファイヤー、できそう？」

恭子が騒がしく管理小屋に入ってきた。売店にいた河津がこちらを振り向く。

「一応、やっても大丈夫らしいけど」

「やった。良かったね。じゃあお兄さん、外の薪を選んで買いますね」

「でも本当にいいのかな」

「あれ、その話をしていたんじゃないの？　いいんでしょ？　お兄さん」

「あ、はい。大丈夫ですよ」

野島はノートパソコンのモニターを見つめてキーボードを叩《たた》いている。カウンター前の二人を置いてもう別の仕事に取りかかっているようだ。恭子も少しだけ不審な表情を見せたが、軽く肩を持ち上げて笑顔に戻った。

「ほら、やってもいいってさ」

「はぁ……あの、地面に直火になりますけど、焚火シートも敷かなくていいんですか？」

「焚火シート？　ああ、でもちょっと今は手頃なのがなくて……」

「じゃあ無くてもいいんですね。ちゃんとキャンプの先生も付いていますから心配いりません。勝手にやりますので気にしないでください。行こう、友美。お兄さんの気が変わらないうちに」

恭子は強引に話を打ち切ってカウンターを離れた。テントサイトの地面は芝生ではなく砂地なので、磯村が言っていたように消し炭を捨ててから焦げ跡を埋めれば原状回復も可能だろう。オーナーの許可も得られたので何も問題はない。彼の態度を見ても自分だけが気にしすぎているように思えた。

「あ、友美、あの人。名前なんだっけ？」

「え？　ああ、河津さんのこと？」

友美は恭子の指差すほうを見る。すると彼女はいそいそと河津のほうへ駆け寄った。

「河津さん。河津さんもご一緒にキャンプファイヤーをやりませんか？」

「な、なんだよ藪《やぶ》から棒に。キャンプファイヤー？　君たち二人でやるのか？」

「私たちと、外にいる磯村さんと、コテージに泊まっている北竹さん一家です。ああ、北竹さんも他に誰か誘うって言ってたかな」

「なんだそれ、全員誘っているのか？　いや、俺はいいよ。そういう集まりはあまり好きじゃない」

「何言ってんですか。せっかく友美とお話しする機会を作ってあげているのに。参加しないでどうするんですか」

「友美って水瀬さんのこと？　だから俺はそんなつもりないんだよ。変な気を回すなよ」

「だってさ、友美。お前とは遊びだって」

「恭子も私を使って遊んでいるよね」

友美が冷静に返すと恭子は目を丸くしておどける。この人といるとこちらも無口ではいられなかった。

「じゃあいいですよ。河津さんは参加してくれなくても。でも外で薪を運ぶのは手伝ってくださいね」

「はぁ？　なんで俺にやらせるんだよ」

「重くて大変だからですよ。ほら、友美もお願いして」

「い、いいえ、大丈夫ですよ。私も運びますから。そんな、関係ない人にまでお手伝いはさせられません」

そう言って友美は遠慮したが、河津はかすかに喉《のど》を鳴らすと、しぶしぶといった態度で恭子に続いて管理小屋を出た。理由はよく分からないが、どうやら手伝ってくれる気になったらしい。磯村といい、男性の心理はいまいち分からない。

資材置き場では磯村が丸太を持ち上げて運ぼうとしていた。いわゆるネコ車、工事現場で土砂などを運ぶ時に使われる一輪の手押し車に載せて運搬するようだ。恭子と相談して大体の完成を予想して、必要な木材の量を決めたのだろう。見知らぬ者から頼まれたのに熱心に働いてくれる彼は頼もしく、また申し訳なく思った。

「わぁ、先生。助かります。ありがとうございます。じゃあ友美、私たちも」

駆け寄る恭子を磯村が軽く手を伸ばして制した。

「重いから持たなくていい。それに俺は別に先生じゃない」

「そうですか？　じゃあ河津さん。代わりにお願いします」

「あ、ああ……どうも。ええと、どの木を載せますか？」

河津はたどたどしく磯村に挨拶《あいさつ》して手伝いに向かう。強引なマッチングに戸惑うのも無理はない。磯村はじろりと河津を確認すると、それじゃあと軍手を渡して指示を出す。

この場にいる四人全員が出会ったばかりのソロキャンパーとはとても思えなかった。

　ふと見ると、磯村は左足を軽く引きずっている。膝《ひざ》や股関節《こかんせつ》があまり動かないらしく、腰を捻《ひね》るように歩いていた。丸太運びの力仕事に支障はないようだが、癖ではなく障碍《しょうがい》を負っているように見えた。左手を不自由していることとも関係があるのだろうか。

「それじゃ磯村さん、ここはお二人にお任せしますね。じゃ、次行こうか、友美」

　恭子はそう言うなり友美に向かって手を伸ばす。

「次って恭子、またどこかへ行くの？　というか二人にこんなことをさせておいて……」

「大丈夫だ。さっき大体の段取りを決めておいたから心配ない。ちゃんとやっておくよ」

　磯村が恭子に代わって返答する。そういう話ではないと言いたかったが、お互いに納得しているなら口を挟む余地はなかった。

「友美、だから言ったじゃない。磯村さんも河津さんもいい人だって。そんなに怖がらなくてもいいんだよ」

「わ、分かってるよ、もう」

　友美は二人に頭を下げてから恭子についていく。最も厄介で怖いのは、実はこの女ではないかと思い始めていた。

11

　管理小屋で場内地図を確認したところ、今日は友美を含めて五つのテントと二棟のコテージに客がいるらしい。テントには友美、恭子、河津、磯村の他にもう一つ、コテージには北竹一家の他にもう一組、出会っていない人たちがいた。

思い返すと最初に管理小屋に入った時、売店では北竹聖良と壱月の姉弟《きょうだい》を見かけたが、さらに奥のキャンプ用品売り場を若い男女のカップルが通り過ぎるのを見た。黒ずくめの服装をした針金のような男と、ガーリーで可愛らしい服装をしたぽっちゃり系の女だった。おそらくあの二人がコテージに宿泊しているもう一組の客だろう。テントを張って寝袋に入る者たちには見えなかったからだ。

残りの客は恭子との散策中に見かけた、グレーのテントの住人だ。カンカン帽に花柄のワンピースを着たカカシの近くにあって、テントのファスナーを閉めて人の気配も感じられなかった。恭子が友美を誘って向かったのはそこだった。どうやら本当に全員を集めてキャンプファイヤーをやるつもりのようだ。

「だって一人だけ誘わないというのもないでしょ。意地悪で除《の》け者にしているみたいで申し訳ないよ」

恭子はそう言うが友美にその感覚はない。自分自身は他の者たちがキャンプファイヤーを楽しんでいても特に気にしないだろう。ソロキャンプで出会いや会話やイベントなど望んではいない。むしろそういう接触から逃れて、つまらない日常を忘れて一人で秘《ひそ》かに楽しむために来ていた。

一方でこのイレギュラーな事態も悪くないと感じている。見知らぬ者同士だからこそ気兼ねなく付き合える楽しさもある。どちらを優先するかは人それぞれだが、誘うだけなら文句はなかった。

グレーのテントは先ほどと変わらず、森林に近いところでひっそりと設置されている。入口のファスナーも閉じられたまま、周囲には人気《ひとけ》もなく、チェアなども出されていなかった。

「大丈夫かな……もし凄《すご》く怖い人が出てきたら」

「面白いね。その時はごめんなさーい、お邪魔しましたーって言って逃げようね」

恭子は甲高《かんだか》い声で笑う。なぜその可能性も否定せずに自ら飛び込んでいくのか。その感覚も友美にはないものだった。

「すみませーん。中におられますかー？」

恭子はそのままの声でテントに向かって呼びかける。もし昼寝中なら迷惑な話だが、こんなに陽気が良いのにテントを閉めて寝ているというのも考えにくい。続けて何度か呼びかけたが返答はなく、近くの森に棲《す》む蟬の声だけが延々と耳に響いている。どうやら外へ出かけているようだ。

そう思っていたら、テントのファスナーがジジジと開いて一人の男が顔を覗《のぞ》かせた。

「あ……おられたんですね。こんにちは。お休みのところすみません」

男はマッシュルームカットの髪型に色白で中性的な顔立ちをしている。ほとんど顔しか出していないが、華奢《きゃしゃ》で小柄な印象があり、少年とも呼べそうな雰囲気があった。

「私、向こうのテントでソロキャンプをしている里見です。こっちは友美……水瀬さんで、同じくソロキャンプです。あなたもお一人で来られたんですか？」

「……なんだよ、お前らは」

　男は訝《いぶか》しげな目を向けて低い声で返す。警戒している雰囲気がありありと伝わった。

「怪しい者じゃないですよ。実は私たち、他のキャンパーさんたちと一緒に広場でキャンプファイヤーをしようと計画しているんです。それで、もし良かったらと思って誘いに来たんです。どうですか？」

「キャンプファイヤー……一体、何が目的だ？」

「目的？　目的は……まあ、みんなでワイワイできたら楽しいかなって。ほら、意外とキャンプファイヤーってやりませんよね？　大きな火を焚《た》いたら興奮しませんか？　私はします。だから面白いかなって、思いません？」

　恭子は盛り上げようと一人で言葉を弾ませる。だが男の表情は暗いままだった。

「あ、もちろんお金はいりませんよ。セッティングも私たちが今から勝手にやっちゃいます。だから、ちょっとでも興味があるならふらっと見に来ませんか？」

「騙《だま》されるかよ」

「え、騙される？」

　男はそう言うと顔をテントの中に引っ込めて拒絶するようにファスナーを閉めた。

「断られちゃった……変な人に見られたのかな」

「そ、そんな感じだったね……」

友美は恭子を慰めるように愛想笑いを見せる。騙されるかよ、とは何かよくない勧誘と勘違いされたのかもしれない。ハイテンションで馴《な》れ馴れしい態度が裏目に出たか。否定する間もなく拒絶されてしまった。

「……さすがに突然すぎたんじゃないかな？　少し脅《おび》えている風にも見えたし」

「取って食われるとでも思われたかなぁ。うーん、年下の男子は難しいね。次、友美が呼びかけてみる？」

「い、いや、もうやめておこうよ」

交代したところで相手の気が変わるとは思えない。いずれにせよ断られたのだから、何度も誘うのも迷惑だろう。自由なソロキャンプの邪魔をしたくはなかった。

「水瀬さん、里見さん」

声をかけられて振り返る。小学生の北竹聖良が控え目な態度でこちらを見上げていた。

「キャンプファイヤーの準備、パパたちが様子を見てくれって」

「あ、すごーい！　できてるねぇ！」

いつの間にかキャンプスペースの中央辺りに高さ二メートルほどの櫓《やぐら》が組まれている。近くでは磯村と河津が丸太を運び、北竹も手伝って壱月がその様子を見ていた。恭子は手を振りながら小走りになって向かう。友美と聖良が並んであとに続いた。

「水瀬さん、今のテントの人も誘ったんですか？」

「うん。でもいいですって断られたよ。いきなり誘ったから仕方ないよね」

友美はさっきの彼を気遣って穏やかに返す。

「私たちは別のコテージに泊まっている人たちを誘いました。瀧《たき》さんと柚木《ゆずき》さんって人で、夕ご飯のあとに来てくれるそうです」

「へぇ、良かったね。その二人って、もしかして黒い服を着た男の人と、ふわふわの服を着た女の人？」

「あ、水瀬さんも会ったんですね。そうです。その超格好いい男の人が瀧さんです」

「格好いい……」

長身で細身の体型だったことは覚えているが、顔まではよく見ていなかった。

「それで水瀬さん、ちょっと聞いてもいいですか？」

「うん、何？」

「……あの二人って、付き合っているのでしょうか？」

「その、瀧さんと柚木さんのこと？　それはやっぱり、そうだと思うけど」

「でも、私はなんとなく違う気がするんです」

「そうなの？」

聖良は真面目な顔で正面を向いたまま、小さな顎《あご》に指をかけてうなずく。

「どうしてそんな気がするの？　何かあったの？」

「何もありませんけど、あんまり仲が良さそうには見えなかったので」

「でも仲が悪かったら二人でキャンプになんて来ないと思う。友達同士ってだけかもしれないけど、それでも……」

付き合ってもいないのに二人だけで山奥のコテージに宿泊するだろうか。少なくとも自分にその行動はない。しかし世間ではそういう関係もあるかもしれない。小学生を相手に生々しい話もできなかった。

「……まあ、私は通りすがりに見かけた程度だからよく分からないかな。会った時に直接聞いてみたらいいんじゃない？」

「そうですか……」

聖良は二人の関係をやけに気にしている。恋人同士だと思うが断言は避けたほうがいいだろう。少女の疑いは、格好いい男の隣にいた彼女への可愛らしい嫉妬《しっと》に見えた。

櫓は太い丸太を閉じた傘のように立てて、その周囲を井の字形に組んで高く積み上げられている。想像していたより本格的で、これに火が点《つ》くと壮大なものになるだろう。

恭子も目を輝かせて満足そうに眺めていた。

「パパ、手、どうしたの？」

北竹は右手の小指の付け根辺りに大きな絆創膏《ばんそうこう》を貼っていた。

「やっちゃったよ。丸太にトゲトゲの棘《とげ》があってね、持ち上げた時にざっくり……」

「嘘、大丈夫？　痛くない？」

「平気平気。慣れないことはするもんじゃないね。聖良も気をつけないと駄目だぞ」

「私、丸太なんて持たないから。ちゃんと消毒した？　手袋とか着けなくていいの？」

「大丈夫。パパはもう持たないからね。磯村さんと河津さんから、やらなくていいって止められたよ」

北竹は気弱そうな笑みを浮かべて笑うが、しっかり者の娘は呆《あき》れ顔で溜息《ためいき》をついた。恭子も、気をつけてくださいねと忠告した。

「友美。コテージの人たちも参加してくれるって」

「聖良ちゃんから聞いたよ。夕食後に来るって。じゃあ火を点けるのもその時に？」

「そうだねぇ。日が暮れてからのほうが綺麗《きれい》だろうし、皆さんも一旦《いったん》解散して夜にまた集まりましょうか。場所はここで、飲み物とかお菓子とか持ち寄って遊びましょう」

櫓を組み立ててくれたのは磯村と河津と北竹だが、リーダーシップを取るのはやはり彼女だった。北竹一家と磯村はそれぞれのコテージとテントへ戻り、三人が残された。

「それじゃ私たちも、ちょっと早めの夕食にしようか、友美」

「恭子って、ソロキャンプに来たんだよね？」

「えー、一緒に作って食べようよ。セレブなチェアにも座らせてあげるから。あ、河津さんもご一緒にどうですか？　一番丸太を運んでくれましたから、お礼に」

「何だよ。飯でも作ってくれるのか？」

「何言ってんですか。ソロキャンプはなんでも自分でやるのが鉄則ですよ」

「よくそんなことが言えるな。じゃあ一体なんのお礼だよ」

「だから、友美の隣でご飯を作って食べてもいい権利ですよ。さ、行きましょ」

恭子は得意気な顔でそう言うと率先《そっせん》して友美のテントへ引き返す。友美と河津は呆気《あっけ》に取られた。

「迷惑行為はお控えくださいって、キャンプ場の利用規則にも書いてあったのにな」

「わ、私は迷惑とまでは思っていませんから」

友美は慌てて否定する。河津は疲れた顔で同情するような眼差《まなざ》しを向けていた。

12

今日の朝、友美が考えた目的の一つは、テントの前で一人黙々と夕食を摂《と》ることだった。日が暮れてやや涼しくなったキャンプ場で鳥の声や川のせせらぎを聞きながら、焚《たき》火台《びだい》で作った料理を食べてみたかった。結局キャンプの醍醐味《だいごみ》とは、ご飯を食べたり本を読んだり昼寝をしたりと、普段の行動をゆっくりと楽しむことに尽きる。さらに人見知りの激しい友美にとっては、一人でいられるソロキャンプのほうがより堪能《たんのう》できた。

しかし今回の夕食は友美のテントの前で恭子と河津の三人で摂ることになった。それぞれが持ち寄った一人用の焚火台とチェアで三角形を作り、持参した食材を使って各々で調理する。管理小屋の隣に設置された水場に一番近いという理由もあるが、当初の目的とは全く異なる状況になってしまった。

「ねぇ友美。私って何を作ったらいいかな?」

「ほ、本気で言っているの、恭子」

恭子が無邪気にクーラーボックスの中を覗《のぞ》き込んでいる。想定外の出来事もアウトドアの楽しみではあるが、彼女の計画性のなさには驚きを通り越して不安すら覚える。これまでの行動を見てもソロキャンプには全く向かない人に思えた。

「お肉や野菜は入っているんだよね。牛肉、ジャガイモ、ニンジン、タマネギ……」

「カレーの具材みたい。それなら普通に焼肉と焼き野菜でもいいと思うけど。調味料はある？」

「調味料かぁ……カレールウならあるよ。あとお米も」

「じゃあもうカレーライスだよ。恭子、そのつもりで持って来ているよ」

「きっとそうだと思う。お鍋《なべ》もあるし。よし、カレーにするか」

恭子は即座に方針を決めて準備に取りかかる。手際の良さを見ても料理には慣れているらしく、友美や河津の手は借りるつもりはないようだ。大雑把さと几帳面《きちょうめん》さが混在しているのも彼女らしい。アルミ製の飯盒《はんごう》と野菜を持って水場へ小走りしていった。

「いちいち騒がしい人だな」

河津が恭子の背中を目で追いながら言った。友美は思わず苦笑いする。

「君たちは本当に初対面なのか？　ずいぶんと親しげに見えるが」

「本当に初対面です。数時間前に出会ったばかりです」

　友美自身も信じられない気持ちを抱いている。自分がこれほど気さくに会話のできる相手は他にいない。数少ない友人や家族との会話でもどこか遠慮を感じてしまう。職場ではもっと有り得ないことだった。

「きっと恭子がそういう人なんだと思います。自然体で受け止めてくれるような。それでいて、年上のかたに失礼ですけど、放っておけないというか……」

「磯村さんもそんなことを言っていたな。ちゃんと見ておかないと山火事でも起こしかねないって。まったく……羨《うらや》ましい性格だ」

　河津は焚火台の火を強くしながら溜息をつく。羨ましいという気持ちは友美も共感できた。ここは私が生きるべき世界じゃないなんて、恭子は感じたこともないだろう。私がいるから世界があるとすら言い出しかねなかった。

「今座っているこのチェアも、素敵だねって褒めたらすぐに私のと交換してくれました。自分で使うつもりだったのに、全然気にしていないようです」

「ハンモックチェアか。確かにいいやつだな。座り心地はどう？」

「最高です。浮き輪を付けて海に浮かんでいるみたい。ただ、こう前傾《ぜんけい》姿勢で調理をするには、すごく不安定で辛《つら》いです」

　友美は膝《ひざ》と内腿《うちもも》に力を入れながらブロッコリーやシイタケやウィンナーを切り分けている。何事も万能というわけにはいかないらしい。河津は、なるほどなぁと笑っていた。

「炭火、作ったからあげるよ」

「あ、ありがとうございます」

河津は多めに作った炭火を友美と恭子の焚火台に分け入れる。

「水瀬さん、昼はいきなり声をかけて悪かったね」

「い、いえ……」

「変な奴だと思っただろ。そんなつもりはなかったんだけど、俺も慣れていないというか……」

「私こそ狼狽《うろた》えてしまってすみません。せっかくお誘いいただいたのに」

そう言って友美は油を溜《た》めたフライパンを火にかける。もう河津に対して苦手意識は感じていない。むしろ生真面目で親切なところに好印象を抱いていた。

しかし彼は友美から目を逸《そ》らしてぽつりとつぶやいた。

「なぜかは分からないが、急に怖くなったんだ。ここに一人でいることが」

「え？　何が……」

「そうそう、ねぇ友美」

水場から戻ってきた恭子が米の入った飯盒を焚火台にかける。

「お、火が点いてる。ありがとう河津さん」

「……炭はもう少し足して安定させたほうがいい」

「恭子、お米はまだしばらく火から離して水を吸わせたほうがいいよ」

「あらそう？　炊飯器とは違うんだね。いやぁ、アウトドアに詳しいお二人がいて本当に助かります。友美、このチェアも凄《すご》く座りやすいよ！」

恭子は目を細めて飯盒を外し炭を追加した。

「それで恭子、今何か言いかけなかった？」

「あ、そうそう。管理小屋のお兄さんもキャンプファイヤーに誘ったほうがいいかなって思ったんだけど」

「あの人も？　それは……」

客と視線を合わせるのが苦手そうな男、野島の顔が頭に浮かぶ。キャンプファイヤーについて聞いた時もはっきりと返事をせず、さほど興味がある風には見えなかった。

「無理に誘わなくてもいいんじゃない？　あの人は客じゃなくてオーナーだから。かえって迷惑かと」

「受付にいた人のことなら、夜はいないと言っていたぞ」

河津が話に加わる。

「六時には管理小屋を閉めて、七時には家に帰るらしい。だから用事があるなら先に言ってほしいって聞いた」

「そうなの？　じゃあ私たちは放《ほ》ったらかし？」

「キャンプ場だとそういうところも多いよ。受付の時にもらった案内用紙には夜間の連絡先もあった」

友美が補足する。利用料金が前払い制なのもそういう理由だ。恭子もじゃあいいかと諦めた。

「それにしても、カレーってルゥを入れた途端にカレーの匂いになっちゃうね。友美は何を作っているの？」

「アヒージョ。野菜やキノコや魚介類を油で煮るやつ。家に冷凍のシーフードが余っていたから、これでいいかなって」

「ああ、スペインの料理だっけ？　パンを浸して食べたらおいしいね」

「さらにこの丸いカマンベールチーズをフライパンの真ん中に置けば、なんとチーズフォンデュもできる」

「おっしゃれー。私のカレーと交換しない？」

「うん、いいよ。いい匂いがするとやっぱり気になるよね」

「パンにも合うしね。それで、河津さんは定番の焼肉ですか？」

「せっかくキャンプに来たんだ。炭火焼肉は家じゃできないからな。それとこっちも」

河津はそう言うとクーラーボックスからパック入りの刺身を取り出す。

「刺身をあぶり焼きにするんだ。半生半焼きにするとまた違った味が楽しめる」

「あ、面白いですね。私のカレーと交換しませんか？」

「いらない。家で作れるものを食ってどうする」

「ひどい！　じゃあ友美のアヒージョと交換しませんか？　手作りですよ」

「え、ひどい！　私ので取引しないでよ！」

諦《あきら》めた。

恭子と河津は同時に笑い声を上げた。こんな雰囲気は久しぶりだ。恭子がいるだけで場が和み、皆も饒舌《じょうぜつ》になっていた。

「か、河津さんは、キャンプに慣れているんですね。お刺身のあぶり焼きなんて初めてです。炭の火付けも手際が良かったし、そう、ミル挽《び》きでコーヒーも淹《い》れていましたね」

「本当、頼もしいよね。友美、いい人に出会ったね」

「ナンパだとか言って追い返したくせに……まあ、学生の頃は勉強の合間によくあちこちに出かけていたからな。野営で遊べることは一通り身につけたつもりだ。今は仕事が忙しくてなかなかできないが。これを機にまた趣味を再開してもいいかもな」

「河津さんは凝り性で真面目っぽいですよね。やり始めたら突き詰めていく感じで」

「どうかな。それで不器用だからやってられないよ」

恭子の言葉に河津は謙遜《けんそん》する。

「河津さんって、もしかして銀行員さんじゃないですか？」

「え、銀行員？　違うけど、どうして？」

「なんだかお堅い仕事をされている気がします。あ、学校の先生とか？　私、人の職業を当てるのが得意なんですよ」

「違うよ。学校の先生でもない。ただ……お堅いかどうかは分からないが、公務員だよ」

「恭子も半分当たっていたね。どういった関係ですか？　お役所ですか？」

友美が続けて聞くと、河津はうーんと唸《うな》って口籠《くちご》もった。

「まあ一応、霞《かすみ》が関《せき》方面のね」

「はぁ……霞が関方面に職場が？」

「友美、友美、……霞が関の公務員ってことは、省庁の官僚さんでしょ」

「あ、そういうこと」

お堅いどころではない。国家の中枢を担うエリート公務員だ。それがどうしてこんなところでソロキャンプをしているのか。恭子はスプーンの背で吹き出した飯盒《はんごう》を叩《たた》いた。

「どうりで、高飛車なのにフレンドリーで、付け入る隙もないと思った」

「それ、褒めているのか？」

「もちろん。とっても素敵なご職業で」

「お陰様で。毎日地獄だよ」

河津が少し目を逸らして自嘲《じちょう》気味に笑う。

「……でも、悪い。今日は仕事の話をする気はないよ」

「そこは気が合いますね。私もしたくないわ。友美は？」

「私も……そのために来たから」

せっかく見知らぬ人たちと出会えたのに、現実での話をしてもつまらない。同様にあれこれ尋ねると彼らも白けさせてしまうことになるだろう。二人も同じ気持ちのようなので、あとは目の前にある夕食の話題だけを言い合って過ごした。恭子から分けてもらったカレーを一口食べて、彼女が極端な激辛好きだと初めて知った。

13

明かりの消えた暗い世界で、友美はうっすらと目を開いた。

湿っぽい布団の固さに不快感を覚えたが、それ以外に体を横たえる場所もない。狭い一室は脱ぎ散らかされた服と、飲み捨てられた空き缶やペットボトルと、インスタント食品の山と、中身の詰まった多数のゴミ袋に占有されていた。

ここはどこ？　と不思議に思うことはない。私が目を覚ますのはいつも同じ場所。ここより他に居場所はどこにもなかった。枕元には小さな布製の人形がある。いつか誰かが買ってきてくれた人形。ちっとも可愛くないけど一緒に寝なさいと命令されていた。

仰向《あおむ》けになって天井を見上げると、丸い電灯が黒い満月のように浮かんでいる。それを隠すように右手を上げ、指を開いてぼんやり見つめた。いくつ？　と尋ねられたらこうして応《こた》える。五つ、五歳、五本の指。でも明日《あした》になるともう一つ増やさないといけない。人差し指だけを残して四本の指を握る。これは一歳。もう一度全部の指を伸ばして、また人差し指だけを残す。五歳と一歳だから六歳。二つ一緒に示すことができない。

友美はふと思いついて、左手も持ち上げて人差し指だけを伸ばす。右手は全部開いたままだ。五歳と一歳だから六歳。凄い、これできちんと伝えられる。自らの発見に感動して思わず笑う。こんな方法があるなんて、きっと誰も知らないだろう。

ぼそぼそと、大人たちが話す声が聞こえた。

友美は両手を下ろして目を向ける。引き戸の隙間から隣の部屋の明かりが細い線となって伸びている。声もその向こうから聞こえていた。大人たちはいつも夜になるとそこで話をしている。たまに大声で笑ったり、怒ったり、物が割れる音がする。でも今日は静かだった。低い声でぼそぼそと、テレビのように延々と話し続けていた。

友美は、はっと気づくと強く目を閉じて、両手で両耳を塞《ふさ》いで布団に転がる。隣の部屋を覗《のぞ》いてはいけない。話し声を聞いてはいけない。絶対に開けてはいけない。そう強く命じられていた。耳を塞ぐと左の頰と頭の右がずきずきと痛む。夕方に頰を叩かれて、頭を壁にぶつけたことを思い出す。そこからはもう何も覚えていなかった。

目と耳を塞いで頭を軽く押さえつけると、嬉《うれ》しいような、温かいような気持ちが体中に広がっていく。鼻も塞げたらもっといいのに、やり方が分からなかった。もう何も見えない、何も聞こえない。外の怖いことがみんな遠ざかっていく。体が溶けて布団の中に染み込んでいく。ずっとそのままでいたかった。

すっという音とともに、光の隙間がわずかに広がる。目と耳を塞いでいても様子が変わったことが分かった。何か黒く大きな物が部屋に入ってくる。友美はそれでも気づかないふりをして、起きているような、眠っているような感覚に身を委《ゆだ》ねていた。ここに入ってくる人は一人しかない。起きているのが知られると叱られる。

首元に手が触れて、その冷たさに体が震える。布団に溶け出していたものが一気に体内へと引き戻されて現実感が押し寄せてきた。添えられた手は私の体温を奪って温《ぬく》もりを持ち始める。しかし岩のように固くなって首を絞め上げてきた。

友美は息が詰まって短い呼吸を繰り返す。いつもとは違う行動に驚きながらも、いつもと同じように苦しめられていると分かった。鼻の奥がつーんとして、顔が風船のように大きく膨らんで破裂しそうな恐怖を抱く。耳から手を離しても外の音は聞こえず、代わりにすぐ側でたくさんの電車が走っているような轟音《ごうおん》がこだましていた。首を絞め付ける両手がさらに力強く、ちぎるように押し潰《つぶ》してくる。

わずかに目を開けると、垂れ下がる髪に顔を隠した女の暗い姿が見えた。

友美は顔から飛び出しそうな目でぼやけた女の顔を見ている。手足から徐々に力が抜けて、鼻の詰まりがなくなって、耳の中の音が急に止まった。恐ろしい力で首を絞め付ける圧迫感からも解放されて、体の感覚が一切なくなった。それに驚く感情すら生まれてはこなかった。

もう私には何もない。体も動かず、外のことも分からない。隣に横たわっているはずの、あの可愛くない人形と全く同じになってしまった。

目にはさっき見たものと何も変わらないものが映っている。本当に見えているのか、思い出しているだけなのかも分からない。くしゃくしゃになった長い髪が垂れ下がり、顔は隣の部屋の明かりを後ろから受けて影になっている。

でも私はこの人が誰か知っている。だから見えない目で見つめて、上がらない腕を持ち上げて、開かない口を開いて、聞こえない声を絞り出す。

苦しいよ、お母さん。

「友美?」

「わぁっ!」

ふいに聞こえた声と覗き込む女の顔に驚いて友美は身をよじる。地面がぐらりと揺らいで転落の恐怖に襲われた。

「危ない!」

続けて声が聞こえて地面が震動する。いや、地面ではない。倒れそうになった椅子の手すりを摑《つか》まれ押し留《とど》められていた。

「あ、き、恭子?」

「ごめんね、友美。大丈夫?」

友美はハンモックチェアに揺られて呆然《ぼうぜん》としていた。

「そろそろ起こそうと思って呼んでみたんだけど、びっくりさせちゃったね」

「大丈夫……ちょっと、うたた寝してて」

体を起こしてぼんやりと辺りを見回す。早めの夕食を終えて片付けを済ませたあと、恭子ととりとめもない会話をしていたはずだ。しかし腹が満たされてから心地よいチェアに寝そべっているうちに眠ってしまったようだ。

森から聞こえる蟬の声は減り、傾いた日差しがカカシの影を長く伸ばしている。キャンプ場に夜が迫りつつある。河津の姿はこの場になく、いつの間にか自分のテントへと戻ったようだ。

「友美、紅茶淹《い》れたけど飲む？」

「ありがとう……ごめん、恭子。せっかくのハンモックチェアを独占して」

「いいよいいよ。昼寝しちゃうくらい気に入ってもらえて嬉しいよ」

恭子に手渡されたカップに口を付ける。香り立つ茶の温かさが喉《のど》を通って胃に到達するのを感じて深く溜息《ためいき》をついた。体の芯《しん》に寒気を感じる。屋外で寝てしまったせいだろうか。夕暮れが近づき少し冷えてきたようだ。

「それにしても、凄《すご》くびっくりしていたね。何か怖い夢でも見ていた？」

「そう……」

今となってはもう住所も覚えていない、ゴミ溜《た》めのようなマンションの一室。埃《ほこり》っぽい空気の籠《こ》もったにおいと、どこかで何かが腐っている悪臭。何一つ好みじゃなかった人形と、天井に張りついた黒い月。隙間から漏れる隣の部屋の明かりと、呪文のような大人たちの話し声。

誕生日の前日に、娘の首を絞めて殺そうとした、母。


「夢かぁ。私、夢って全然見ないから。いつも布団に入ったら一瞬で朝になっちゃうの」

「それ、疲れすぎているからじゃない？」

「うん。もうね毎日、電池切れと急速充電を繰り返している感じがする。それで友美は、どんな夢を見たの？」

「それは……」

友美は右手を髪の中に差し込んで後頭部を撫《な》でる。それから首元まで下ろして軽く摑んだ。冷えた右手の冷たさが背筋に走る。力強く打つ頸動脈《けいどうみゃく》の音を掌《てのひら》に感じた。

「……忘れた。キャンプファイヤーの準備をしようよ」

苦笑いでごまかす。恭子は残念そうになんだぁと言った。そう話している間にも取り戻した眩《まぶ》しい現実感に照らされて、今まで見ていた暗い光景は頭の片隅に追いやられた。

ただし、あれは夢ではない。紛れもなく、思い出したくない過去の記憶だった。

14

友美と恭子がテントサイトの中央に向かうと、すでに磯村と河津が櫓《やぐら》の前で待ち受けていた。その周辺にいつの間にか太い丸太がいくつか横倒しになっている。チェアの代わりとして用意してくれたようだ。

「北竹さんの家族ももうすぐ来るって。さっき女の子がきたよ」

河津が丸太に腰かけている。職業が官僚と聞いてからその横顔がやけに理性的で頼もしく見えるのは先入観だろうか。いや、よく知るにつれて自分の中で評価が上がっているのだ。それだけに最初のナンパめいた出会いは残念だった。

「おい、これどうやって火を点《つ》けるつもりだ？」

磯村が恭子に聞くも、彼女は意味が分からないようだ。

「あれ？　これって火が点かないんですか？　あ、どこから点けるかってこと？」

「違う。点ける場所は真ん中の下になると思う。そうじゃなくて、俺が勝手に点けていいのか？　それともあんたらが点けるのか？」

「あー、どうしよっか。友美が点ける？」

「い、いや、それは恭子の役目でしょ」

手慣れている磯村に任せてもいいが、彼が希望しないなら発案者の恭子がすべきことだと思い促した。

「そう？　それじゃ子供たちにやってもらえばいいんじゃない？　聖良ちゃんと壱月くんに。きっと喜ぶよ」

「いや、里見さん。子供は櫓に近づかせないほうがいい。見よう見まねで組み立てたものだから不安定だ。それに中に火を入れるのも難しいだろう」

河津の言うことはもっともだ。しかしその理由だと大人にとっても安全ではない。離れたところから火を点ける方法がいいだろうか。そこまで考えて友美が思いついた。

「あの、前にどこかで見た覚えがあるんですけど、こういうのって点火のセレモニーがあるんじゃないでしょうか。みんなでトーチというか、松明《たいまつ》を持って一斉に櫓に挿して火を点けるような」

「それ面白そう！　聖火の点火式みたい。どうですか？　磯村さん」

「分かった……長いのが何本かいるな。探してこよう」

「やれやれ」

そう言って磯村は管理小屋の隣の資材置き場へ向かう。河津もしぶしぶ丸太のチェアから立ち上がって付き合った。友美も手伝おうとあとに続くが、彼は手で制してそのまま遠くを指差す。見ると北竹一家と男女のカップルがこちらに向かっていた。

「どうもどうも、お待たせしまして、お待ちどおさまです。任せっきりですみません」

クーラーボックスを提げた北竹がお辞儀をしながらやってくる。恭子もつられてぺこぺこと頭を下げていた。壱月は友美に駆け寄り背負っていたリュックを下ろすと、チョコレート菓子を差し出してきた。

「よろしく、おねがいします」

「え、くれるの？　私に？」

隣の聖良が弟の頭を撫でてうなずいた。

「皆さんのところへ行くって言ったら、仲良くしてくれたお礼を渡したいって」

「そうなんだ……ありがとう、壱月くん。こちらこそよろしくお願いします」

友美は戸惑いながらも笑顔を見せて受け取る。菓子よりもその気持ちが嬉《うれ》しい。同時に、五歳の子にまで気を遣わせてしまったことに心苦しくなった。

「へぇ、すっげーのができてんな」

一家の後ろからやってきた細身の男が声を上げる。目が隠れるほどの長髪に黒ずくめの服を着てシルバーのネックレスを着けている。友美と同じくらいの歳だろうか。目の下に濃い隈《くま》があり、頰が痩《こ》けて顔色も悪かった。

「あんたらが作ったのか？　いかれてんな」

「み、みんなでキャンプファイヤーをやろうって。あ、水瀬と言います」

「聞いてねぇし。キャンプファイヤーって、小学校かよ。これに火ぃ点けんだよな。そんで歌でも唄《うた》うのか。燃えろ燃えろーって。やっべ、呪いの儀式みてぇ。何教《なにきょう》だよ」

男は丸太に足をかけて早口に捲《まく》し立てる。瀧という名前だったか。見た目も態度もやけに子供っぽくてガラが悪い。キャンプ場よりも深夜の繁華街が似合いそうだ。

瀧の後ろでは連れの女が棒立ちになっている。色白のぽっちゃりでプリーツスカートにサンダルと、こっちもキャンプ場より街歩きが似合いそうだ。小さな目を瞬《しばた》かせて気弱そうに辺りを見回していた。

「初めまして、水瀬です」

「柚木です……」

柚木は蚊の鳴くような声で応《こた》え顔を伏せる。引っ込み思案なのか、あまり話したくなさそうだ。

「来てくれてありがとうございます。迷惑じゃなかったですか？」

「はぁ」

「そいつ、ほとんど喋《しゃべ》らねぇから放っておけよ」

瀧が見下すように言った。

「部屋の中でもずっと座ってブツブツ言ってるし。気持ち悪いんだよ」

「そ、そうなんですか……」

「それよりキャンプファイヤーやるんだったら、ついでにここのカカシも燃やそうぜ」

「カカシを？　どうして？」

「いい火種になるだろ、それに火あぶりの刑みたいで面白いぞ」

「でもそれは、キャンプ場の物だから。燃やしたら叱られるかと」

「関係ないだろ。受付の奴ももう帰るらしいし、何やっても分からないだろ」

「だからって……」

そんなことできるわけがない。しかし瀧の陰湿そうな目付きと口調からは本気で考えていそうな危うさを感じた。

「ああ、瀧さんと柚木さん、ですね」

不穏《ふおん》な空気を払うように恭子が明るく声をかける。

「火を点ける準備をするので、お二人も適当に座って……どうしたの、友美」

「瀧さんが、カカシも燃やそうって……」

「カカシも？　なんで？」

「なんで俺の名前を知ってんだよ、あんたら」

瀧が眉《まゆ》を寄せて二人を睨《にら》む。恭子が笑顔で頭を下げた。

「今、北竹さんから聞きました。里見です。カカシに火を点けるんですか？」

「冗談だよ。面白いと思っただけだから」

「ここのカカシって変に生々しいから、燃やしたら怖そうですね。ついでにコテージと管理小屋にも火を点けて山火事を起こすとか？」

「恭子？」

「次の日オーナーさんが来たらみんな焼け跡になってぽかーんとするの」

「ああ、それいいな」

友美は驚くが恭子は瀧に向かって笑いかけ、瀧も話に合わせてにやにや笑う。

「その時にはみんな逃げて誰もいないってか」

「いや、隠れてこっそり見たほうが面白いんじゃない？　どうせ誰がやったか分かんないよね」

「いつの間にか勝手に燃えてたって？」

「それぞれあの人が怪しいとか、あいつが火を点けるのを見たとか言い合うとか。ドラマみたいに」

「ははっ、頭いいな」

「というわけで、座って座って。飲み物とかお菓子とか持ち寄ったから、好きなの取ってください」

恭子は瀧の背を叩《たた》いて促す。柚木も無言であとに続いた。

「いいねぇ。賑《にぎ》やかになってきたね」

「恭子、大丈夫なの？　火を点けるとか、山火事にするとか。ちょっと変だよ」

友美の疑念をよそに恭子は平然と笑っている。

「ええ、山火事？　しないしない。そんなの山を愛する磯村さんに怒られるよ」

「でも瀧さんが本気にしたら……」

「ないない。でも本当にやったら、その時は一緒にあの人がやりましたって証言しようね」

恭子は瀧の背中を指差す。友美は啞然《あぜん》と彼女を見ていた。

15

壁のように迫った西の山に太陽が沈むとキャンプ場に夜が訪れる。ビルも車もアスファルトもないここでは、日差しが絶えると気温がぐっと下がり、森を抜けて吹く湿った風にも涼しさが感じられる。

見上げた夜空はよく晴れているが、期待していたほど星の数は多くない。上弦の月がまだ明るいこともあるが、敷地内にいくつか立っている外灯が辺りを照らしているせいもあるだろう。人工的な光が全く存在しない野営も本格的で良いが、キャンプ場には最小限の安全と安心感も重要だった。

磯村は用意した五本の松明に火をつけて、友美、恭子、河津、北竹一家、そして瀧に一本ずつ手渡す。柚木は瀧が持っているからいらないと断り、磯村自身は火の見張り番として櫓《やぐら》の側についた。松明は太い棒の先端に細い薪《まき》や枝を束ねて針金で巻いて作られている。急造にしてはよくできていた。

「ガソリンでもあれば景気よく燃えるんだが、さすがに売り物にはなかった」

磯村は不満げに言うが全員の松明にはきちんと火が灯《とも》っている。緩やかな夜風がうまく火勢を保ってくれているのだろう。子供もいるのでこれくらいで充分だ。持ち上げると火の粉が落ちるので櫓に向かって水平に伸ばしていた。

「ええと、皆さん。あんまり持ち続けているのも危ないので早速始めちゃいましょう」

　恭子が口火を切った。

「このたびは、いななき森林キャンプ場、キャンプファイヤーセレモニーにご参加いただき誠にありがとうございます。ふいの呼びかけにもかかわらず多数の方々に応じていただき大変感謝しております。私たちは本日、偶然この場所で出会っただけですが、これも何かのご縁ということで、たとえ今宵《こよい》限りであったとしても親睦《しんぼく》を深め合い楽しく過ごせたら幸いに存じます」

　彼女は気負うことなく明瞭《めいりょう》な声で、すらすらと挨拶《あいさつ》の弁を述べる。さすが営業職と言うべきか、即興にもかかわらず表情と口調が堂々としていて文言もまとまっていた。

「以上。というわけで点火です！　皆さん一斉に、せーのっ、ファイヤー！」

「ファ、ファイヤー……？」

　と、感心した矢先に、いきなり締まらないかけ声とともに松明《たいまつ》が櫓に挿し込まれる。そういうところも彼女らしい。皆もぽつりぽつりと恥ずかしげに声を上げつつ松明を入れていく。それから誰からともなく拍手が起こった。

　櫓の奥で燃える松明は初めこそ大人しい焚火《たきび》だったが、中央に束ねられた太い木々に燃え移るなり勢いを増して炎が立ち上った。囲うように組まれた丸太が横風を遮って上昇気流を作っているようだ。単なる火だが、普段見慣れている焚火台より何倍も大きいキャンプファイヤーは見応えがある。赤い竜がのたうつように燃えさかり、爆《は》ぜる音とともに火の粉が舞うと歓声が上がった。

「飲み物やお菓子は適当に選んでね。みんなで持ち寄ったものだから早い者勝ちだよ。乾杯の音頭は陰の功労者、イケメンの河津お兄ちゃんにお願いします」

「もう酔っているのか？　おかしな紹介するなよ」

恭子に促された河津は簡単に挨拶をして缶ビールを掲げる。友美は持参したノンアルコールのアップルジュースを開けた。元から酒はほとんど飲めない上に、昼寝のあとから妙に体が熱っぽい。風邪のひき始めのような体調不良の兆しを感じていた。

この中で飲酒ができるのは恭子、河津、北竹静夫、瀧の四人らしい。柚木も炭酸飲料を手にしていて、聖良と壱月は子供だった。

「磯村さんもお酒を飲まないんですね」

お茶のペットボトルを手にする磯村に友美は声をかけた。彼は仏頂面のまま、ああと低い声で返した。

「もう一生分飲んだからな。充分だ」

「はぁ」

飲み飽きたというか、そういう感覚もあるのだろうか。火を見張っているので素面《しらふ》のほうが安心だった。

「キャンプファイヤーがやりたいとか、何を言い出すかと思っていたが……悪いもんじゃないな」

「はい。こんな立派な物を作ってもらえて。磯村さんのお陰です」

「いや、俺は……」

磯村は友美から顔を背けた。照れたのか、謙遜《けんそん》のつもりか。やがて火バサミを手にすると薪を動かしながらつぶやいた。

「俺も、こういうことをしているだけで良かったのにな……」

それは友美ではなく自分自身に語りかけているようだった。何か思い返すことでもあったのか。深く皺《しわ》の入った茶色の顔に炎の赤みが映っていた。

「皆さーん、ちょっといいですかー?」

河津や北竹と話していた恭子がマグカップを片手に呼びかける。中身はロックか水割りか。少し前まで手にしていた缶はもう空になったようだ。

「キャンプファイヤーと言えば歌や踊りが定番ですけど、さすがに恥ずかしいですね。そこで、とりあえず自己紹介をしたいと思うんですけど、どうでしょうか?」

確かに行きがかり上、友美は全員と顔を合わせているが、この場が初対面の者たちもいる。また友美もほとんどが顔と名前しか知らなかった。

「ということで私から。今さらですが初めまして、里見恭子です。三十ウン歳の会社員です。都内の広告代理店で営業をしています。キャンプは初心者ですが、やってみようの精神で有休を取ってここへやって来ました。賑やかなことが大好きです。どうぞよろしくお願いします。じゃ、次、友美」

　恭子からいきなりの指名を受けて、友美は全員の視線を浴びる。ぞっと寒気が走って足が震える。このままバイクで逃げ出したい気持ちに駆られたが、そういうわけにもいかないので意を決した。

「はい……えっと、水瀬友美です。二十六で、会社員をしています。キャンプは、ソロキャンプに、時々出かけています。こ、ここは初めて来ましたが、とても素敵なところだと思いました……」

　小学生の日記のようになってしまった。思考と発話が一致しないのはいつものことで、遊びの場でも人前での発表や自己アピールは極端に苦手だった。中途半端に終わったせいで妙な沈黙に晒《さら》される。言い淀《よど》んでいると恭子が助け船を出してくれた。

「友美ちゃーん。好きなスイーツはなんですか？」

「スイーツ？　スイーツ……マ、マシュマロ？」

「かーわいいー。じゃあ次の人を指名して」

「つ、次、じゃあ河津さん、お願いします……」

　友美は逃げるように丸太に腰を下ろした。恭子が拍手をしたので他の者たちも合わせて手を叩いていた。勝手に感じていた重圧から解放されて溜息《ためいき》をつく。よく考えたら、別にマシュマロもそれほど好きなわけじゃない。キャンプ場といえば、焚火であぶったマシュマロをビスケットに挟んで食べるのが定番だなと、なんとなく思っただけだった。

「河津隼人です。三十六歳で公務員をしています。キャンプは、まあ、仕事を忘れて一人で遊べるから好きですね。この頃はグッズの種類も増えて、見た目も機能も進化しているようで驚きました。こんなところでいいか？」

「駄目です。キャンプ場ならではの面白エピソードで場を盛り上げてください」

「なんで俺の時だけハードル上げるんだよ」

恭子に向かって河津が苦笑いする。

「ちょっと思い出したんだが、そういえば、前にここのキャンプ場で事故があったとネットのニュースか何かで見た覚えがある。あっちの川で子供が溺《おぼ》れたとか」

「え、待って、そういう話？　怪談？」

「いや、怪談じゃなくて本当の話だ。誰か知っていますか？」

河津が見回すが皆は首を振る。友美も初耳だった。

「ああ、俺もそんな話を聞いた気がするな」

つまらなそうに聞いていた瀧が反応した。

「で、死んだのか？　そいつ」

「……多分そうだろう。無事だったらニュースにならないからな。化けて出てきたって話じゃなかった」

「やだやだ、ちょっとやめてよ河津さん」

恭子が眉《まゆ》をひそめる。どうやらそういった類《たぐい》の話は苦手なようだ。

「確かに昼間に見た時、奥のほうは割と深そうだったね」

早々と顔を赤くしていた北竹が返す。

「川は危ないよねぇ。流れも速いし、雨の日は増水するし。何か起きても不思議じゃないと思っていたよ。壱月も足がつかないだろう」

「そうです。行政指導は入っていないようですが、あまり安全とは言えない。お子さんは気をつけたほうがいいですよ」

北竹がうなずく。のんびりとした彼も一応は気にしていたようだ。

「壱月のことだよ。一人で川に入っちゃ駄目だからね」

聖良が隣の壱月に向かって厳しく言う。壱月は分かっているのかいないのか、とりあえずうなずいていた。

「じゃあ、俺の話はこれくらいで……」

「どうすんのよ、この空気」

恭子が白けた顔で言う。思いのほか真面目な話になったせいで、どこからも拍手の音は聞こえなかった。

16

「うちの子を気遣ってくれてありがとうございます。じゃあ次は僕が……」

北竹が場を和ませるように目を細めて手を挙げる。

「北竹静夫です。年齢は四十路《よそじ》の四十五歳です。仕事は……今は車の工場で働いています。ここのキャンプ場は十年ほど前のオープン当初から何度か来ていますね。ちょっと遠いけど綺麗《きれい》で設備も整っていて、子供も遊びやすいので気に入っています。野島さん、オーナーも親切で愛想のいい人ですから。今日も久しぶりに話ができました」

酔っているのか、普段通りなのか、ゆっくりと話を続ける。あのオーナーの愛想がいというのは意外だが、馴染《なじ》みの客に見せる顔は違うのかもしれない。そもそも予約もせずにやって来た友美にも非はある。素っ気ない態度はともかく対応自体は親切だった。

「だけど他のお客さんと一緒にキャンプファイヤーをするのは初めてですよ。やぁ、楽しいですね。僕は火を見ているだけで満足です。誘ってくれてありがとうございます。良い思い出になりそうです。じゃあ次は……やる？」

北竹は聖良に目を向ける。少女はうなずくと壱月の手を取って丸太から降りた。

「北竹聖良、十一歳です。こっちは……」

「きただけいつき、五歳です」

壱月は左手をパッと広げる。友美は幼い頃に見た自分の小さな掌《てのひら》を思い出していた。

「パパの話だと、私がここのキャンプ場に来たのは二回目で、壱月は初めてです。でも私は一回目のことは幼くてよく覚えていないので、どっちも初めてみたいなものです。アウトドアというか、山や川で遊ぶのは好きです。キャンプファイヤーは、去年に学校の体験学習があって、野外活動センターでやりました。でもその時は他の人たちが騒がしくて、火も勝手につけられて、歌とかも唄《うた》わされたのであまり面白くなかったです。こういうのはもっと落ち着いて、火が燃える様子を見たり、静かな森の音を聞いたりして、夜の雰囲気を味わうのがいいと思います。だから今のほうがずっと楽しいです」

　昼間も感じたが、聖良というこの子は同年代の小学生よりも冷静で大人びている気がする。友美は無駄に緊張して感想もままならなかった自分を不甲斐《ふがい》なく感じた。

「そういえば、今日って平日のはずだけど学校はお休み？」

　恭子が学校のように手を挙げる。

「休みじゃありません。でも今日と明日《あした》の二日くらい平気です」

「あらそう。うん、いいと思うよ。勉強なんていつでもできるしね。遊びたい時には遊ばなきゃね」

「私じゃなくてパパが……ママが亡くなってからパパは毎日忙しく働いているので、たまには休ませたほうがいいと思いました」

　少女の告白に恭子も目を丸くする。この場に母親がいないことは気になっていたが、まさか亡くなっているとは。

「おいおい聖良、そういう話は……まぁ、そういうことです。子供にまで心配される駄目なパパです」

　北竹は冗談めかして笑うが、聖良は冷めた横目で父を見ている。皆はやや遠慮がちに、同情するようにうなずいて話を流した。北竹が穏やかで優しげなところや、聖良がしっかり者で自立心が強そうに見えるのも母親の死が影響しているのかもしれない。

「次は、あの……瀧さん、いいですか？」

聖良に声をかけられて瀧は伏せていた顔を上げた。退屈で眠っていたのだろうか。周りの者から目を向けられていることに気づくと、ラクダのように口を動かした。

「瀧、秀一《しゅういち》……二十九歳で、今は楽器屋で働いている。キャンプ場は来たのも初めてだ」

瀧はぼそぼそと話し、ふて腐れた子供のように不機嫌な態度を隠そうともしなかった。人前で自己紹介などしたくないのは友美も同じだが、それでも場の空気を読んで、盛り上げようとしてくれている恭子の気持ちを察して付き合っていた。しかし彼の様子からはそんな気遣いは感じられなかった。

「ていうか、キャンプって何が楽しいんだ？　蒸し暑くてクソ汚い山奥で寝泊まりなんかして。家族や仲間と来るなら分かるよ。コテージに泊まって、虫採りしたり肉を焼いたりするのはな。でもソロキャンプって。一人で来ている奴の気が知れないぞ」

「えー、なんでよー。火を焚《た》いてお料理したり、あっちこっち散策したり、外に近いところで寝起きしたり。普段と違う体験ができて楽しいよ」

ストレートな物言いの瀧を恭子が諭す。

「そんなの一人でやっても面白くないだろ」

「人間、一人になりたい時だってあるんだよ。そう、一人静かに自然との対話を楽しみたいんだよ」

「じゃあなんで俺たちを集めたんだよ。キャンプファイヤーなんて完全に大勢でやることじゃないか」

「それはだって……やってみたかったんだもん」

「一人で来ようとみんなで来ようと、そんなの好き好きだろ。他人にとやかく言われる筋合いはないさ」

河津が二人の会話に割って入る。

「楽器店に勤めているということは、君も何か楽器ができるのか？」

「……俺は弦楽器だよ。今はV系のバンドでギターとボーカルやってる」

「格好いい……」

聖良のつぶやく声が聞こえた。以前の会話からしてもこの少女は彼に好意を抱いているらしい。小学生の目にはこういう尖《とが》った男のほうが格好良く映るのかもしれない。

「えー、凄《すご》い。なんてバンドですか？」

恭子が目を大きくして驚くが本心かどうかは怪しいものだ。

「聞いても知らないって言うよ。ていうか、どうせあんたも興味ないだろ？」

「そんなことないよ！　でも興味ない人を振り向かせるのがミュージシャンじゃない？　今日はギターを持って来ていないの？　キャンプファイヤーと言ったらギターだよ」

「持って来るかよ。フォークソングじゃないんだから。もういいだろ。おい、お前もなんか言えよ。俺にばっかり喋《しゃべ》らせるな」

瀧は話を打ち切ると隣に座る柚木を睨《にら》む。彼女はうつむいたままなんの反応も示さなかったが、場が静まり返るとおもむろに顔を持ち上げた。

「……柚木香苗《かなえ》。二十四」

覇気のないつぶやきが二つ聞こえて、彼女は再び沈黙する。友美や河津は恭子のほうをちらちらと窺《うかが》う。恭子は『私？』と自分を指差し話し始めた。

「初めまして、柚木さん。柚木さんは……何かお仕事をされていますか？　キャンプは好きですか？」

「仕事は、薬局に勤めています。キャンプなんて初めてです」

「ふうん。ここはどう？　コテージは快適ですか？」

「あんまり……」

キャンプファイヤーの炎が風に煽《あお》られる音にすら負けそうなほど小さな声だった。ひどく内気なのか、人前がひどく苦手なのか、この場がひどく気に入らないのか。無理に口を開かせるのも不憫《ふびん》に思えてくる。それにしても彼女も瀧も、とてもキャンプが好きそうに見えないが、一体何を思ってここへやって来たのだろうか。

「じゃあさ、付き合って何年くらいですか？」

「付き合って何年……」

柚木は恭子の質問を繰り返す。また沈黙が続いてから、ようやく意味が分かったような顔を見せた。

「ああ、この人と……」

「もしかして、聞いちゃいけないことだった？」

「いえ……」

「一年だ、一年」

見かねた瀧が声を上げる。柚木も無言で小さくうなずいた。恭子は、そうなんだぁ、と友美に向かって苦笑いを見せる。やりにくいなぁ、という声が聞こえてきそうだった。

傍らに目を向けると、聖良が唇を噛《か》んで固まっている。二人が付き合っているかどうかを気にしていた彼女は、本人たちから事実を告げられてショックを受けたようだ。一方で友美は二人の態度からかえって違和感を覚えていた。彼らは本当に恋人同士なのか。もし嘘だとしたらどういう関係なのか。なぜそれを私たちに隠すのか。聞きたいことは沢山あるが、この二人から深い話を聞き出すのは難しい。また事実を知ったところで場が盛り上がるとも思えなかった。

「ところでよぉ、さっき川で溺《おぼ》れて死んだって話があったけどよ」

瀧が柚木に代わって話を始める。

「俺も聞いたことがあるって言ったけど、考えたらまた別の話だったわ。何年か前に客が行方不明になったって……」

「ちょっと！　なんでまた話を戻すの？」

恭子の反発に瀧は、はぁ？　と返した。

「別の話だって言ってんだろ」

「でも同じジャンルの話でしょ？　怖い話なんでしょ？」

「本当のことを話してんだよ。バンドの奴から聞いたんだ。どこで寝泊まりしたかは知らないけど、朝になったらいなくなっていたって。当然、家にも帰っていない。だからきっと、管理小屋の奴が殺して埋めたんだろうって言ってたぞ」

「ほら、嘘っぽくなった。あのお兄さんはそんなことしないよ。私、人を見る目はあるからね。大体あなたも、さっきまで面倒そうにしていたくせに、なんでそういう話は自分から言い出すのよ」

「親切心で教えてやってんだよ。あんたらテントで寝るんだろ？　気をつけろよ。夜中に穴を掘る音とか、地面から呻《うめ》き声が聞こえたら逃げろよ」

「あー！」

恭子は瀧に向かって威嚇するように叫ぶ。見ると目に涙まで浮かべていた。

「もうやめてください！　子供だって聞いているんですよ！」

「コテージは安全なんだよ。木でできているからな」

「何その理不尽なルール！　友美ちゃんだっているんですよ！」

「あんたが一番びびってんじゃねぇか」

「もうやだ！　友美、一緒に寝よ！　テント繋《つな》げて！」

「え？　い、いや、大丈夫だから。落ち着いて」

友美はしがみつこうとする恭子をなだめる。瀧は鼻で笑い、他の者は呆《あき》れた顔を見せていた。どこまで本当の話かは分からないが、後半は間違いなく恭子を怖がらせるために付け加えたのだろう。

「はい、もう瀧さんの話は終わり！　次は、最後だね、磯村さんお願いします！」

「俺もか？」

磯村は櫓《やぐら》の近くで地面に腰を下ろしていた。今までのやり取りに笑いもせず、渋い顔は終始変わらなかった。

「磯村和彦《かずひこ》。五十八歳。仕事は、材木工場をやっている」

「お、社長ですか？」

興奮する恭子に代わって河津が反応した。二人は櫓作りを通じて親しくなったようだ。

「そんな偉そうなもんじゃないが、一応、経営者だ」

「それでこんなに木の扱いが上手なんですね」

材木工場の人間となれば木に触れるのも日常だろう。キャンプの先生と呼んだ恭子の評価もあながち間違いではない。自分たちよりアウトドアにも精通しているはずだ。

「木をいじるのも、山で遊ぶのもガキの頃から当たり前だった。そっちの人の言葉じゃないが、都会からわざわざ不便なことをやりにくる人たちは変わっているなと、正直、俺も思っている。流行《はやり》というから不思議なもんだ」

「磯村さんには日常のことでも、俺たちには非日常なんですよ。だから体験したくなる。しかし、それならどうして磯村さんはここに来たんですか？　あなたこそ、わざわざ管理された施設に来る必要はないのでは？」

「……ここは、元々うちのものだったんだ」

「え、このキャンプ場が？」

「キャンプ場じゃない。この山だ」

「山？　あ、山林の所有者ってことですか。じゃあこのあたり全部が磯村さんの？」

うなずく磯村に皆が驚く。材木を扱っているのだから自分の山を持っていても不思議ではない。樹木の伐採や焚火《たきび》の扱いにこだわり、客でありながらキャンプ場の自然を自分のもののように扱っていたのもそれが理由のようだ。

「なるほど。元は磯村さんの山だったけど、今は違うので利用者として来ている、ということですか。山は売ってしまったんですか？」

「ああ、馬鹿だったからな」

磯村はそう言うとタオルで巻いた自分の左手を見る。

「……酒で体を壊して、博打《ばくち》で身を持ち崩した……いや、まあいい、つまらん話だ」

説教じみた話を嫌ったのか、思い出したくない過去だったのか。磯村は左手に加えて左足も不自由にしている。もしかすると脳に障碍《しょうがい》を負う事故に遭っているのかもしれない。それが飲酒によるものとしたら、今は全く飲まないというのも分かる気がした。

「磯村さーん。さっきの話、嘘ですよね？」

　恭子が恐る恐る探りを入れる。

「河津さんや瀧さんが言っていた話です。川で溺れたとか、行方不明になったとか。山の持ち主さんなら詳しいですよね？」

「そんな話、聞いたことないな」

「ほら！　やっぱり！」

「川の事故は本当だよ。確かにこのキャンプ場だった」

「おい、俺の話も本当だ。バンドの奴が友達から聞いたって」

　河津と瀧が反論するが、恭子は強く頭《かぶり》を振って聞く耳を持たない。北竹は笑い、聖良は冷めた目を向けている。壱月はお菓子に夢中で、柚木はずっとうつむいたままだった。

「大体おっさんだって、山は売ったと言ってたし、キャンプ場とも関係ないんだろ？」

「おっさんじゃなくて磯村さん！　キャンプマスターだよ！」

「いや、俺は聞いていないってだけだ。あったとしても耳には届いていない。興味もないからな」

　磯村はあっさりと認める。恭子は喉《のど》の奥で唸《うな》った。

「……じゃあ事故はあったかもしれないってことでいいですよ。でもオバケはいませんよね？」

「オバケ？」

「川から子供が出てくるとか、夜中に穴を掘る人がいるとか……」

「それは見たことも聞いたこともない。だいたい何十年と山にいたが、そういうのは一度も出会ったことがない」

「ね、そうですよね。当たり前ですよ」

恭子は、ほうっと深く溜息《ためいき》をつく。磯村は燃えさかる櫓を見つめていた。

「この山にそんなものはいない。熊なら何度も見かけたがな」

続く言葉にその場の全員が顔を強張《こわば》らせた。

17

キャンプファイヤーは火の粉を飛ばしてさらに赤々と燃え上がる。取り囲む櫓が音を立てて焼け落ちると、ドライヤーのような熱風が、横倒しの丸太に腰かける友美に吹きつける。大きな炎は木々の命を奪って揺らぎ、広がり、躍り、弾《はじ》け、夜の闇に光と熱をもたらす。昔の人はその姿に神を見て、安らぎを得て、科学を知ったのだろうか。ただ火が燃えているだけだが、いつまで眺めていても飽きることはなかった。

他の者たちも静かに火を見つめていたり、穏やかに談笑している。初対面とあって仲間内のように騒ぐこともなく、その遠慮がちな会話もこの場の雰囲気に似合っている気がした。こんな風に過ごせるなら複数人でのキャンプも悪くない。いや、この光景は人付き合いが上手な寂しがり屋のくせに、なぜか初めてソロキャンプに来てしまった恭子が起こした小さな奇跡だった。

その時、ぞくりと、友美は背中に嫌な寒気を感じた。興奮が収まると、忘れかけていた体調不良がにわかに主張をはじめてきた。前方の眩《まぶ》しさと熱さが強くなるほど、背後の暗さと冷たさが気になってくる。ちらりと振り返ると敷地の向こうに深い夜の森が広がっていて、その間には支柱の上でカカシがぽつりと立っている。さらに支柱の陰に一人の少年が佇《たたず》んでいるのが見えた。

はっと息を呑《の》む。小柄な少年は昼間に恭子の誘いを断った、グレーのテントの男だった。マッシュルームカットの下で意志の強そうな眼差《まなざ》しを向けている。こっちは後方からキャンプファイヤーの明かりを受けていて顔が陰になっているはずだ。そのため少年は見られていることに気づいていないようだった。

辺りの騒がしさが気になって出てきたのか。仲間に入って来ないのは、誘いを断ったから顔を合わせ辛《づら》いのか。友美は耳に残る彼の低い声を思い出す。一体、何が目的だ？騙《だま》されるかよ。そこには単なる拒否だけでなく、なぜか敵意とも言えるような、恐れの感情が込められていたような気がした。

「隣、いいですかぁ？」

友美が顔を戻すと、マグカップを手にした恭子が隣に腰を下ろしてきた。

「どう？　飲んでる？」

「お茶をいただいています。恭子は？」

「今は焼酎《しょうちゅう》、ロックでいただいています」

「お酒、強いんだ」

「ビジネススキルだからね。キャリアを積んでいるのよ」

恭子は一口付けてうまそうに溜息をつく。素面《しらふ》でも賑《にぎ》やかな人なので酔っている風には全く見えなかった。

「ねぇ、友美。今さらだけど、こんなことして良かったのかな？」

「こんなことって？」

「みんなを集めてキャンプファイヤー。ううん、その前から色々と邪魔しちゃったよね。一緒にご飯を作ろうとか、散策しようとか。せっかく一人で過ごそうと思って来たのに、付きまとわれて迷惑だったでしょ？」

「いや、そんなことないよ」

友美は笑顔で否定したが恭子は、本当に？　と疑いの目を向けていた。

「私、キャンプ場でこんなに多くの人と知り合ったことなかったから。いつもソロキャンプで、周りの人に話しかけるなんて考えもしなかった。恭子が誘ってくれたお陰で、みんなとも知り合いになれた」

「嫌じゃなかった？　おかしなイベントに巻き込まれて」

「全く思ってない。だって私、嫌だったら断って逃げるから」

それが普段の私だ。今日も急に出勤するのが嫌になって、職場の迷惑も顧みず日常から逃げ出してここに来た。引っ込み思案で協調性もなく、嫌なことは頑《かたく》なに拒む面倒臭い奴だ。見知らぬ女からキャンプファイヤーに誘われて付き合う性格ではなかった。

「だけど今日は本当に楽しかった。今の、この時間も。きっとみんなもそう思っている」

「そうかな……うん、良かった。友美にそう言ってもらえたら安心するよ」

恭子は無邪気に目を細める。年上ながらその表情が愛らしい。勝ち気な態度を見せつつも、勢いに任せて周りを巻き込んだことを気にしていたのだろう。そんな人だからこそ仲良くなれたのだと気づいた。

「恭子は凄《すご》いね。誰とでもすぐに打ち解けられて、こんな風に楽しい場も作れて」

「それはみんなのお陰だよ。だって私、丸太の一本も運んでないし」

「恭子がいたからみんなも協力してくれたんだ。私には真似できない」

「友美は真面目だから。ちゃんと手伝おうとしてたよね」

「でも私は足手まといになるだけ。男の人に任せるのが正解。恭子は営業職で、プランナーやディレクターもしてるんだよね。今日よく分かった。それって天職だと思う」

「天職かぁ……」

恭子はふと笑顔を止めて炎を見つめる。横顔が赤い揺らぎに照らされて、目尻《めじり》のあたりに影が差した。

「……天職ではないかなぁ」

「そう?」

「人と話すのは好きだし、盛り上がるのも好きだし、そのためにあれこれセッティングするのも好きだけどね。失敗も多いけど、うまく塡《は》まったらどんどん大きなプロジェクトになるし、世の中を変えるくらいヒットしたら物凄《ものすご》く楽しい気持ちになれる」

「だから、向いている仕事だと思ったけど」

「でもね、私には何も残らないの。焚火《たきび》の跡みたいに、黒い消し炭になるだけ。そこからまた新しく火を熾《おこ》して、燃えて、燃え上がって、最後はまた消し炭になる。仕事だけでなく私の人生、ずっとその繰り返し。何も残らないんだよ」

「でも私は火も熾せない」

「だから何も消し炭にしていない。大切な物をいっぱい持ち続けている」

「何を持っているんだろう?　私は」

「え、分かんない。だって友美のこと、まだそんなに知らないもん」

恭子は振り向いて笑う。

「でも、さっき言ったよね。嫌だったら断って逃げるって。それで気づいたの。私にその選択肢はないなって。そこが私との違いで、友美の良さだなって」

「嫌なことから逃げる癖が?」

「自分自身を守る術《すべ》だよ」

恭子はそう言うが、友美はどこか釈然としない。

「よく分からない。私にはそれほど大切な物も、これという自分自身もあまりないと思う。ただ人付き合いが苦手で距離を取ってしまうだけ」

「触られるのも嫌みたいだしね」

友美は無言でうなずく。いつからか恭子は近づく時も少し離れて接してくれている。その自然な態度も嬉《うれ》しかった。

「だから私は、恭子が羨《うらや》ましい」

「私は友美みたいになれたらって思っていたよ。ないものねだりだね。きっと私たちの中間《ちゅうかん》くらいがちょうどいいんだよ」

「なるほど、中間……」

振り向くと、嬉しそうに微笑む恭子と目が合った。不思議な人だ。彼女が私のどこに惹《ひ》かれているのかはよく分からない。ただ私が彼女に惹かれる理由はいくらでも思いつける。それはここで手放すのは惜しいと思うほどだった。

「ねぇ恭子、お願いがあるんだけど」

「え？　なになに？」

「……私と、友達になってくれない？」

友美は思い切って言ってみた。恭子は少し驚いた顔を見せると、手で顔を隠して肩を震わせて含み笑いを漏らした。

「ちょっと待ってよ、もう……」

「……ごめん、私、今おかしなこと言ったね」

「おかしくない。全然おかしくないんだけど……やっぱりいいわぁ、友美ちゃん」

「こういう時って、なんて言えばいいのかな。やっぱり慣れていなくて……」

「いや、それでいいんだよ！　あなたは何も間違ってない！　そう、私たち友達になりましょう！」

恭子は吹っ切れたように赤い顔を晒《さら》すと、手にしたマグカップを友美の前に差し出した。友美も妙な恥ずかしさを感じながらお茶の入ったペットボトルを差し出す。

「新しい友達に！」

「と、友達に……乾杯」

もすっと、素材の違うマグカップとペットボトルがぶつかる。その瞬間、二人とも飲み物に口を付けることなく笑い合った。

18

はしゃぎ回っていた壱月が聖良の隣で急に寝始めたところで、会はお開きとなった。

締めの挨拶《あいさつ》をしたのは北竹で、『僕たち家族はコテージへ戻りますが、皆さんはこのあとも楽しんでください』と気を遣ってくれた。ただ夜通しで遊ぶような集まりでもないし、歓談も落ち着いたこの辺りでお開きにするのがいいという雰囲気になっていた。友美もこれ以上付き合う体力はなかった。

キャンプファイヤーの後始末も磯村が中心となって進み、河津と瀧が燃え残った木々を捨て場に運んで、焦げ跡の残る地面を整地した。友美と恭子と柚木は空き缶や空き瓶や残飯の処理を引き受けて、数十分で祭りの現場は元の広場に復旧できた。初めは乗り気でなかった瀧と柚木が最後まで付き合ってくれたのは意外だった。ただ柚木とは結局一言か二言しか会話することはなかった。

最後におやすみなさいと言い、それぞれ別れてテントやコテージへ戻る。友美は一人になった途端に強烈な疲労と眠気に襲われて、テントに入るなりそのままうつ伏せに倒れてしまった。楽しかった、でも疲れた。緊張の糸が切れると抑え込んでいた体調不良が全身に寒気をもたらす。酔ってもいないのに熱っぽくて、怠《だる》くて、関節が痛かった。

気力を振り絞って起き上がり、バッグの中のファーストエイドキットから風邪薬を取り出して飲んだ。明日《あした》には全て片付けてここを発《た》つ。だから早く寝て回復しておかないといけない。でもその前に着替えたい。顔も洗いたい。歯も磨きたい。こんな焦げ臭いまま寝袋に入るのは絶対に嫌だ。しかし友美は結局その場に突っ伏してしまった。

三十分ほど記憶をなくしてから、友美はのっそりと起き上がった。軽く眠ったお陰か、風邪薬が効いたのか、いくらか動けるようになっていた。トラベルセットとタオルを手にテントを出ると、キャンプ場はすっかり静まり返っていた。すでに人の姿はなく、ぽつりぽつりと立つカカシだけが寝ずの番をしていた。

やけに大きく音が響く土の地面を踏みしめながら管理小屋へと向かう。辺りは照明に照らされているが、窓ガラスの向こうは真っ暗で入口のドアには【CLOSED】の札が掛けられていた。建物の右隣にはシャワー室とトイレがあり、蛇口が並んだ水場も設けられている。シャワーは硬貨を入れると温水の出るコイン式で、六分二〇〇円だった。

シャワーで汗と汚れを洗い流して寝間着代わりのジャージに着替えると、いくらか気分も良くなった。水場で歯を磨きながら夜空を見上げたが、薄曇りのせいか期待したほど星は見えなかった。広場に目を移すと、外灯の他にまだ明かりの漏れるテントも見える。恭子のテントも行灯《あんどん》のようにぼんやりと光っていた。

明日はみんなどうするのだろう。あの場で誰も口にしなかったのは、きっと翌朝を想像して興醒《きょうざ》めしたくなかったからだろう。営業職の恭子や官僚の河津が平日に二連泊するとは思えない。聖良は明日も学校を休むと言っていたので、北竹一家は午前十時のチェックアウトに合わせてのんびりと帰宅するのだろう。瀧と柚木はなんとなく自由が利きそうに見えたので、もう一泊くらいするのかもしれない。磯村の動向は分からないが、さっさと荷物をまとめて引き上げるような気がした。

友美も明日は夜明け前に起きて動かなければならない。さすがに自分も二日続けて欠勤するわけにはいかなかった。職場へは電車通勤なので、一旦《いったん》、帰宅して身支度を整えなければならない。いっそ一日早く切り上げることも考えたが、体調不良を風邪薬で抑え込んでいる今は、夜の山道をバイクで走る自信がなかった。

テントへ戻ると入口のファスナーを内側から閉じて、防犯対策として小さな南京錠を付ける。テントで寝泊まりする際の必須《ひっす》アイテムだが、キャンプ場にいるほぼ全員と知り合いになったのでいつもより不安は少なかった。寝袋は冬の登山などで見られる蓑虫《みのむし》のような厚手のものではなく、通気性の良い封筒型を用意している。少し寒気がするので薄手のブランケットを中に仕込んだ。

目覚ましをセットしたスマホをモバイルバッテリーに接続して充電する。ついでに連絡先を交換したての恭子宛《あて》に、【今日はありがとうございました】とLINEでメッセージを送った。唐突に思い立ったキャンプツーリングだったが、会社を休んでまで出かけた価値は確かにあった。もしも今日ここへ来ていなければ、あの賑《にぎ》やかだけど愛らしい年上の友達と出会うこともなかった。他の者たちもそうだ。年齢や性別、職業は違っても、皆それぞれの境遇で、それぞれ思いを抱いて日々を送っている。そんな当たり前のことを再確認できたことで、かえって皆との一体感から前向きな気持ちになれた。

友美はスマホを近くに据えると寝袋に入り、吊《つ》り下げていたLEDランプのスイッチを切った。明かりが消えると完全な暗闇になるかと思ったが、外灯が点在しているのでかすかな光が感じられた。近くの草むらや遠くの森からは夏の虫が海の波音のように騒いでいるが、かえって無音よりも心地よい。そして寝袋とインナーマット越しでも伝わる地面が、ベッドにはない原始的な安定感を与えてくれた。

しばらく待ったが恭子からの返信はない。友美は目を閉じるとすぐに眠りに落ちた。

第二章　禁《きん》　足《そく》

1

「水瀬さん」

ふいに声をかけられて、友美は絵筆を止めて振り返った。聞き覚えのない声。目の前には頬のニキビが目立つ丸眼鏡の女子高校生がいる。あまり部室に顔を出さない三年生の先輩だった。

「頼まれたんだけど、女《じょ》バスの部室に来て欲しいって。相沢《あいざわ》さんから」

「相沢さんから……」

女子バスケ部三年の相沢。名前はヒカリだったかヒマリだったか、よく覚えていなかった。

「何の用ですか？」

「話をつけたいからって。それ以上は知らないよ。別に私も友達じゃないし。同じ美術部って理由で頼まれただけ」

「……今じゃないと駄目ですか？」

「だから知らないってば。私は関係ないんだから巻き込まないでよ」

女子生徒は小声のまま言葉を強めるが、目はあらぬ方向を見て、右手の拳《こぶし》は小刻みに震えていた。

「話があるなら直接言って。とにかく伝えたからね。女バスの部室だよ」

そして顔を背けると足早に部室から立ち去っていく。友美は返事もせず、引き戸のドアが閉まるまでじっと見つめていた。部屋には数人の部員がいたが誰もこっちを見ようとしない。作品の制作に集中している風を装って、関わり合いになることを避けていた。

友美は顔を戻してキャンバスに向かう。月末に締め切られるコンクールに提出する作品で、三十号サイズの大きな油絵を制作していた。もう八割は完成しているが、残り二割は必死に励んでいるが恐らく間に合わない。きっと今回も完成の喜びもなく提出することになるだろう。なぜならそれは時間の問題ではなく技術の問題だからだ。

ためらいがちに動かしていた絵筆が、再びぴたりと止まる。途切れてしまった集中力を取り戻すことができない。行きたくない、でも無視もできない。この調子では作業もできない。友美は溜息《ためいき》を零《こぼ》すと諦《あきら》めて席を立った。

窓の外はもう薄暗く、景色は雨に濡《ぬ》れている。今日が水曜日だったことを思い出してさらに気持ちが重くなった。嫌なことが起きるのはなぜか決まって水曜日だ。今までも、今回も。きっとこれからもそうなんだろう。

相沢をはじめ女子バスケ部の部員たちから目を付けられたのは、半年くらい前からだった。社交的でもなく目立つこともない美術部員の友美が、運動部の人たちと関わり合いになることはない。二年生になるまで接点もなく、ましてや一学年上の先輩など知る機会もなかった。

きっかけとなったのは同じクラスのバスケ部の男子生徒から、試合の応援に来ないかと誘われたことだった。特に親しくもなく、日曜日を費やしてまで行きたくもないと思ったが、つい熱意にほだされた。

友美も鈍感ではない。恐らく好意を抱かれていたのだと思う。ただ、それも今さらどうでもいいことだ。絵画制作の資料として会場の熱気や選手たちの躍動感を目にしたい気持ちがあった。その思いは充分に満たされて、多くの写真をカメラに収めることができた。他の部の試合やイベントに参加するのも悪くないとその時は思っていた。

おかしな噂話が立ち始めたのはそれからだった。自分の与《あずか》り知らぬところで女子バスケ部を中心に自分のことが話題になっていた。少ない伝手《つて》を頼りに話を聞いたところ、相沢という三年生が友美を誘った彼に目を付けていたらしく、試合会場で二人が親しげに会話をしている様子を目撃し、そこからなぜか友美のほうが彼に付きまとっていると誤解して、嫌がらせのために悪口を広めたようだった。

――ねぇ、美術部の水瀬友美って鬱陶《うっとう》しくない？　ド下手なくせにアーティスト気取りで、いつも冷たい顔で他の女を見下しているよね。知ってる？　あいつ清楚《せいそ》な振りをしているけど男に媚《こ》びるのがうまくて、気に入った男子生徒にはしつこく言い寄るんだって。それで飽きたらすぐにまた別の男子生徒に付きまとうって。典型的なビッチで裏表のある性格だけど、本性を隠しているから先生たちも問題視していないんだよ。でも身近な人たちは知っているから誰もあいつには近寄らないって。いつも一人でいるのはそのせいらしいよ。

――二年の水瀬友美っているでしょ。私、あいつの正体知っているよ。あいつ子供の頃に母親に殺されかけたんだって。それで両親が逮捕されたから今は祖父母の家から通学しているんだよ。親の愛を知らないから頼る人を欲しがって、お小遣いもないから貧乏で金も欲しがっている。そんな女がどうなるかは決まっているよね。部活の道具を買うために、体を売ってるんだよ。

――同じ中学校だった人から聞いたんだけど、水瀬友美って中学生の頃はゲロ友と呼ばれていたらしいよ。嫌われていた上に、何か変な物を食べて授業中にゲロを吐いたんだって。それと他人に近寄らないのは、実は頭にいくつもハゲがあるから隠しているんだよ。親に虐待されて髪の毛を毟《むし》られたんだって。怖いよね。

――私の話は嘘じゃないよ。水瀬友美はかわいそうな子なんだよ。だからって他人に迷惑をかけていいわけないよね。みんなも嫌な思いをしたくなかったら、あいつには関わらないほうがいいよ。他の人にも注意しておいて。

女子バスケ部の部室は体育館の隣の部室棟のひとつにある。友美は傘で雨を避けつつやって来たが、部屋の窓にはカーテンが引かれて照明も消えているように見えた。辺りにも部員はおろか他に生徒の姿もなく、道具なども出ていない。ドアをノックしてみたが返答はなく、試しにドアノブを捻《ひね》ったが鍵《かぎ》がかかって開かなかった。

友美は拍子抜けしたように誰もいない周囲を見回す。部室に来いという話は聞き間違いだったのか。それとも他に部室と呼んでいる部屋があるのか。女子バスケ部が普段どのように活動しているかは全く知らない。ただこの場にいないことは確かだった。

隣の体育館は煌々《こうこう》と照明がつき、男女の声も聞こえている。覗《のぞ》いてみると、館内を半分に区切ってバドミントン部と卓球部が活動している。どうやら今日はこの二つの部が共有する日のようだ。体育館を使うクラブは他にバレー部もあった。バスケ部と合わせて四つのクラブが交代で練習に使用しているのだろう。練習着姿の卓球部員がこっちに顔を向けたのでそっと離れた。

体育館が使えない日のバスケ部は何をして過ごしているのか。休みになるとも思えないので、筋トレやジョギングで体を鍛えたり、屋外でできる基礎練習に費やしているのではないだろうか。しかしそれはどこで活動しているのか、また今日のように雨が降っていたらどうするのか。しばらくその場で待ってみたが誰かが現れる様子もなく、結局友美は諦めて校舎へと引き返した。からかわれたのか？　これも嫌がらせのひとつか？　しかし誰も見ていなければ面白くもなんともないだろう。

噂話というのは全くの嘘では広まらない。真実の中に悪意を潜ませた時に面白おかしく拡散されていく。美術部員なのに絵が下手なのは友美も否定できない。しかし冷たい顔で見下しているのではなく、口下手で人見知りが激しいのでそう見られてしまうだけだ。そんな人間が男子生徒に媚びを売ったり言い寄ったりできるわけがない。試合の応援に誘ってくれた彼もあれ以来声をかけてくることはなかった。単なる気まぐれだったのか、広まっている噂を信じたのか。それを問い質《ただ》すほどの度胸もなかった。

母親に殺されかけたのは本当だった。六歳になる誕生日の前日に冷たい手で首を絞められた。ただその時のことはよく覚えていない。誰かに助けられたのか、気を失ったところを死んだと思って解放されたのか、ためらって手を緩めたのか、詳しい状況は何も知らない。ただ、病院のベッドで目が覚めたことしか記憶になかった。

両親が逮捕されたと噂されているが、首を絞めた母親も逮捕はされていないらしい。父親については全く記憶になく、あの時いた男は母親の恋人だったらしい。二人が今どこで何をしているのかも知らない。今さら知りたいとも思わない。

以来、母方の祖父母の家に引き取られ、今もそこから高校に通っている。親の愛を知らないと言われるが、祖父母からは大事にされている。多少のお小遣いももらっていて、絵が描きたいと言えば画材も買ってもらえる。甘えてばかりはいられないが、日々の何かに困るようなことはなかった。

ゲロ友というあだ名は小学生の頃の話だった。小学五年生の時に体育の授業中に気分が悪くなって嘔吐《おうと》したことがある。それは何か悪い物を食べたからではなく、二人一組になってストレッチ体操をさせられたからだ。母親に首を絞められて以来、他人に触れたり触れられたりすることに心的外傷を負ってしまったらしい。仲良く手を繫《つな》ぐくらいなら我慢できたが、背中合わせになって相手を担ぐなど堪えられなかった。

ただその時は周りの生徒たちからも心配されて助けてもらった。不名誉なあだ名は出来事を知った別のクラスの男子が勝手に名付けていただけだ。中学校へ入ってからもそう呼ぶ人は誰もいなかった。それが高校生になってから広まったのは不思議だ。誰がどこで聞きつけたのか、悪口の根強さと拡散力に驚かされた。

頭にいくつもハゲがあるのも、実は本当のことだ。円形脱毛症も小学生の頃から場所を変えて時々起きている。今は後頭部に二箇所、左の側頭部に一箇所、一〇円硬貨くらいの脱毛があった。原因ははっきりしないが、テスト前やコンクールの前によく起きているのでストレスが関係しているのかもしれない。髪を伸ばして目立たないように隠しているが、気づいている人はいるだろう。親に虐待されて毟られた覚えはなかった。

これが噂話の真相だった。しかしそれを伝える相手はどこにもいない。他人に触れないという性分が人を遠ざけ、口下手と人見知りを加速させて、悪口を訂正する機会を奪うことになっていた。お陰で半年も事態に気づかず、今となってはどれだけの人に知られているのかも分からない。だからもう勝手に言わせておけばいいと諦めていた。

美術部の部室に引き返した時にはもう他の部員はおらず、すでに時刻も下校の刻限近くになっていた。午後七時を過ぎると見回りの先生から注意を受けるので、それまでに部室を閉めて職員室に鍵を返却しなければならない。友美は鞄《かばん》を残したままだったので最後を任された形となっていた。

日の暮れた学校は暗さと静けさが強調される。それは外の暗さを映す窓が多いせいか、賑《にぎ》やかな名残が記憶にあるせいかもしれない。どこからも声が聞こえず、視線も向けられないこの時刻のほうが集中力が高まり作業に没頭できそうだが、認められていないので仕方がない。

片付けをしようと自分のキャンバスに目を向ける。今回は絵のテーマにイソップ寓話《ぐうわ》の『酸っぱい葡萄《ぶどう》』を選んだ。ある日、一匹のキツネが高い木の上になったおいしそうな葡萄を見つけ食べたいと思ったが、どうしても届かず手に入れられない。それでキツネは、あんなものは酸っぱくて食べられないに決まっていると負け惜しみを言う話だ。

友美はそれを学校と高校生に置き換えて絵にしてみたら面白いのではと思った。高くそびえ立つ校舎の窓から楽しげに生徒たちが遊んでいたり勉強に励んだりしている。それを数人の女子高校生が外から暗い顔で見上げている。楽しそうな高校生活を羨《うらや》ましく見ているが、自分には手が届かない。それで、あんなものはまやかしに過ぎないと臍《へそ》を曲げているような絵だった。

その絵が、黒く塗り潰《つぶ》されていた。

友美はキャンバスの前で固まる。八割まで描き終えていた絵が乱暴に消されている。本当に私の絵かと思ったが、端々でわずかに被害を免れた箇所を見ると間違いない。黒い絵の具かと思ったが、赤色や緑色などさまざまな絵の具が重なり合って元の色を台無しにしていた。

あまりの出来事に感情を失う。震える手で絵筆を取ったが、もはやどうすることもできなかった。一体何が起きた？　私は何を間違えた？　奈落《ならく》の底に突き落とされたような絶望感の中で見つけたのは、怒りでも悲しみでもない答えだった。

ここも、私の居場所じゃなかった。

友美は絵筆の先をキャンバスに突き立てると、ゆっくりと押し潰していく。誰がこんなひどいことを。誰もいない体育館脇の部室に呼び出した相沢か、その友達か。それとも初めに話しかけてきた先輩か。他の部員たちはこの絵が壊されていく様子を見たのか。

見ていても止めなかったのか。それとも、みんなで一緒になって塗り潰したのか。問い質しても答えてくれるわけもない。そして、追及しても絵が元に戻ることはなかった。

キャンバスに乗った絵の具が盛り上がり、ひび割れ、絵筆の毛が潰れていく。ここまで消されてしまった絵を修正することはできない。もう一度描くことはできる。コンクールには間に合わないが、同じ絵でも、また別の新しい絵でも描くことはできる。しかし描いたところでまた誰かに塗り潰されるかもしれない。犯人を捜し出しても、謝ってもらっても、二度と絵を汚さないと誓ってもらっても、この不安を拭《ぬぐ》い去ることはできないだろう。

結局私は、絵を描いていたからこんな絶望を味わったのだ。

絵筆の先の金属が歪《ゆが》んで折れ曲がる。友美はそれを床に捨てるとキャンバスから顔を背けて部室を出た。そしてドアの鍵を職員室に返却すると、近くの先生に挨拶《あいさつ》をしてから下校した。傘に当たる雨音が心地よくて、そのままどこまでも歩き続けていたかった。

それ以来。友美が美術部に足を向けることはなくなった。

2

目を開けると、見慣れない景色があった。

暗くて低い布地の天井が迫り、左右の壁も窄《すぼ》まっている。布団の感触も粗く、固い床を背中に感じていた。自宅のベッドではない。実家のマットレスでもない。テントにいると思い出すまでにそれほど時間はかからなかった。

目を閉じるとさっきまで見ていた光景が蘇《よみがえ》る。訝《いぶか》しげに眉《まゆ》をひそめた丸眼鏡の先輩。鍵《かぎ》のかかった女子バスケ部の部室。窓の向こうが黒い、静まり返った夜の校舎。耳の近くで聞こえ続ける、悪意の籠《こ》もった噂話。塗り潰された油絵。思い出したくない過去、忘れてしまっていた記憶が、あれほどはっきりと頭に残っていたことに驚いた。

最悪の目覚めに溜息《ためいき》をついてから、ゆっくりと体を起こす。頭はまだぼんやりとしている。寒気を感じてブランケットを羽織った。普段とは違う寝床で眠ったせいで、あんな夢を見てしまったのか。スマホの時計表示を見ると、アラームを設定した時刻の五分前だった。もう二度寝はできない。帰りの支度を始めなければならなかった。

昨夜と同じくトラベルセットとタオルを持ってテントを出る。外の景色が異様に薄暗い。夜は明けつつあるようだが、濃い霧が足下から空まで立ち込めて光を遮っていた。視界も狭く、向こうのスペースにある恭子のテントも見えない。夜の暗闇とは違い、懐中電灯の光も水蒸気に拡散されて遠くへは届かなかった。

人の姿はなく、どこからも物音は聞こえず、遠くから知らない鳥の声だけが響いている。ぼやけた風景の中に佇《たたず》むカカシが不気味で急に心細さを覚えた。朝のキャンプ場はこれほど静かで寂しかったか？　いや昨日が賑やかで楽しかったから余計にそう感じられるだけだ。夢で見た夜の学校を思い出し余計に気持ちが重くなった。

管理小屋はまだ閉まっていてドアには【CLOSED】の札も掛かったままだった。水場にも誰もおらず、山の水道の冷たさに驚きつつ顔を洗った。いくらか目が覚めたが、普段とは違う気怠《けだる》さを感じる。体調不良はまだ治まっていなかった。

辺りは灰色の霧に包まれて見通しは全く利かない。昨日、ここへ向かう途中のサービスエリアでも遠くの森が霧に煙っていたのを思い出した。森や地面が含んでいた膨大な夜露が放射冷却によって気温が下がると霧となる。だから都会よりも山のほうが発生しやすい。遠くから望むと神秘的にも見えるが、真っ只中《ただなか》にいると不便極まりない。雨でもないのに髪も服も濡《ぬ》れそぼち、テントも乾かず持ち運びに難儀するからだ。

友美は水場を離れるとテントへは戻らずに管理小屋を通り過ぎた。霧は日が昇って充分に暖まると自然と晴れる。問題はそれより前にここを出て帰路へ就かなければならないことだ。この不明瞭《ふめいりょう》な視界の中、慣れない山道をバイクで走るのは不安だ。少し時間を遅らせるべきか、それとも早めに移動を始めるべきか。一度駐車場へ行って道路の状況を確認したほうが良さそうだ。

キャンプ場はフリースペースのテントサイトを底にして、浅いすり鉢状になっている。管理小屋や水場は北側の縁《へり》にあたり、その裏側を少し下るとバイクのある駐車場へ続いていた。友美は頼りない懐中電灯を手に足を進める。斜面に丸太を埋めただけの階段を滑らないよう慎重に下ると顔を上げた。

広々としたテントサイトが目の前に広がっていた。

「あれ？」

友美は思わず声を上げて足を止める。駐車場へと向かったはずだが、辿《たど》り着いたのはさっきまでいたすり鉢の底だった。霧が立ち込めていようとも見間違えるはずがない。少し行くと自身のテントへ帰ってきた。

何か、妙な感覚だった。管理小屋の裏手に回って北へと歩き進めたはずなのに、正反対の南側にあるテントサイトへ戻っていた。迷うほどの道ではない。寝起きでぼんやりしていても、ふらつくほど放心しているつもりはない。視界が悪くて辿り着くまで先が見えなかったが、ただそれだけのことだった。

引き返して再び階段をずんずんと上がっていく。思いがけない錯覚に見舞われたお陰で眠気も怠さも一瞬にして消し飛んだ。遊んでいる場合じゃない。とりあえず駐車場へ行ってバイクの顔を見たらシートの水気を拭って軽くエンジンを回しておこう。誰に似たのか早起きが苦手な子なので、出発前に声をかけて機嫌を取っておきたくなった。

広々としたテントサイトが目の前に広がっていた。

友美は目を丸くして立ち止まる。振り返ると上りの階段があり、その先には霧にかすんだ管理小屋が正面を向いて建っていた。正面だ。【CLOSED】の札が掛かった入口が見える。私はこの階段を上がって、管理小屋の横を通って裏手に回り、駐車場のある階段を下りた。それなのに、なぜかテントサイトのほうの階段を下りてここへ戻っていた。

友美は正面と背後を何度も見回す。何が起きているのか分からない。ちょっと待て、一旦《いったん》落ち着こう、と自分自身に言い聞かせた。深呼吸して、拳《こぶし》を握ったり広げたりを繰り返す。今、私はどういう状況に陥っているのか。冷静になって考えてみる。

私はキャンプ場から出られなくなっていた。

3

それからもう一度同じことを試したが、やはり結果は変わらなかった。真っ直《す》ぐ進んでいるはずなのに、なぜが南北が逆転したように元の場所に戻っていた。四度目には無意識に足や体が反転しないよう慎重に歩いた。おかしな話だが、途中で中華テーブルのような回転台にでも乗っていなければこんなことは起こらない。景色は霧に阻まれてほとんど見えないので当てにはできない。結果、足も体も何も変化がないまま、やはり同じ場所に戻っていた。

五度目には近くで拾った木の枝を地面に突き立てて、なぞるように軌跡を描きながら歩き出した。くだらないことをしているが、これならどこで体がUターンしているかはっきり分かるはずだ。さしたる距離でもない。首からタオルを下げ、トラベルセットはまだ胸に抱いたままだった。

地面に刻み続けた線が、先で途切れていた線にぴたりと重なった。これは始点だ。最初に棒を突き立てた所にまた戻ってきてしまった。まるで通り抜けられる鏡があるようにキャンプ場が反転していた。だから真っ直ぐ進んでいるのに元の場所に戻ってしまう。

いやいやそんな……と友美は苦笑いする。鏡といっても目の前に自身の鏡像が映っているわけではない。石を投げても返ってくることはない。はっきりとした位置ではなく、大体この辺りに境界があるらしい。横移動をして他の場所で試しても結果は変わらない。どこから行っても駐車場へは辿り着けなかった。

友美は呆然《ぼうぜん》としたままテントへ戻った。足がくたびれたので外に置いたままだったチェアの水気を拭って腰を下ろした。しかし気持ちは落ち着くはずもなく、湿気か冷や汗かも分からない滴が額を濡らす。行き場のない焦りが貧乏揺すりとなって両足を震わせていた。

スマホで時刻を確認する。間の悪いことに圏外で、通話どころかネットにも繋《つな》がらない。山奥に行くに従って回線状況は悪くなっていたが、ここに来て完全に途切れてしまった。ますます焦りが募る。このままでは出勤時間に間に合わない。無断欠勤はさすがにまずい。いや違う、そもそもここから出られないことが一番の問題だった。

「やあ、おはよう、早起きだね」

思わずチェアから腰を浮かせ振り向くと、霧の中から穏やかな笑顔の河津がやってきた。

「ああ、驚かせて悪い。いや、凄《すご》い霧だね。少し先も全然見えない。せっかくキャンプ場へ来たのに、これじゃ景色も分からないよ」

「あ、はい、本当に……」

友美は異常事態にそぐわない日常的な会話に戸惑っていた。まだ彼はキャンプ場から出られなくなっていることを知らないのだろう。だからそんなに悠長でいられるのだ。ただ一人きりでないのは心強い。今は河津の精悍《せいかん》な顔付きが頼もしかった。

「ここは山間《やまあい》の盆地だから霧が溜《た》まりやすいのかもな。しかし朝の濃霧は晴天の予兆とも言える。昼は暑くなるかもしれないよ」

「そ、そうですね。あの、ところで……」

「君は一人で来たのか？　ソロキャンプ？　女の子なのに珍しいね」

「え？」

河津はおどけることなく堂々とした眼差《まなざ》しを向けていた。

「ああ、失礼。俺、河津隼人って言うんだけど、君は？」

「な、何を言っているんですか？」

「今からどうするの？　朝飯？　あ、俺、ミル挽《び》きのできる奴を持っているんだけど、うちで挽き立てのコーヒーでもどう？」

「え？　い、いえ……」

なんだ？　何を言っているんだ？　河津の様子がただごとではない。しかし狼狽《うろた》えているのは自分ばかりで、彼はむしろこっちの反応を不思議に思っているようだった。

「俺もソロキャンプでね。あっちのブルーのドームテントに一人で泊まっているんだ。遠慮しなくていいよ。こういうところで出会うのも何かの縁だよ。君のことも教えてほしいな」

「あ、ちょ、ちょっと待って」

肩に触れようとする河津の手に友美は後ずさる。

「どうしたんですか？　河津さん。何かの冗談ですか？」

「冗談って？　どういうこと？」

「だって名前って……どうしてそんな、知らない人みたいなことを言うんですか？　昨日会ってお話ししたばかりじゃないですか」

「昨日……？」

「覚えていないんですか？　まさか？」

友美が訴えると、河津は無言で少し身を引いて眉《まゆ》を寄せる。それは自身の言動に疑いを抱いたのではなく、厄介な女に声をかけてしまったという気まずい表情だった。本気だ。彼は本当に何も覚えていない。まるでふいに出会った二匹の動物のように、二人の間に警戒の沈黙が流れた。

「ねぇねぇ、二人ともどうしたの？」

その時、霧の中からひょいと恭子が顔を出す。友美は緊張の糸が切れたように脱力した。

「あ、良かった。話の通じる人が来た」

「ん？　うん、来た来た。どうしたんだい、お嬢さん」

「河津さんの様子が変なの。さっき急に声をかけて来たんだけど……」

「おいおい、俺は……」

「急に声をかけてきたって？　あ、じゃあナンパされているんだ。えー、やめたほうがいいよ。迷惑行為はお控えくださいって、キャンプ場の利用規則にも書いてあったでしょ？」

「え……」

友美は言葉を失う。恭子は変わらず気さくな調子で話しかけているが、態度が微妙におかしい。聞き覚えのある台詞《せりふ》は、昨日初めて出会った時と一言一句同じだった。河津は訝《いぶか》しげな目付きを恭子に向けた。

「そんなんじゃないよ……大体いきなりなんだよ、君は」

「いきなりなのはあなたも同じでしょ。私、里見恭子って言いまーす。よろしくねっ」

「名前なんて聞いてないし。俺はただ、ソロキャンパー同士だからコーヒーでもどうって誘っただけだよ」

「それをナンパって言うんじゃないの？　この人あんまり乗り気じゃないみたいよ。ねぇ、嫌なんでしょ？」

「い、いえ、それは……」

「あ、私も一人なんだけど代わりに誘われてあげようか？」

「はあ？　何言ってんだよ」

「ご自慢のコーヒーとやらをおごってよ」

「俺は自販機じゃないんだよ。もういいよ。気が失《う》せた。じゃあね」

河津はぶっきらぼうに背を向けて霧の中に消えていく。何だこれは。私は何を見ているんだ？　友美は足の震えが止まらなかった。恭子はおどけるように笑みを浮かべた。

「私の扱い、ひどくない？　自販機でももう少し愛想良く光るでしょ」

「あの、恭子？」

「……えっと、ごめんなさい。あの、どこかで会ったっけ？」

恭子が目を丸くする。友美はとっさに声を呑《の》み込んだ。

「え？」

4

夢の続きを見ているのではないかと思った。

高校生の頃に『初対面のふりをする』という虐《いじ》めを受けたことがある。顔も名前も知っているはずのクラスメイトからの『あんた誰？』『ごめん知らないわ』『話しかけないでくれる』と冷たい声、まるで忘れ去られたかのような扱いにショックを受けた。人間はこんなに残酷なことができるんだと思った。

今、友美はあの頃と同じ状況に陥っていた。違うのは相手が演技じゃなく、真剣に初対面と思い込んでいることだった。恭子や河津はそんな悪ふざけをするような人たちではない。しかし悪ふざけでないとすれば、事態はもっと深刻だ。

「実は私、ソロキャンプって初めてなんだ。キャンプ自体は学生のころに何度か行ったことがあるけど、一人で来ることってなかったから」

「そ、そうなんだ……」

友美は緊張に頬を震わせながら昨日聞いたばかりの話に相槌《あいづち》を打つ。恭子はためらう素振りもなく、笑顔で話し続けている。この親しみやすさが里見恭子の魅力だった。だから友美も昨日は彼女に軽口を叩《たた》いて付き合う気持ちになれた。

「あなたは慣れているみたいだよね。ところで、お名前聞いてもいい？　あなたって呼ぶのもよそよそしくって」

「……水瀬、水瀬友美」

「ありがとう。それで友美ちゃん……いや、友美って呼んでもいい？　ちゃん付けだと子供っぽいし、さんだと仕事みたいでしょ？　私のことも恭子って呼んでくれたし。もちろん敬語もなしね。見た感じ私のほうが年上っぽいけど、私、年上になりたくないの」

「うん……」

「……もしかして、私、うざがられている？　せっかく一人でキャンプを楽しみに来たのに、見知らぬ女に絡まれたと思われちゃったかな？　もしそうなら言って。帰るから」

「そんなことない、そんなことないから」

「そう？　じゃあちょっと見学してもいいかな？　これから何するの？」

「これから、私は、その、帰ろうかと……」

「え、帰るの？　来たばっかりなのに？　あ、そうか、昨日から泊まりがけで来ていたんだね」

「それは恭子も……」

友美は一旦《いったん》言葉を呑み込んだ。

「ねぇ、恭子。嘘だよね？　私をからかっているんだよね？　私たち、昨日ここで出会ったじゃない」

「昨日、ここで？」

「そう。一緒にご飯も食べて、散策して、みんなでキャンプファイヤーもして」

「キャンプファイヤー……」

「それで、また会おうねって約束して、スマホのＬＩＮＥで……そう、夜にメッセージも送った、私。見ていないの？」

友美は思い出してスマホを取り出す。昨日の出来事が夢や妄想じゃない証拠がある。ＬＩＮＥには恭子のアイコンと、【今日はありがとうございました】と送ったメッセージが表示されていた。


しかしメッセージは送信エラーで送られていなかった。


「ありゃ、私の圏外だ。うーん、山奥だからなぁ」

恭子も自身のスマホを見る。送信エラーは友美からの発信時に通信圏外のため送れなかったという表示だが、彼女のスマホも通信圏外なら、いずれにせよメッセージが届くことはなかった。

「メッセージは送れていなかったけど、でも、恭子のＬＩＮＥは私のスマホにも登録されている。だから、昨日交換したのは本当なんだ」

「うん。私のスマホにも入っているよ。友美のアイコンが」

「でしょ？　私の話、分かってくれた？」

「うん。びっくりしたよ。不思議なこともあるんだね」

「不思議なことって……」

恭子の反応の軽さに驚く。まるでパニックを起こしているこっちが大袈裟《おおげさ》に見える。

「それより友美、キャンプファイヤーっていいね！　やっぱりキャンプに来たらやりたいよね！　そう思わない？」

「いや、だから、昨日やったじゃない」

「何言ってんの？　そんなわけないじゃん。あ、このキャンプ場に来ている他のお客さんたちも誘おうよ。きっと盛り上がるよ、友美」

恭子が素晴らしいアイデアを思いついたかのように浮かれて手を伸ばしてきた。友美は慌てて身を引き胸の前で腕を組んだ。この人は事の重大さを理解していない。記憶が欠落していることを、まるで物忘れをしただけのように思っていた。しかしここで大騒ぎをしても始まらない。まずは状況を冷静に見極める必要がある。一体ここで何が起きているのか。

その時、霧の向こうから子供のはしゃぐような声が聞こえてきた。

「え、何？　今の声……」

恭子が脅《おび》えた声を上げる。確かに、この暗い霧に囲まれた中で耳にするには不気味な声だ。しかし声の主を知っている友美にとっては怖くもなんともない。北竹壱月も早起きしているようだ。

「あの子たちは覚えているのかな……」

友美は声のしたほうへ懐中電灯を向けた。

「え、友美、そっちへ行くの？　大丈夫？　……私も付いて行っていい？」

恭子が上目遣いで恐る恐る言う。友美は無言でうなずいた。彼女をこのまま一人にしておくのも心配だ。いや、私が一人でいるのが不安だった。

5

キャンプ場を流れる川は昨日と同じく澄み切っている。恭子はその清らかさに感動しているが、友美にはそんな余裕もなかった。ざぶざぶと流れに逆らう音が聞こえて、霧の中から男の子が姿を現した。

「あ、なんだ……おはよう！」

恭子が安心したように声をかける。壱月は昨日と同じ水着姿で川の中に立っていた。

「元気だねぇ。水、冷たくないの？」

「全然冷たくないよ」

「嘘だぁ。全然ってことはないでしょ」

「あっちのほうが冷たい」

「ああ、奥のほうが深そうだからねぇ」

恭子は霧でほとんど見えない遠くを眺めている。友美は壱月のやや上気した顔を見つめていた。

「きただけ、いつきです」

「お名前？　ありがとう。私は里見恭子です。こっちのお姉ちゃんは水瀬友美ちゃんね」

壱月は顔を一瞬こっちに向けたがすぐに恭子のほうに戻した。

「魚を捕ったよ。三匹。あっちに、石で囲んで入れてる。本当は四匹いたけど、閉じ込める前に一匹逃げた。シュッて逃げた」

「ほほう、やるねぇ。ヤマメ？　イワナ？　見せて見せて」

恭子は壱月の手を取ると一緒に河原を歩いていく。友美はその場に立ち尽くしたまま二人を見送った。

「子供が嫌いなんですか？」

聖良がいつの間にか側に来ている。友美はその知的そうな少女の目をじっと見つめた。

「……あの子、壱月って言うんですけど、ああ見えて結構繊細なんです。大人の顔色とか態度を見て話しかけるかどうか決めています。だからお姉さんには声をかけられなかったんです」

「ああ、それで……」

「大丈夫です。お姉さんは悪くないですし、壱月も気にしていませんから。子供ってうるさいし、遠慮がないし、汚いですから。私もたまに面倒になることがあります」

「違う……そうじゃないよ。聖良ちゃん」

「え？　……ああ、パパから聞いたんですね、私の名前」

　聖良は驚いて瞬《まばた》きを繰り返す。反応が子供っぽくて、正直だった。

「どうもどうも、おはようございます。いやぁ、霧がひどくて、ひどいですね」

　いつの間にか北竹が笑顔を見せて近づいていた。サファリハットを被《かぶ》り四角い眼鏡を掛けた、人の好《よ》さそうなお父さん。しかし友美はその友好的な中に見え隠れするよそよそしさに胸をざわつかせていた。

「パパ、いつの間にこんな綺麗《きれい》な人と知り合ったの？　私にも紹介してよ」

「ええ？　い、いやいや……すみません、うちの子が失礼なことを。まったくどこでそんな台詞《せりふ》を覚えたのか、口ばっかり達者になって……」

　北竹が右手で後頭部を押さえて頭を下げる。小指には大きな絆創膏《ばんそうこう》が巻かれていた。

「あ、あの、北竹さん。その右手の絆創膏は……」

「ああ、これは……さっきコテージでちょっとやっちゃいました。柱から釘《くぎ》が飛び出していて、知らずに引っかけたんですよ」

「うそ、大丈夫？　パパ」

「平気平気。でもオーナーには危ないよって言っておいたほうがいいねぇ」

北竹はそう言って友美を見る。

「ここには何度か来ているんで、オーナーとも顔馴染《かおなじ》みなんですよ」

「それ、本当ですか？」

「ええ、野島さんっていいまして」

「いえ、オーナーのことじゃなくて、手の怪我のことです。本当にコテージで負傷したんですか？　だって、丸太を運ぶ時に棘《とげ》が刺さったと私は聞いたんですけど」

「え、丸太？」

北竹が眼鏡の奥の細い目を瞬《しばた》かせる。その顔はさっき見た聖良の表情とよく似ていた。

「どうして丸太を？　いやぁ、僕はそういうワイルドな力仕事は得意じゃないよ」

「うん、パパはそういうことしないほうがいいよ。絶対に怪我するから」

「絶対かぁ。聖良の予言はよく当たるからね。頼まれたってやらないよ」

「でも、頼まれたんです。昨日キャンプファイヤーの櫓《やぐら》を作る時に！」

友美が声を上げると、親子は不思議そうに顔を見合わせた。

「そうそう、キャンプファイヤーですよ！」

するとちょうど話を聞いた恭子が壱月を連れて戻ってきた。

「もう、友美ったら全然来ないから帰ってきちゃったよ」

「恭子、私……」

「分かってる。キャンプファイヤーだよね！　パパさん、私たちと一緒にキャンプファイヤーやりませんか？　もう壱月くんと約束しちゃいました」

「はぁ、キャンプファイヤーを。ええと、これからやろうって話ですね。いや失礼、ちょっと頭が混乱しちゃったよ」

北竹が友美に向かって苦笑いする。

「面白そう。パパは？　やり方知ってる？」

聖良も顔を明るくさせる。恭子は満足げに口角を上げ、壱月も飛び跳ねるように喜んでいた。

友美だけが、まるで別世界の人間を見るようにその光景を眺めていた。

6

人はあまりに理解できないことに遭遇すると、体を固めて頭の中を真っ白にしてしまう。それは動物の本能とも言える警戒行動に違いない。イヌであろうとサルであろうと、ひいてはトカゲや昆虫も緊急事態には静止する。鳴き声を上げたり動き回ったりするのはそのあとのことだ。不用意な行動は死を招くと知っているからだ。

　今、まさに友美はその理解できないことに遭遇していた。キャンプ場から外へ出られないことからして奇妙だったが、それだけではない。出会った人たちが揃って昨日のことを全く覚えていなかった。しかも彼らは自分たちが、こんなに朝早くからここにいることも気にせず、普通に会話をして、暢気《のんき》にキャンプファイヤーの相談をしている。さらに友美が皆の顔や名前を知っていても、さほど気にする様子はなかった。

　お陰で友美だけが慌てふためいて、おかしなことを言う女のようになっている。皆はごく自然に、つまり不自然にこの状況を受け入れているように見える。そんな時に人はどのような行動が取れるだろう。友美はただ成り行きに従い、状況を観察し、解決策に頭を巡らせていた。無茶な行動が破滅的な結果を招くことを恐れていた。

　キャンプファイヤーの準備をするために、恭子と友美は昨日と同じように磯村のテントを訪れた。河原へ行く途中に、恭子が山男風の磯村を見かけていたからだ。この霧の中で本当に見つけられたのか。昨日の記憶が残っているのではないか。どうすれば彼女は気がついてくれるだろうか。

「おじさん、私たちと一緒にキャンプファイヤーをやりませんか？」

「磯村だ。キャンプファイヤー？　いや、結構だ。俺はいい」

　磯村は木を削りながらぶっきらぼうに答えた。やはり彼も昨日の出来事は覚えていないようだ。恭子にも友美にも初対面のように接していた。

「でも私たち、キャンプファイヤーをやりたいんですけど、やり方が分からないんです。手伝ってもらえませんか？」

「そんなもの俺も知らないぞ。分からないならやめておけばいい」

「え、磯村さんもご存じありませんか。キャンプに詳しそうなのに」

「木を組んで火を点《つ》ける奴だろ？　まともにやったことないが」

「そうです。大体みんなそんなイメージを持っています。ほら、友美もお願いして」

「ああ……えっと、木の組み方とか、教えていただけませんか？」

友美は遠慮がちに恐る恐るお願いしてみた。昨日はどんなやり取りがあったのか、もう思い出せない。磯村はちらりとこちらに目を向けると、すぐに下を向いて首を振った。

「悪いが他をあたってくれ。俺も別に得意なわけじゃない」

「得意じゃない？」

「あんたらにどう見えたか知らないが、俺は不器用だし、野外活動も慣れていない。ここも初めてで、何となく来ただけだ」

「でも、磯村さんは元々この山の所有者って……」

友美は昨日との違いに気づいて指摘した。隣の恭子が目を見開く。

「え、そうなの？　まさかこの人ってキャンプ場の管理人さん？」

「いや、オーナーさんは別の人。だけど磯村さんは材木工場を経営されているので、アウトドアが得意じゃないってことは……」

「おい、あんた誰からそれを聞いた」

気がつくと磯村が友美を睨《にら》んでいた。

「あの管理人の男か？　あいつがペラペラ喋《しゃべ》ったのか？」

「い、いいえ、それは磯村さんが、昨日ご自分で……」

「俺は今日ここへ来たばかりだ。赤の他人のあんたにそんな話をするはずがないだろ」

磯村は友美の声に被せてきた。

「なんであのガキが……地上げの奴らが話したんだな。馬鹿にしやがって……」

「す、すみません。私はただ……」

「いいか、よく聞け。俺は騙《だま》されたんだ。都合のいい話を持ちかけられて、工場を潰《つぶ》されて山を奪われたんだ。そうしたら奴らは関係のない奴に貸し出して、木を伐《き》り倒して、土を掘り返して、こんなキャンプ場を作った。山を大切にしてほしいと頼んだのに、売った途端に潰しやがった」

磯村は片足を引きずりながら立ち上がる。友美はその剣幕に気圧《けお》され、ただ震えていた。

「俺が間抜けだったから山を取られたんだ。だがな、関係の無い奴にまで馬鹿にされる筋合いはないぞ。あんたに何が分かるってんだ」

「ちょっと、私たちに怒ってもしょうがないでしょ！」

友美に代わって恭子が口を挟む。

「友美は聞いた話を言っただけじゃない。別に磯村さんを馬鹿になんてしていないし、こんな子が無関係なのは分かっているでしょ。そんな怖い顔で怒るなんて、それこそ筋違いだよ！」

「なんだと……」

「それにさっき言ったよね。俺は不器用で野外活動も慣れていないって。ここも初めて来たって。なんで嘘ついたのよ。人に騙されるのは嫌なのに自分が騙すのはいいの？　嫌なら嫌って言えばいいじゃん！」

恭子は磯村を睨む。凄《すご》い度胸だ。磯村は恭子にも鋭い目を向けると大きく息を吐いた。

「それは……悪かったな。それで、なんなんだ、あんたら。俺になんの用だよ」

「だから、キャンプファイヤーをやりたいから手伝ってくださいって言ってるでしょ。いいの？　嫌なの？　どっち？」

「おい、それが人にものを頼む態度か？」

「ねぇ、お願い、磯村さん。どうか私たちのために力を貸してください。あ、管理小屋の隣に薪《まき》が積まれていましたよ。あれでうまくできませんか？」

恭子は胸元で両手を合わせてわざとらしく懇願する。この期に及んで頼み事をすることが信じられない。しかし磯村は苦虫を噛《か》み潰したような顔をするものの、角張った顎《あご》を下げて了解した。

「まあ、やってみよう。キャンプファイヤーのやり方は知らないが、なんとかなるだろ」

「やった！　ありがとう磯村さん！　ほら、友美も」

「あ、ありがとうございます。すみません……」

友美が小声で言うと磯村は右手を軽く振って歩き出す。気にするなという態度だった。

「良かったねぇ、友美」

磯村のあとに続きながら、恭子が小声で言う。

「でも友美、色々知っているみたいだけど、あんまりなんでも言わないほうがいいよ。みんな気にしていることがあるからね」

「うん……そうだね」

自分で話すのは構わないが、他人から指摘されると怒りが込み上げてきたということか。昨日は知らなかった磯村の過去と、無口で朴訥《ぼくとつ》に見えていた彼の新たな一面が分かった。

7

管理小屋のドアは未《いま》だ閉ざされたままで、中の照明も消えている。窓から覗《のぞ》いてもオーナーが出勤している様子はなかった。キャンプ場から外へ出られないということは、外からもキャンプ場に入って来られないのではないか。それならオーナーもこの異常事態を把握して、何か助け出す策を講じてくれている可能性がある。

壁のように迫る灰色の霧は一向に晴れず、空も薄暗いままだった。もう日が昇りきっている時刻なのに、夜明け前の暗さと肌寒さが続いていた。霧の朝は天気がいいという河津の話は間違いだったのか。見えない空も分厚い雲に覆われている気がした。

その河津はたまたま近くを通りかかった際に再会して恭子が誘いかけている。確か昨日は管理小屋の中にいたはずだが、今は入れなくなっていた。磯村が協力してくれた経緯も含めて、若干の違いはあるが同じ状況が進んでいる。まるで演劇の舞台のように、全員が役者となって台本通りにストーリーを繰り返しているようにも見えた。

少し減った薪の数が事実を物語っている。夢や妄想ではない、確かに昨日の出来事は存在した。なぜみんな覚えていないのか。なぜ私だけが覚えているのか。もしもこの流れを断ち切ってしまったらどうなるのか。友美は身動きの取れない焦燥感と、誰にも共感してもらえない孤独感に苛《さいな》まれていた。

「友美、友美」

磯村と河津が薪を集め始めた辺りで、近くにいた恭子が声をかけてきた。楽しくて堪《たま》らないといった、こっちまで笑みを誘われそうな表情。待望のキャンプファイヤーに向けて皆が動いてくれているのが嬉《うれ》しいのだろう。友美は平静を保つのが精一杯だった。

「それじゃ、ここはお二人に任せて次に行こうか」

「次……次は、なんだっけ？」

「さっき見かけたんだけど、あっちの林の近くにもう一つテントがあったんだよ。小さいのだったから多分ソロキャンプだと思う。持ち主は見かけなかったけど、その人も誘ってみない？」

「あ……」

恭子に言われて思い出す。確かに昨日もそんなことがあった。ぽつりとあったグレーのパップテント。少年のような風貌《ふうぼう》をした若い男。何を勘違いしたのか、ひどく敵意を見せられて誘いも拒否された。

「あれは……うん、行ってみようか、恭子」

「お、友美も乗り気になってきたねぇ」

友美は愛想笑いを浮かべてうなずく。あの場で異様な態度を見せていた彼がどうなっているのか。確かめないわけにはいかなかった。

例のテントはさらに暗さを増した林の手前に、まるで灰色の霧に溶け込むように張られていた。誘った恭子は途中で場所を見失ったが、友美は昨日の記憶があるので案内できた。辺りにキャンプを楽しんだ形跡もなく、テントのファスナーもしっかりと閉じられている。

「なんだか静かだね。出かけているのかな？」

「テントの中にいる……と思う」

「そう？　すみませーん。中におられますかー？」

恭子は友美の言葉を信じてテントに向かって呼びかける。

「すみません。お話があるんですけど、出てきてください。お願いします」

友美も続けて呼びかける。するとテントのファスナーがジジジと開いて一人の男が顔を覗かせた。マッシュルームカットの髪型に色白で中性的な顔立ちをしている。間違いなく昨日の男だった。

「なんだよ、お前ら……」

「あ、本当に中におられたんですね。おはようございます。私、あっちのテントでソロキャンプをしている里見です」

恭子は少し驚いたようだが、にこやかに挨拶《あいさつ》する。

「こちらは友美……水瀬さんで、同じくソロキャンプです。あなたもお一人で来られたんですか？」

男は訝《いぶか》しげな目を向けたまま口を閉ざしている。友美も無言で二人を観察していた。

「怪しい者じゃないですよ。実は私たち、他のキャンパーさんたちと一緒に広場でキャンプファイヤーをしようと計画しているんです。それで、もし良かったらと思って誘いに来たんです。どうですか？」

「キャンプファイヤー……一体何が目的だ？」

「目的？　目的は……まあ、みんなでワイワイできたら楽しいかなって。ほら、意外とキャンプファイヤーってやりませんよね？　大きな火を焚《た》いたら興奮しませんか？　私はします。だから面白いかなって、思いません？」

「難しいことは考えていません。お互いに自己紹介なんかして、お話しできればと思っています。お願いします。参加してください」

　続けて友美がやや強い口調で誘う。隣の恭子も、そうそうと相槌《あいづち》を打っていた。だが男の表情は変わらず暗いままだった。

「……騙《だま》されるかよ」

「え、騙される？」

　男はそう言うと顔をテントの中に引っ込めて、拒絶するようにファスナーを閉めていく。

「ちょっと待って！」

　友美は飛び掛かるように手を伸ばすとテント越しに男の手を止める。

「それってどういう意味ですか？　騙されるって、どうしてそんな風に思うんですか？」

「な、なんだよお前、離せよ」

「あなた、何か知っているんですか？　今のこの状況について」

「なんの話だよ。俺は何も知らないよ」

「昨日のことは？　ねぇ、昨日何があったか覚えていますよね？　だから私たちを怪しんでいるんですよね？」

「離せって！」

　男がテントの内側から友美を突き飛ばすように体当たりしてきた。友美は無理矢理引き剝《は》がされて地面に尻餅《しりもち》をつく。

「友美！　ちょっと大丈夫⁉」

「だ、大丈夫……」

友美は立ち上がると、顔の上半分だけを残してテントに隠れた男になおも呼びかける。

「お願い、何か知っているなら教えて。一体ここで何が起きているのか……」

「……知らない」

男は細い眉《まゆ》を寄せてためらいがちに答える。

「昨日のことなんか知らない。その前も、ずっと、俺は何も覚えていない」

「覚えていない……」

「だけど、お前たちには近づかない。それだけは分かっている。お前たちこそなんだよ」

「何？　どういうこと？　私たちがなんなの？」

「知らないって言っているだろ！　記憶がないから、俺はそれを探して……」

「あっそ、来たくないいなら別にいいよ。どうもお邪魔しました！」

男の話を遮って恭子が啖呵《たんか》を切る。男は二人を睨《にら》み付けたあと、テントの中に顔を隠してファスナーを閉じた。

「友美、怪我はない？」

「あ、うん。平気だけど……」

「ごめんね、私が無理に誘おうとしたから。取って食われるとでも思われたかなぁ。うーん、年下の男子は難しいね」

「でも、あの人はどうして……」

「気にしなくていいって。断るならそれでもいいじゃん。あの子はきっと記憶喪失で忙しいんだよ。自分探しの旅は邪魔しないでおこうね」

恭子は友美の気落ちを勘違いして笑顔で励ます。あの男をからかっているのではない。記憶喪失の者がソロキャンプなどするはずもないので、単なる断りの口実と思ったのだろう。何もなければ友美もその程度にしか考えなかった。ちょっと話の通じない人みたいだから関わらないでおこうと判断しただろう。

あの男は何かを知っている。あるいは、何かを忘れている。恭子や他の者たちは昨日のことを何も覚えていないので平然としていた。しかし彼は、自身が何も覚えていないことを知っているから脅《おび》えていた。この違いはどういうことだろう。いくら考えても答えが出るとは思えなかった。

8

昨夜の後片付けで整地した広場の中央に、再び新たな櫓《やぐら》が組み上げられていく。掘り返して掻《か》き混ぜられた地面は色が変わり焦げ跡もいくらか残っていたが、誰も関心を持つことはなかった。恭子、河津、磯村、北竹、聖良、壱月の皆が力を合わせて、火を焚き燃え尽きるばかりのモニュメントを作っている。昨日と同じことをしているのに、なぜか呪術的で不気味な光景に感じられた。

　昨日はこのあと一旦《いったん》は解散し、夕飯などを摂《と》って日が暮れるまで待つことにした。しかし今は空も周りも暗いせいかそのまま始まるような雰囲気になっていた。もっとも、一泊だけのつもりでやって来たのでご飯を作ろうにも食材がない。他の者たちも食べ尽くしたか、一、二食分は減っているだろう。にもかかわらず、誰も気にする様子はない。飲み物はまだ余裕があるらしく、持ち寄って集められていた。

「へぇ、すっげーのができてんな」

　しばらくすると黒ずくめの瀧秀一と、ガーリーな服装の柚木香苗がやって来た。異質な印象の二人も、その態度から昨日のことをまるで覚えていないのはすぐに分かった。

「あんたらが作ったのか？　いかれてんな」

「そうですね……」

「キャンプファイヤーって、小学校かよ。これに火ぃ点《つ》けんだよな。そんで歌でも唄《うた》うのか。燃えろ燃えろーって。やっべ、呪いの儀式みてぇ。何教だよ」

　瀧は丸太に足をかけて早口に捲《まく》し立てる。昨日は荒っぽい男のように感じられたが、今はやけにまともで常識人の印象すら覚える。この濃霧の中、外へ出られないキャンプ場で楽しげに櫓を組んでいる他の者たちのほうがもはや異常に思える。

　隣では柚木がぶつぶつと唇を動かしている。彼女は瀧とは不釣り合いに寡黙で地味な人だと知っていた。ちらりと目を向けるとすぐに顔を背かれる。くだらない、というつぶやきが聞こえた。

「それよりキャンプファイヤーやるんだったら、ついでにここのカカシも燃やそうぜ」

「カカシを？　どうして？」

「いい火種になるだろ、それに火あぶりの刑みたいで面白いぞ」

瀧はやや甲高い笑い声を上げる。すぐ近くに立つカカシは木の杭《くい》を支柱にして目線よりやや高いところに浮かんでいる。黒色のレギンスにピンクのハーフパンツを穿《は》いて、白のTシャツを着てベージュ色のハットを被《かぶ》っている。ウェーブのかかった茶色の髪を長く伸ばした女だった。

「……いいですね。いっそ燃やしてしまったらせいせいするかな」

友美は開き直り賛同する。こっちの焦りも不安も知らず、顔のないカカシに無言で見下ろされているのが気に入らなかった。

「ついでにコテージと管理小屋にも火を点けて、山火事を起こせば？」

「……いいよ別に。面白いと思っただけだから」

冷めた口調で返した瀧が、つまらなそうに溜息《ためいき》をついた。

「どうして乗ってくれないんですか？　瀧さん」

「なんであんた俺の名前を……ああ、あのガキが喋《しゃべ》ったのか」

「恭子さんと話している時は面白がっていたのに」

「はぁ？　誰だよ。なんの話だよ。あんた、ちょっとおかしいぞ」

「……おかしいのは、そっちですよ」

人見知りも二度目なら遠慮なく口が利ける。彼も見た目や口調の割には普通の人だと知っていた。

「瀧秀一さんと柚木香苗さんですよね。瀧さんは楽器店に勤めておられて、バンドでギターとボーカルをされています。柚木さんは薬局に勤めておられてキャンプは初めてだそうですね」

「おいおい……」

瀧は眉間《みけん》に皺《しわ》を寄せてわずかに背を反らす。いきなりの発言に怯《ひる》んでいるのが見て取れた。

「気持ち悪いな。なんだよあんた、なんで俺たちのことを調べているんだよ」

「調べたんじゃないです。あなたたちがそう言ったんです」

「どういうことですか、瀧さん」

柚木も青ざめた顔で瀧の後ろに隠れる。

「この人、誰ですか？　どうして知っているんですか？　どこにも情報は漏らさないって言ったじゃないですか」

「知らねぇよ。お前が話したんじゃねぇのかよ」

「私、こんな人知りませんよ」

「おい、あんた。どういうつもりだよ。俺たちが何をしたって言うんだよ」

「私の話、合っていますよね？　だからそんな風に取り乱すんですよね？」

友美は確認せずにはいられなかった。これは絶対に夢や妄想ではない。そう言い続けていないと自分に自信が持てなくなってきた。瀧と柚木は肯定も否定もせず、ただ疑いの目を向け続けていた。

「はぁ？」

「私はあなたたちから聞いた話をそのまま伝えているんです。だから間違うはずがないんです。お二人が付き合って一年だということも知っています」

するとうんざりしたような表情を見せる。柚木も不思議そうな顔をしている。

「付き合って一年だって？　そんなわけないだろ」

「え？」

「出会って半年も経ってねぇよ」

今度は友美が目を丸くする。聞き間違えたのだろうか。いや昨日は確かに、恭子に聞かれて瀧がそう返答していた。柚木を見ると彼女は能面のように冷たい表情のまま口を開いた。

「だいたい、付き合うってなんですか？」

「何って……」

「あなた、誰と誰の話をしているんですか？」

「いや、だって……あれ？」

頭が混乱する。どういうこと？　彼女の口振りではまるで二人は恋人同士でもないように聞こえた。付き合っていない？　それなのにコテージで一泊するのか？　いや、それは彼らの事情だから構わない。おかしいのは昨日と話が違うことだ。瀧が呆《あき》れたようにこっちを見ている。

「そんな……じゃあ、どうして嘘をついたんですか？」

「馬鹿か。適当なこと言ってんじゃねぇよ」

瀧は鼻で笑って吐き捨てる。語った覚えのない話に対して嘘をついたと言われたら、そう返されるのも当然だった。しかし友美には理解できなかった。昨日と今日で何が変わったのか。なぜそんなことが起きたのか。

右の側頭部に偏《へん》頭痛を感じ、奥歯を強く嚙《か》んで堪《こら》える。得体の知れない体調不良も一向に去ることはなかった。歓声が聞こえて振り向くと、昨日と全く同じ形に櫓が組み立てられている。その底からは赤々とした炎が燃え始めていた。不透明な霧がスクリーンとなって光を包み込み幻想的な景色が生み出されている。それぞれが松明《たいまつ》を手にした点火のセレモニーは行われなかった。昨日それを発案した友美自身が恭子たちに言うのを忘れていたからだ。

9

　キャンプファイヤーの炎は火勢を強めて低い空を焼き、雨雲のように黒い煙を立ち昇らせている。この煙が狼煙《のろし》となってキャンプ場の外に異変が伝わるかもしれない。スマホを見ると時刻はまだ午後になったばかりで、晴天ならば遠くからでも見えるだろう。ただ友美の場所からだと煙はすぐに霧と混ざり見えなくなった。

　横倒しに並べられた丸太に腰を下ろして皆が和やかに歓談している。友美はグレープジュースを手にしていたが口を付けず、聖良と壱月からもらったチョコレート菓子の袋も開ける気にはなれなかった。もしもこのまま外へ出られなければ、いずれは食料が尽きて餓死してしまう。ここでのんびり時間を過ごしている余裕はなかった。

「皆さーん、ちょっといいですか？」

　恭子がマグカップを手に陽気な声を上げる。

「キャンプファイヤーと言えば歌や踊りが付き物ですけど、さすがにこのメンバーでやるのは恥ずかしいですね。そこで、とりあえず自己紹介でもしていきたいと思うんですけど、どうでしょうか？」

　ぱらぱらと拍手が上がった。今この場にいる全員が昨日のことを覚えていない。それだけではない。誰もがこの異常事態に無頓着《むとんちゃく》で平然と過ごしている。まるで催眠術にでもかかっているかのように、キャンプを楽しむ以外のことは何も考えていないように思える。その心理的変化も不安だった。

「ということで私から。今さらですが初めまして、里見恭子です。三十ウン歳の会社員です。都内の広告代理店で営業をしています。キャンプは初心者ですが、やってみようの精神で有休を取ってここへやって来ました。賑《にぎ》やかなことが大好きです。どうぞよろしくお願いします。じゃ、次、友美」

昨日と一言一句違《たが》わずに恭子がすらすらと自己紹介する。知り合ったばかりなのに、他人のような顔を向けてきた友達。他の者たちもそうだ。しかしショックを受けている場合ではない。彼女たちの目を覚ましてここから出なければならない。なぜ自分だけが記憶を失わずにいられるのか分からないが、それなら皆を救うことが自分に課せられた使命だと思った。

「おーい、友美。聞こえてる？　次、自己紹介してくれる？」

恭子にうながされて友美は丸太から腰を上げた。皆の視線が一斉に向けられる。

「水瀬、友美です」

友美は皆を見返しつつ軽く拳《こぶし》を握る。緊張していない。するはずがない。全員が知り合いで、二度目の自己紹介だ。怖《お》じ気《け》づくことはないと自分に言い聞かせた。

「私は皆さんにお話があります。何人かには伝えましたけど、全員に知ってもらいたいので改めて説明します。誰も気づいておられないようですが、実は私たち、昨日もここで同じように出会ってキャンプファイヤーをしているんです」

　ぱちんっと炎の爆《は》ぜる音が辺りに響く。皆はなんの反応も示さず、ただ不思議そうな目でじっとこちらを見つめている。

「何も覚えていない皆さんには信じられない話だと思いますが、今、大変なことが起きているんです。私たちは昨日からこのキャンプ場に来ているんです。でも次の日、つまり今日になると皆さんすっかり忘れていました」

「え、それって本当だったの？」

　恭子もやはり信じていなかったのか。おかしなことを言っていると思い聞き流していたのだろう。無理もない。今朝の彼女にとって私は、友達でもない初対面の女だった。

「それだけじゃないんです。このキャンプ場から外へ出られなくなっています。駐車場へ行こうとしても、なぜかここへ戻って来てしまうんです。私の他に試した人はいませんか？　……なら、あとで行ってみてください。私たちはここに閉じ込められているんです」

「ふぅん……それは参ったねぇ」

　友美の話に水を差すように河津が気楽な調子で返す。驚いたり戸惑ったりした様子はなく、穏やかな笑みすら浮かべていた。

「外へ出られないならここに住むしかなくなる。アウトドアは嫌いじゃないけど、さすがにずっとじゃ飽きそうだよ」

「あの、そうじゃなくって……」

「あ、でも河津さん、次の日になると忘れられるなら、いつまでも飽きずに新鮮な気持ちで過ごせるんじゃない？」

恭子が続けてそう言うと、他の者たちも笑みをこぼした。

「日記を付ければいいと思う」

聖良が手を上げる。

「その日にしたことを書き残して、明日《あした》になったら読むんです。未来の私へって」

「パパが子供の頃にそんなお楽しみイベントがあったんだよ」

北竹が聖良に向かって話す。

「二十歳になった自分に向けて手紙を書いてね、こんなカンカンの缶に入れて土に埋めたんだよ。ええと、タイムマシンじゃなくて、タイムタイム、タイム……ショック？」

「タイムカプセル、だろ。くだらねぇ」

瀧が素早く反応して皆が笑う。なんだ？　みんな何を笑っている？　事の重大さが分かっていないのか？　それとも荒唐無稽《こうとうむけい》な話で信じられないのか？

「じゃあ次の自己紹介は河津さんに……」

「ちょ、ちょっと待って！　恭子」

友美は話が流されそうになり慌てて声を上げる。

「すみません。うまく話が伝えられなくて、冗談に思われてしまいました。でも私の話は本当なんです。嘘や妄想じゃないんです。私は真面目に、冷静に話しているんです」

「うん、分かってる。いいんだよ、友美」

「良くない！　本気で分かっていたらそんな風に言うわけない！　だから私は……皆さんのことも全部知っています。恭子は都内の広告代理店で営業をしている三十何歳かの人です。勤務スタイルは割と自由らしくて、有給休暇を取ってここへ来ています。キャンプは初心者だけど物から揃える人だからグッズはたくさん持ってきています」

「覚えてくれてありがとー。でもそれはさっき私が話したことだよ」

「じゃあ河津さんのことを言います。名前は隼人さんで三十六歳。霞が関の公務員と言っていたので官僚だと思います。キャンプは学生の頃に何度か経験がありますが、今は仕事が忙しくなってなかなかできないみたいです。ソロキャンプは一人で気兼ねなく遊べるから好きだそうです」

河津は目を大きく見開いて皆にも分かるようにうなずいた。

「北竹静夫さんは四十五歳で車の工場に勤務されています。ここのキャンプ場は馴染《なじ》みの施設だそうです。娘の聖良ちゃんは十一歳で、壱月くんは五歳です。お母さんは、亡くなられているそうです」

「いや、これは……ええ、はい、全くその通りです、はい」

北竹は照れ臭そうにペコペコと頭を下げていた。

「聖良が話したのかな？　うーん、パパの仕事とか、ママのことまで言わなくても良かったんじゃない？」

「私、言ってないよ。パパじゃないの？」

「瀧さんと柚木さんは直接お話ししましたよね？　付き合って一年だと思っていたら出会ってから半年だったというのは、私が聞き間違えたのかもしれません」

二人は顔を見合わせると、ぼそぼそと小声で会話をしていた。

「磯村さんも、さっきお話しした通りです。私はキャンプ場のオーナーさんに聞いたんじゃありません。磯村さん自身が仰《おっしゃ》ったんです。お酒で体を壊したとも聞きました。それでもう飲まなくなったと」

お茶のペットボトルを手にした磯村は右足を揺らしながら喉《のど》の奥で唸《うな》る。赤の他人がそこまで詳しいのはさすがに不自然と思うだろう。

「これで分かっていただけましたか。私たちは本当に昨日も同じことをしているんです。理由は分かりません。だけど、何とかしないといけないんです」

友美は勢いに任せて喋《しゃべ》りきって大きく息を吐く。皆は呆気《あっけ》に取られた表情で固まっていた。

「と、友美……話はおしまい？」

初めに反応したのはやはり恭子だった。

「びっくりしたよ。物静かな子だと思っていたのに、いきなり演説を始めちゃうから」

「ごめん……でも、もう黙っていられなくて」

「ううん、大丈夫。いいんだよ。だけどさぁ……」

恭子は困ったように眉《まゆ》を寄せて苦笑いする。

「……なんで、みんなの分まで紹介しちゃったの？」

「え？」

「そういうのって、直接本人から聞くのが面白いと思うんだけどなぁ。ねぇ河津さん」

「いや、俺は自己紹介なんてしたくない。仕事の話も、今日は思い出したくなかったな」

河津はつまらなそうに足を組んで顎《あご》に片手を添える。

「パパ、パパ、大丈夫だよ。ママがいなくたって、私も壱月もすごく楽しんでいるから」

「あ、ああ、そうだね……」

北竹はうつむき加減で、聖良に向かって何度もうなずいていた。磯村は無言で火バサミを扱って燃えさかる櫓《やぐら》の炎を調整している。誰も友美の話に驚くことも戸惑うこともなく、騒ぐこともなかった。

「どうして、皆さん、信じてくれないんですか……」

「どうしたの？　友美。誰も怒っていないよ？」

「本当だよ、恭子。本当に昨日は……あったんだよ？」

「分かってるって。私たちは昨日もこうしてキャンプファイヤーをやって、みんなで自己紹介をしたんだね」

「そう！　だから……」

「だから友美はみんなのプロフィールを知っているんだね。うんうん、私もなんだか思い出してきたよ」

「思い出してきた？」

「あ、でもあのお二人、瀧さんと柚木さんのことはよく覚えていないかも。ねぇ、もう一回自己紹介してよ」

「はぁ？　なんで俺だけ二回やるんだよ。覚えていないなら忘れておけよ」

瀧がうんざりした顔で手を払う。

「た、瀧さんは思い出したんですか？　昨日のことを」

「ああ……よく分かんねぇけどな」

「本当ですか？」

「おいおい、あんたがそう言ったんだろ。色々知っているみたいだから、きっとそうなんだろ、な」

瀧がそう言うと柚木も不機嫌そうな顔でうなずく。北竹や河津もうなずいて認めていた。

「ね？　みんなも信じるって。だからそんなに心配しなくていいよ」

そう言って恭子は優しげに微笑むが、友美はずきりと頭の痛みを感じて身震いした。大声を出して体調不良が戻ってきたのか、寒気と吐き気に襲われて思わず奥歯を噛《か》み締める。話が噛み合わない。いや、話は通じているが、気持ちが一向に伝わっていなかった。

「……でも、外に出られないんですよ。キャンプ場の外に」

「うん、困ったね。でもまあ、しばらくここで過ごしてもいいんじゃない？　仕事を休む言い訳ができたと思って」

恭子がマグカップを呷《あお》る。酔っているのか？　だからといってここまで物分かりの悪い人だったか？

「水瀬さんも落ち着いて。外に出られたとしても、この霧じゃどうしようもない。山道は危ないよ」

河津までが諭してくる。友美はめまいを感じてまともに返答できなかった。

「水瀬さん、顔色が悪くないですか？　大丈夫ですか？」

「ああ、き、気をつけて。若いからって油断しちゃいけないよ」

聖良と北竹が心配そうに声をかけてくる。

「おお、昨日もそうだったな。おい、薬持ってねぇのか？」

「睡眠薬しかない、私用の……」

「あるなら取って来いよ。気が利かねぇな。昨日もそうしてたぜ」

瀧と柚木がいい加減な会話をしている。

「キャンプファイヤーはまだしばらく続くぞ。あんたらが始めたことだ。寝ててもいいが最後まで面倒を見ろ」

強い口調の磯村に友美は言葉を失い、力のない目で皆を見回していた。何かがおかしい、だが何がおかしいのか分からない。皆があまりにも平然としているせいで、自分のほうが間違っているのではないかと思えてきた。

「私は……平気です、ちょっと休めば治りますから。お騒がせしてすみません。どうぞ私に構わず楽しんでください」

これ以上訴えても仕方がない。このままでは自分までこの異様な雰囲気に呑《の》み込まれる気がした。しかし、どうすればここから脱出できるのか。皆の意識を元に戻すことができるのか。キャンプファイヤーをじっと見据えて思い悩む。灰色の霧の中で歪《ゆが》んだ炎が燃え盛っていた。

10

友美は丸太に腰かけたまま遠巻きに皆の様子を眺めていた。必死の思いで語った話は誰の心にも届かず、まるで宴会の余興のように一時だけの注目を集めて受け流された。今はもう、それぞれ全く違う話を持ち出して談笑している。昨日と同じように、一日限りの出会いを楽しんでいた。

「調子はどう？　友美」

恭子が少し心配そうな面持《おもも》ちで声をかけてくる。身勝手な風に見えて細かいところまで気遣える人だと知っていた。

「あまり良くないけど、大丈夫。恭子は他の人と話してきなよ」

「それなんだけどさ、ちょっと聞いてよ。みんなひどいんだよ」

「ひどい？　何かあったっけ？」

「河津さんが、このキャンプ場の川で子供が死んだとか言って怖がらせてくるんだよ。それに瀧さんも、宿泊客が行方不明になったとか、ここのオーナーがアレをして埋めたとか、そんな話ばっかりして。なんなの、あの人たち。馬鹿じゃないの？」

　すべて聞き覚えのある話だった。

「いや、私だって別にそんな話は信じていないし、本当のことだとしても、普段ならへぇ大変だねで済ませているよ。だって、うら若き乙女でもございませんし、そんなのよりずっと怖くて危ないリアルなことだって、それなりに体験していますからね」

「だからって、今夜一人でテント泊する私に話さなくてもいいだろって？」

「そう！　そんな状況に置かれたら意識するに決まってるじゃん。怖がりとか、そういう問題じゃないでしょ？　それなのにヘラヘラ笑いながら、気をつけろよーとか言うんだよ」

「苦手なんだね、恭子は」

「得意な人なんているの？　磯村さんなんて熊は見たことがあるとか言うんだよ。もう最悪。なんであんな人たちが来たんだろ」

「恭子が誘ったからだよ」

「……それでさぁ、友美」

「一緒に寝ないから」

「あれ？　……もしかして、これも昨日話したとか？」

友美がうなずくと恭子は顔を赤くして首を振った。

「うわっ、恥ずかし……ち、違うよ。私、そういうのじゃないから。一人で寝るのがちょっと怖いというか、心配というか……」

「安心して。昨日の夜も別に何も出なかったから」

「そ、そう？　そうだよね！　絶対だよね？　ようし、ちょっと文句言ってくるよ」

恭子は照れ隠しのようにそう言うと皆のもとに戻っていく。

「あ、友美。本当に調子が悪かったらテントへ戻っていいからね。後片付けはやっておくから。ごめんね、無理させちゃって」

「うん、分かった。ありがとう」

恭子は力強くうなずくと背を向けて遠ざかっていった。怪談話どころではない恐ろしい現実に直面しているのに、彼女は全く気づいてくれない。友美は今まで抱いたことのない孤独感に襲われて目を背けた。


ふと振り返ると、霧の向こうに人影が見えた。

　とっさに腰を浮かせて身構える。棒立ちになった影はその場に留《とど》まったまま動かない。樹木にしては簡素で、カカシにしては支柱がなく高さも足りない。他の者たちは正面で燃え盛るキャンプファイヤーの周囲に集合している。そこで友美は昨日の光景を思い出して、人影のほうに足を進めた。

「何を見ているの？」

　友美が呼びかけた先には一人の若い男が佇《たたず》んでいた。恭子の誘いを拒んだマッシュルームカットのソロキャンパーだった。

「話を聞いていた。あんたが他の奴らに言っていたこと。昨日と同じことをしているとか、ここから外へ出られないとか……」

　男は小柄で痩《や》せており繊細な印象を受けた。黒の半袖《はんそで》シャツにグリーンのカーゴパンツを身に着けて、赤いスニーカーを履いている。大学生か、あるいは高校生に見えた。

「あいつらには何を言っても無駄だよ」

「どういうこと？　君は何か知っているの？」

「知らない。記憶がないんだ。どうしてここにいるのか、ここで何をやっているのか。何か思い出せそうだけど、よく分からない」

「何も覚えていないの？　名前や住所も？」

「それはみんな覚えている。知らなきゃもっとパニックになっているだろ？　気がつけばここでキャンプをしていた。だからテントに隠れてずっと考えていたんだ。でも……分からない」

　男はこちらの顔色を窺《うかが》うようにぽつりぽつりと吐露する。嘘をついているとは思えない。それよりもひどく脅《おび》えているように見えた。

「ただ……あんたたちに近づくのは危ない気がする。だから、離れて様子を見ていた」

「どうして？　何が危ないの？　私たちは何もしないよ？」

「あんたは他の奴らと違うだろ」

「他の人たちも一緒だよ。別に怖い人なんていない」

　男は霧の向こうを見つめながら小さく首を振る。

「でも、とにかく君もこの状況がおかしいことは分かっているんだね。ねぇ、どう思う？　どうしたらいいか、何か知らない？」

「俺も、あんたにそれを聞こうと思っていた。あんたはどうして昨日のことを知っているんだ？」

「そんなの分からない。昨日のことを知っているのは当たり前でしょ。どうしてみんな忘れているの？　それに、何かみんなおかしい。考え方が違うというか……」

「それは俺も自信がない。自分がまともなのかどうかも、どうすればいいのかも」

「……ここから出ることを考えるべきだと思う。それさえできれば、なんとかなるんじゃないかな？」

根拠はないが、それが現状を変える唯一の手段だろう。他のことは後回しにしても、まずはここから出ることが先決だ。

男はしばらくためらったのち、友美の背後を指差した。

「あっちの川の向こうにコテージが建っているのは知っているか？　斜面に沿って何棟か、丸太で作った木の家がある。その奥は壁のように樹木が並んで森になっている」

「知っている。昨日も見たし、コテージに泊まっている人たちもいるから」

「森は延々と続いていて、葉っぱが上にまで広がっているから中は真っ暗だ。地面も上ったり下ったりで、石と泥と木の根で歩きにくい。それでもずっと進んで行くと広い道に出られる。ここのキャンプ場に来る道とは別の場所だ」

「外に出られるってこと？　いや、君は行ったことがあるの？」

「行ってはいけない気がするんだ」

男の指がかすかに震えていた。

「なんとなく覚えているんだ。目を閉じるとそんな風景が見える。でも行くことを考えるとなぜか体が震えて足が竦《すく》むんだ。崖《がけ》とか、高いビルの屋上のぎりぎりに立っているみたいに、絶対に行くなって体が拒否反応を起こすんだ」

なぜ？　と問いかけても無駄だろう。彼自身が分かっていないのだから。友美は振り返って背後の霧を見る。ここからでは手前の川すらまだ見えない。コテージの向こうの暗い森。ただ、不気味とは思うが恐怖を感じるほどではなかった。

「分かった。じゃあ私が行ってくる。もしかするとそこから外へ出られるかもしれない」

「危なくないか？　俺の記憶だって、間違っているかもしれない」

「それでも出口は探さなきゃいけない。このままいるのも良くない気がする。外へ出られたら君もみんなも助けられると思う」

　そうかもしれない、そんな気がする、そう思う。まさに霧の中、手探りで出口を求めているようだ。男は友美の顔をしばらく見つめたあと、よしとつぶやいた。

「それなら俺も一緒に行く」

「大丈夫？　怖いんじゃないの？」

「怖い……でもやっぱり自分でも確かめたいし、女の人を一人で行かせられないから」

「そう、ありがとう」

　得体の知れない森に足を踏み入れるのだから連れがいると心強い。彼は記憶に不確かなところはあるが、この異常事態を認識できている点で他の者たちとは違う。ようやく仲間が得られた気がした。

「私、水瀬友美。あなたは？　覚えている？」

「……萩野悠《はぎのゆう》。懐中電灯を取ってくる」

　男、萩野はそう名乗ると急ぎ足でテントへ引き返した。

11

友美と萩野は霧と暗がりに身を隠して遠回りに河原へ向かう。萩野は他の者たちを警戒していて、気づかれずに行動したいと訴えていた。恭子からはテントで休んでいてもいいと言われていたので、ふいに姿を消しても心配されないだろう。キャンプファイヤーの炎で赤く染まった霧の中から、かすかな笑い声が聞こえていた。

コテージの裏手は急な斜面になっていて、人が踏みならした道がわずかに残っている。しかし坂を上りきると道らしき道はなくなり、極めて視界の悪い暗黒の森がどこまでも広がっていた。

「真っ直《す》ぐ進んでいくつもりだけど、俺も道を知っているわけじゃないからな」

先導する萩野が前方に懐中電灯を向ける。空気は湿気を含んで重く、這《は》い回る木の根に泥を被《かぶ》せたような地面は不快で歩きにくかった。

「萩野、さんは記憶がないって言ってたけど……」

「さん付けで呼ばれたのは初めてだ」

「あ、ごめん……くん、のほうが良かった？」

「さん、でいい。みんなすぐに子供扱いして萩野くんって呼ぶから。十九歳なのに」

「そうなんだ……もう成人なのにそれは失礼だね」

「成人は二十歳だ」

難しい年頃か。小柄で中性的な見た目なので余計に子供っぽく見られるのかもしれない。ただ友美がさん付けで呼んだのは、年下の男との交流がなく遠慮もあったからだ。

「それで、萩野さんは記憶がないって言ってたけど、ここがどこか分かっているの？」

「それは知っている。いななき森林キャンプ場だ。見覚えはあるし、来たこともある。バイクでソロキャンプへ行くのが趣味なんだ」

「私も一緒だよ。じゃあ君は、家からキャンプ用品を積んでバイクで来たのに、それをすっかり忘れているってこと？」

「そう……いや、あれ？」

「何？」

「……あのテントは、誰の物だ？」

萩野は歩みを止めないまま思わぬことを言い出した。

「俺、あんな色と形のテントは持っていないよな？　寝袋も焚火台《たきびだい》も、あんなのいつ買ったんだ？」

「自分の物じゃない？」

「水瀬さんに言われて初めて気がついた。おかしいな。買ったことも忘れているのか？　それとも誰かから借りたのか？」

「知らないけど、貸し借りとか、そういうことって普段からあるの？」

「ない。そんな知り合いもいない。でもそうじゃないと理屈が合わない。まさか他人の物を取るわけが……」

　萩野は自問自答を繰り返す。それでは彼は、来た覚えのないキャンプ場で、見知らぬキャンプ用品を自分の物と思い込んで使い続けていたのだろうか。そんなことが有り得るだろうか。もし彼の物でないとすれば、元の持ち主はどこへ行ってしまったのか。

「やっぱり俺はどこか変になっている。そんな当たり前のことを忘れているなんて」

「森に入るのが怖い気持ちもまだ続いている？」

「……ある。今も立ち止まりたくないから歩いているんだ」

「まぁ、それは私も一緒だけど」

　霧の立ちこめる森の中に何が潜んでいるかも分からない。怖いのは当たり前だった。

「もう一つ、強く思っていることがあって……」

　萩野の声がためらうように途切れる。

「……ここから出たくない。ずっとここにいたいんだ」

「ここに？　でもそんなこと言ったって……」

「分かっている。居心地がいいはずもないし、ずっとテント暮らしなんてできない。それなのに、ここから出たくない、離れたくないって気持ちがどこかにあるんだ」

「それって、他のみんなと同じじゃない？」

「あいつらと一緒にするな」

「でも、あの人たちの態度もそんな風だったよ。まるで外に関心がないみたいだった」

「俺はそういうことじゃない。家に帰りたくないって意味だ。元のところへは戻りたくない。周りの奴らと会いたくないんだ」

「その理由も分からないってこと？　分からないけど、家族や周りの人たちに会いたくないって……」

「恋人と別れたんだ」

萩野は思いきった風に口を開いた。

「帰りたくない理由ははっきりしている。水瀬さんに言うかどうか迷ったんだ。悪い。余計な話をしてしまった。この状況とはなんの関係もないのに」

「そう……なのかな」

恋人と別れたのは萩野だけの出来事で、家に帰りたくないのも彼だけの感情だ。だから外へ出られないこととは関係がない。でも果たして本当にそうなのか？　今起きているのは当然ではないことばかりだった。

「……別れたんだ。三年も付き合っていたのに」

萩野がわずかに振り返る。

「いきなり言われたんだ。他に好きな人ができたからって」

「そうなんだ。辛《つら》いね」

「意味が分からなかった。そんな人じゃなかったのに。水瀬さん、どうしたんだろう」

「それは……私にも分からないよ。その恋人さんのことも知らないし、萩野さんとも会ったばかりだし。悪いけど私から言えることなんて何もないよ」

冷たく聞こえたかもしれないが仕方がない。別れた理由はたった今、彼自身がはっきりと述べている。それが理解できないなら他に言うべき言葉もない。分かった振りをしていい加減なことも言いたくなかった。

萩野は顔を戻して友美に後頭部を向ける。櫛《くし》の通った黒髪が霧に濡《ぬ》れて艶《つや》を帯びている。少し足が速くなった。

「どうしたらいいのか分からない。俺にはあの人がすべてだったのに。生きる意味がなくなってしまった」

「意味なんて……考えないほうがいいよ」

「俺はあの人に出会うために生まれてきたと思っていたんだ。それなのに……」

「相手の人にとってはそうじゃなかったんだよ。強要はできないと思う」

母親に首を絞められた時、私は誰にも望まれず生を享《う》けた存在だと気づいた。私が生きるべき世界はここではない。でも私の居場所はここしかなく、魂の置き場はこの体しか用意されていなかった。

「納得できなくても、仕方ないと思う気持ちも必要だよ。もし萩野さんがその人を恨んでいないなら」

「恨みなんて、あるはずがない。絶対に」

「じゃあ誰のせいにもできない。人生なんて意味があってもなくても続いていくんだから、どうしようもないよ」

「……そんなことを言われたのは、初めてだ」

「そう？　……私はあんまり分かんないから、気を悪くしたらごめんね」

「いや、他の人からは、お前のその気持ちが重いんだとか、すぐに新しい人が見つかるとか言われるばかりだった。だから嫌になったんだ」

「それは、ひどいね。でもきっと、みんなにとってはどうでもいいことなんだよ」

「どうでもいいこと……」

「だって萩野さんにとっての生きる意味とか、生まれてきた理由だから。みんなには関係ないよ。萩野さんもそうじゃない？　他人のことなんて」

「……水瀬さんは変わっていると思う」

萩野は振り返りもせずに言う。意外だ。彼のほうが相当珍しいと思ったが、やはり他人のことは分からないものだ。

「でも他の奴らよりは全然ましだ。教えてくれてありがとう。水瀬さんと話していると気持ちが晴れる気がする。もっと早くに出会えば良かった」

「それはどうも」

和やかに会話のできる状況ではないが、彼の心境が分かったお陰で少し安心できた。しかしここで出会わなかったら話もしていなかっただろう。彼は頑《かたく》なで、潔癖過ぎる。

12

森の道はある所を境に緩やかな下り坂になった。山頂を乗り越えたというよりは、裾《すそ》野《の》をまたいでいる感じだ。霧に加えて複雑に入り組んだ木々の景色は変わり映えせず、スマホの地図アプリも使えないのでどこを歩いているのか分からない。もはや元のキャンプ場へと引き返すことも難しかった。

カンッと、乾いた音が辺りに響き、友美は思わず足を止める。知らずに空き缶のような物を蹴《け》り飛ばしてしまったらしい。懐中電灯の光を辺りに照らすが音の元はもうどこにも見当たらない。雨水にふやけた雑誌や弁当を入れるプラスチック容器が目に入った。

友美は気にせず再び歩き始める。アウトドアに慣れていても、暗がりと足下の悪さに疲労が蓄積されていく。おまけに風邪の引き始めのような悪寒《おかん》も続き、刺すような偏頭痛にも時折襲われていた。今はただ、脱出したいという気持ちだけで足を動かしている。

地面に落ちていた白いビニール袋を踏みつけると、べしゃりと音が鳴った。

「なんだかゴミが増えてきたね」

キャンプ場からは結構離れたはずなので、別の登山客や無断でキャンプをしていた者がいるのかもしれない。ビールの空き缶や菓子の包み紙、片方だけの軍手や汚れたスニーカーなども放置されていた。

「ゴミが落ちているってことは、人がいたってことだよね。しかも一人や二人じゃない。頻繁に人が通っているなら、森の出口にも近づいているんじゃない？」

友美はわざと明るく声を上げて萩野と自身を励ます。ゴミを残す無頓着《むとんちゃく》なキャンパーは初心者に多い。それなら山へ深入りせず、道路に近い森でキャンプしているだろう。

気になるのは、放置されている物がキャンプとは無関係に思えることだ。着古したTシャツや帽子はまだ分かるが、野球のグローブや花瓶や写真アルバムなども置き去りにされている。泥にまみれたぬいぐるみやミニカー、透明なフィルムやカラフルなプレゼント用のリボンもあり、まるでパーティでも催していたかのようだった。

「変だね……ゴミがどんどん増えている気がする。まさかキャンプじゃなくてゴミ捨て場にしているのかな。それとも、近くに誰かが住んでいるとか」

体を襲う寒気が一段と強くなる。磯村はかつてこの山の所有者だったが、騙《だま》されて手放したようなことを言っていた。山に愛着も責任もない者が所有者になると、不法投棄が増えたり、良からぬ者たちが占拠したりすることもあるかもしれない。

その時、萩野がふいに歩みをやめてその場に立ち止まった。

あとに続いていた友美もぶつかる寸前で留《とど》まった。

「どうしたの？　萩野さん」

「ここは、見覚えがある……」

友美は不思議に思って隣に並んだが、前方を見ても特に何かあるわけでもない。やはり暗い霧が立ちこめているばかりだった。

「そうだ……俺はここへ来たんだ。キャンプ場から森に入って、霧の中を歩き回って。なんのために？　逃げるためだ。外へ出るために歩き続けて、ここへ来て……」

「ここを知ってるの？　萩野さん。昨日のことを思い出したの？」

萩野が目を見開いて正面を凝視している。その表情は小刻みに震えていた。

「知っている。ここで見つけたんだ。それから俺は……俺は、どうした？」

「見つけた？　何を見つけたの？　ここへ来たのに、またキャンプ場へ戻ったの？」

「写真を見つけたんだ。こんな山奥に落ちているのも変だったから。裏には手紙が書かれていて、それで俺は、あいつらが……」

「萩野さん、落ち着いて！」

友美が呼びかけると萩野は驚いた顔をそのままこっちに向けた。

「お前は……誰だ？」

「え、ちょっと待ってよ」

「違う、水瀬さんだ。知っている。知っているのに、何かがおかしいんだ」

萩野は強く頭を振る。必死に記憶を取り戻そうとしているようだ。

「分からない……あいつらは誰だ？　水瀬さん、あなたはどこから来たんだ？」

「どこから？　何を言っているの？」

「駄目だ、やっぱり帰ろう。俺は頭が変になっている。ふ、震えが止まらないんだ。ここは来てはいけないところだったんだ」

「でも戻っても変わらないよ。ねぇ、萩野さん、どういうこと？　ここは何？　君は何を知っているの？」

「知らないんだ。俺は何も知らない。誰も知ってはいけないんだ」

上擦った声で取り乱す萩野が後ずさる。すると触れた木の枝から赤黒い何かが顔の前に垂れ下がった。

「うわぁっ！」

「危ない！」

萩野が足を滑らせて尻餅《しりもち》をつく。湿気と汗にまみれた顔が恐怖に歪《ゆが》んでいた。

「何かが！　何かが……」

「大丈夫！　ただのガイロープだから！」

ガイロープはテントやタープ、ハンモックなどを張る時に使う専用の長い綱だ。細くとも丈夫で扱いやすく、安全のために目立つ色を使っている物が多かった。

「やっぱり誰かがキャンプをしていたみたいだね。萩野さん、もういいから。無理に思い出そうとしないで」

「キャンプじゃないんだ。キャンプなんて……」

「とにかく今は外へ出ようよ。きっとこの先だよ」

「行かないで！」

萩野は立ち上がるなり友美の右手首を摑《つか》んできた。じっとりと濡《ぬ》れた泥まみれの冷たい感触。嫌悪感が腕を通じて全身に伝わる。

嫌っ！　──友美は反射的に彼の手を払う。同時に、しまったと後悔した。

「あ、あ……」

「違う！　萩野さん、今のは違うの！」

「俺は、俺は、そんな……」

萩野はそうつぶやくなり、背を向けて森の中を駆け出す。がさがさと木々の揺れる音とともに、あっと言う間に霧の中に姿を隠した。

「待って！　萩野さん！」

またた、また人に触れられない体が反応してしまった。どんなに不快でも、今の手は離してはならなかった。萩野は恐怖に駆られたように奇声を上げて遠ざかっていく。友美はすぐに足を止めて思い留まった。追いかければ道に迷うことは必然だった。

13

垂れ下がっていたガイロープを目印にして元の場所へ引き返す。綱は木にしっかりと結びつけられているが、反対側の先端はナイフか何かで綺麗《きれい》に切断されていた。萩野はキャンプじゃないと言ったが、確かにテントを張るために使ったとしたら位置が高い。しかも普通は折れるかもしれない枝ではなく幹に括《くく》り付けるものだった。

しかし今は余計なことを考えている場合ではない。走り去った萩野も心配だが、外へ出ることが最優先だ。懐中電灯の光で足下を照らしながら慎重に歩く。きっともうすぐ道路が見えてくるはずだ。霧が晴れて舗装されたアスファルトの地面や道路標識や信号機や、民家の建ち並ぶ景色が現れると期待していた。

一人になると周囲の暗さと静けさが一層不気味で心細く感じた。それはちょうど子供のころに体験した、隣室から届くわずかな明かりと話し声を感じながら眠る時とよく似ていた。引き戸の向こうに潜む何かがぼそぼそと話している。私は目と耳を塞《ふさ》いで、外の世界を忘れて自分の内側に籠《こ》もってやり過ごした。今はそうすることもできず、何かが起きる予感に脅《おび》えつつ歩き続けるしかなかった。

辺りには生臭いにおいが立ちこめている。湿気を含んだ土や、腐った木々や落ち葉や、それだけではない何かのにおい。緩やかな下り坂もぬかるんだ泥に足を滑らせそうで危なっかしい。こんなところでは絶対に倒れたくなかった。

お前は誰だ？　あいつらは誰だ？　さっき聞いた萩野の声が耳の奥に蘇《よみがえ》る。錯乱した男の発言なんかに意味はないかもしれないが、彼は記憶と現実との違いに驚いているように見えた。この場所にも来たことがあると言っていたが、それは今朝になってキャンプ場から外へ出られなくなってからだろうか。もしそれ以前の行動だとしたら、なぜここへ来る必要があったのか。何かがおかしい。お前は誰だ？　は、取りも直さずこちらが抱く疑問でもあった。萩野さん、あなたは誰？

懐中電灯の光を照らす先に、奇妙な木片が立っていた。

まるで友美がこの道を通ることを予期していたかのように、その木片は地面から少し傾《かし》げて突き立てられていた。一メートルくらいの高さがある長方形の板で先端が丸みを帯びている。全体的に黒く汚れて、緑色の苔《こけ》にもまみれて朽ちかけている。しかしその大きなアイス棒のような姿は森林の中で見過ごせない違和感を放っていた。

友美は立ち止まって腰を屈《かが》める。こんな物を、ここではないどこかで見た覚えがある。よく見ると板の側面にはいくつか段差があり、前面にはつらつらと文字が書き込まれていた。筆文字で大きく記されているが、汚れている上に達筆なのか、漢字か平仮名か他の文字かも判然としない。だが下のほうで辛うじて【忌】という文字が見えて、卒塔婆《そとば》という言葉が思い浮かんだ。

ぞっと、両肩が持ち上がるほどの寒気を感じて身を引く。これは卒塔婆だ。それがなぜこんな場所に放置されているのか。いや、捨てられているのではなく、立てられているのか。気味が悪く目を背けたくなるが、それ以上に疑問と好奇心が勝った。

いつ、誰が、こんな物を立てたのか、立てる必要があったのか。それはこの状況とは無関係なのか。正面は劣化が激しく文字は読めない。中腰のまま裏側に回ると、意外にも汚れが少なく、くっきりと文字が浮かび上がっていた。しかも筆ではなく黒ペンで縦書きに書かれている。どうやら卒塔婆の作法ではなく私信らしい。友美は懐中電灯を板に向けてゆっくりと光を下ろした。

『静夫様、聖良ちゃん、壱月くん。どうか安らかにお眠りください。清恵様といつまでも仲良く穏やかにお過ごしください。——親族一同』

「え……？」

友美は卒塔婆に懐中電灯を向けたまま固まった。想像もしていなかった文字の羅列を見て思考停止に陥った。もう一度光を上に向けて見直す。静夫様、聖良ちゃん、壱月くん。見間違えるはずのない三つの名前と、知らない名前が記されていた。

どういうこと？　なんの話？　これは何？　ここはどこ？　見回すと地面には無数のゴミが散乱している。ビールの空き缶、菓子の包み紙、花瓶と野草ではない花々の残骸《ざんがい》、中身の入ったタバコの箱。ふやけた写真アルバム、小石のような線香立て、プレゼント用のリボン、枝に結びつけられたガイロープ。ひとつやふたつではない。ここだけでもない。ゴミの放置は、死者への供物《くもつ》なのか。

友美は腰を上げて卒塔婆から遠ざかる。地震のように体がぐらぐらと波打った。一体何が起きたのか、私は誰に会ったのか、自分自身の記憶と行動に自信が持てない。ただ、背後からとてつもない悪い予感が押し寄せてくる。

逃げるように森を下る。外へ出られなくなったのはなぜだ。皆が昨日のことを忘れてしまったのはなぜだ。萩野が恐怖に駆られて逃げ出したのはなぜだ。仲良くキャンプ場を訪れていた親子、あの父と娘と息子は一体誰だ。何も分からないが、ただ一つだけ確実なことがある。絶対にこのキャンプ場にいてはいけないということだ。

枝が鞭打《むちう》つように腕を叩《たた》き、緩んだ地面と尖《とが》った石に足首を挫《くじ》く。友美はそれでも歯を食い縛り、目を大きく開いて坂道を駆け下りた。荒れる呼吸と速まる心音が寒気と頭痛を散らしてくれる。何も考えるな。まだ倒れるな。外へ出て助けを求めろ。そして取り残された恭子たちの救助を頼む。それですべて解決する。

木々の隙間が広がって、やがて切り取られたように森が途切れた。

丸太小屋のコテージが並び、小さなテントが点在する、灰色の霧に包まれたキャンプ場が広がっていた。

第三章　祓《ばっ》除《じょ》

1

友美は近くの大木に身を預けて、呆然《ぼうぜん》とその景色を見つめていた。戻っている。キャンプ場へ帰っている。森の中をどう進んだかははっきり分からないが、引き返していないことだけは確かだった。それなのに、必死の思いで逃げた先にあったのは元の場所だった。

恐る恐る坂を下って橋を渡る。眩《まぶ》しい日差しが降り注ぐ自然豊かなキャンプ場はもうどこにも存在しない。ここにあるのは、もがいても外に出られず、地の底から何かが引きずり込もうと待ち構えている蟻地獄《ありじごく》だ。駐車場へ続く北側と同じように、南側も森のどこかで鏡のように世界が反転していたのだろう。もはや東へ行っても西へ行っても脱出できるとは思えなかった。

広場の中央には燃え尽きたキャンプファイヤーの櫓《やぐら》が炭の山となって燻《くすぶ》っている。辺りには誰もおらず、宴《うたげ》の跡は片付けもされていなかった。少し離れたグレー色のテントを訪れたが萩野悠の姿も見当たらない。呼びかけてからテントのファスナーを開けて中を覗《のぞ》いたが帰ってきた形跡もなかった。

管理小屋のほうへ向かって、その途中にあるテントに辿《たど》り着く。生成り色の一人用テントは二年前に買ったアウトレット品で、店舗も金額も覚えているので間違いなく自分の物だった。テントからチェアを引っ張り出して、浅く腰かけて深く息をつく。疲れているが横になる気になれず、朝から何も食べていないが食欲もない。異様な緊張感の中、昂《たか》ぶる神経にあらゆる欲求が抑え込まれていた。

あれは一体、なんだったのか。友美は見据えた霧の中に、ぼんやりと浮かび上がる一本の長い木の板を思い返していた。静夫、聖良、壱月の三人の名前を記した卒塔婆がなぜ山奥に立っていたのか。名字を省いたり、記銘者を親族一同として意図的に身元を隠していたのはなぜか。その理由は容易に想像できた。

しかし同時に想像できない事態も起きている。卒塔婆に記された三人は今、このキャンプ場で、あのコテージに宿泊していた。何が起きているのか、この世界はどうなっているのか。ただ、外へ出られないことや、皆が記憶を失っていることと無関係とは思えなかった。

「やあ、こんにちは」

いきなり近くで声がして思わずチェアから飛び上がる。現れた河津の穏やかな微笑みを見て、めまいがするような既視感に襲われた。

「まさか……」

「初めまして。凄《すご》い霧だね。君もソロキャンプに来ているの？　俺、河津隼人って言うんだけど」

「河津さん……」

友美は目を背けて唇を噛《か》む。忘れている、昨日の出来事を。たった数時間前の会話すらも覚えていない。もはや狼狽《ろうばい》して問い質《ただ》したり、知らない振りをして話に乗ったりもできない。それが無駄な行為であることもすでに知っていた。

「キャンプってテントを張ったらもうすることがないよね。ソロキャンプだと話し相手もいないし。君はこれからどうするの？」

「私は、どうしたらいいのか……」

「あ、俺、ミル挽《び》きのできる奴を持っているんだけど、うちで挽き立てのコーヒーでもどう？」

「いえ……もう結構です」

「ああ、コーヒーは嫌い？　それとも俺が嫌い？　いつもそうなんだ。俺はただ仲良くしたいだけなのに、他の奴らは俺を見下して、からかって、いいように利用しようとしてくるんだ」

「……何？」

「だから俺は他の奴らを見限って、見返すために努力をしてきた。偉くなったら誰も放っておかないだろ。いい会社や団体に所属して、出世して、金を稼いで、馬鹿な奴らを顎《あご》で使ってやろう。俺だけ、一人だけ幸せになろうと心に決めたんだ」

河津が目を細めてにじり寄ってくる。いきなり何の話だ？　初対面の相手に向かって何を語っているんだ？　友美は不安を抱いて後ずさる。彼はまるで泣き笑いをするように顔を歪《ゆが》ませていた。

突然、河津は友美の右手を摑《つか》んだ。

「だけどあいつが……あの上司が、自分の不正がばれそうになったからって責任を全部俺に押し付けてきたんだ」

「ちょっ、ちょっと、河津さん……」

「賄賂《わいろ》だよ、贈収賄《ぞうしゅうわい》。だが俺は一円も取っていない。当たり前じゃないか。それなのに、どうして俺が責任を取らなきゃならないんだ。バレなきゃ罪にはならないとか、大臣が付いているとか、そういう問題じゃない。あいつは俺を、この俺を罠《わな》に塡《は》めたんだ」

「離して……」

河津の手からベタついた感触が伝わる。おかしい。彼はこんな人ではない。ナンパはするが理性的で賢明な人のはずだ。それが変質者のように手を摑み、支離滅裂《しりめつれつ》なことを言いながら身を寄せてくる。

「なぁ、君もそう思うだろ。こんなことは許されないだろ。俺、間違っていないよな」

「河津さん！　どうしたんですか！」

「違うんだ。俺は知って欲しいんだ。俺の気持ちを君に伝えたいんだ」

「何を言っているんですか！」

「俺は犯罪者になんてなりたくない。真面目な役人として仕事を続けていたかったんだ。それなのに、あいつが俺を追い詰めるんだ。訴えたところでどうにもならない。俺が加担したといういい加減な証拠しか見つからない。他の奴らも無視して誰も助けてくれない。だけど俺はやっていない。それなのに、もうどうしようもないんだ」

友美は詰め寄る河津に押し倒された。チェアが音を立てて転がる。恐怖と嫌悪感で体が硬直する。言っている意味が分からない。説得できる状況ではない。だが逃げるのもすでに手遅れだった。

馬乗りになった河津の顔から水滴が落ちる。汗ではない。涎《よだれ》でもない。見開いた彼の目から涙がこぼれ落ちていた。

「か、河津さん……」

「キャンプをするんだよ。自分で火を熾《おこ》して、料理を作って、ミル挽きしたコーヒーを味わうんだ。釣りをしたり、森を歩いたり。そうしてのんびりと、素直に過ごしたい。誰にも叱られず、邪魔されず、誰の顔色も窺《うかが》わずに生きていたい。君と一緒がいい。君は真面目そうで、優しそうで、俺と同じように辛《つら》そうだから……」

節くれ立った男の手が頭を撫《な》で、頬を伝い、首筋に触れる。暴力目的ではなく、むしろ助けを求めているようにも見えた。押し倒そうとしたのではなく、縋《すが》り付こうとしたのか。しかしその行為は変わらない。降りかかる生臭い息に吐き気がした。

「お願いだから、俺と一緒にいてくれ。君のことをもっと俺に聞かせてくれ。頼むよ……」

友美は左足を持ち上げると、彼の右膝《みぎひざ》を力一杯蹴《け》りつけた。

河津の顔が目の前一杯に広がる。ためらっている間はない。

ぐにゃりと、嫌な感触が足の裏に伝わる。

「うわぁ！」

河津は声を上げて横に転がる。友美はその隙に倒れたまま下がって体勢を整えた。

「足が、足の骨が折れた……どうして、どうしていつも、誰も助けてくれないんだ」

彼は地面に這《は》いつくばったまま手を伸ばして懇願する。蹴った場所が悪かったのか。しかし骨が折れたのは大袈裟《おおげさ》だと思った。友美は立ち上がるとさらに遠のき、霧の中に身を隠した。

「ご、ごめんなさい、河津さん。今はそこで大人しくしていてください」

「待ってくれ、行かないでくれ、俺も連れて行ってくれ……」

「大丈夫です。必ず助けに戻りますから。お願い」

なんとか喉《のど》から絞り出して、その場を離れる。見捨てることはできない。今の河津は本当の彼ではないと知っているから。恐怖よりも、怒りよりも、悲しさが胸に込み上げてきた。しかし今はどうすることもできない。友美は彼を残して立ち去ることしかできなかった。

2

しばらく聞こえていた河津の声は、やがて耳に届かなくなった。相変わらず霧と暗がりで見通しは悪く、もう彼の姿も全く見えない。追いかけては来ないようだが、次はいきなり背後から現れるかもしれないと思うと気が抜けない。再び彼に襲われることばかりでなく、再び彼を傷つけてしまうのが怖かった。

右手と顔に河津の手の感触を思い出して顔をしかめる。触られたからどうだと言うんだ。河津は清潔感のある親切な大人の男性だった。そんな彼が錯乱して助けを求めてきたのに、蹴り飛ばしてしまった。萩野の時も同じだ。不快感と嫌悪感に耐えられなかった。そんな自分自身が許せなかった。

右に人の気配を感じて友美は反射的に飛び退《の》いた。誰かいる。しかし見えたのは太めの支柱に体を貫かれた一体のカカシだった。目線の高さには黒のズボンを穿《は》いた足があり、見上げると薄緑色のパーカーを着た女が佇《たたず》んでいる。目鼻のない顔をうつむかせて長い髪が垂れ下がっていた。

「ねぇ、どうしたの？」

カカシから女の声がして友美は息を呑《の》む。目線を下げると支柱の向こうから里見恭子が片手を上げて近づいてきた。

「なんか叫び声みたいなのが聞こえたから見に来たんだけど、何かあった？」

「恭子……」

「え？　あ、うん、そうだけど……ええと、ごめん、どこかで会ったこと、あったかな？」

友美は思わず足に力を込めて地面を踏みしめた。社交性など皆無で積極的に友達を求めたこともない。それでも、忘れ去られることの心細さには耐えがたいものがあった。

「どうして……」

「あ、大丈夫、大丈夫だよ。何か怖い目にあったんだね。分かるよ。ソロキャンプって危ないよね。実は私も寂しかったんだよ」

「……恭子、私の話を聞いて。私と恭子は、ここで初めて会った。私、恭子のことをよく知っている。だって自己紹介してくれたから。でも恭子はそのことをすっかり忘れてしまっている」

「え、何それ？」

「何かおかしいって思わない？　持ってきた食材が減っているとか、道具に使った形跡があるとか、気づかなかった？　恭子も私も、他の人たちも、昨日からここでキャンプをしているんだよ」

「ほ、本当に？　全然覚えてないんだけど……あ、じゃあずっとここで、毎日新鮮な気持ちでキャンプできるよね」

「できない！　真面目に聞いて！」

友美は声を上げて恭子の戯《ざ》れ言《ごと》を必死に打ち消す。

「それだけじゃない。私はさっき河津さんに……客の男の人に襲われそうになった。いや、襲うつもりはなかったかもしれないけど、急におかしなことを言い出して……」

「そんな悪い人がいるの？」

「違う。そんな人じゃなかった。だから、何かがおかしくなっているんだと思う。恭子は？　何か変だと思うことはない？」

「いきなりそう言われても、分かんないよ。私、変になってるかな？　元から変な奴だってよく言われているけど……」

「なってない。なってほしくない」

恭子が小刻みにうなずく。

「でも、これからどうなるか分からない。恭子も……おかしくなるかもしれない。私の話は嘘じゃない。もう信じるとか信じないとかいう段階じゃない。ただこの状況を理解して、お願い」

「わ、分かった。私の名前も知っているしね。本当のことだと思うよ」

「だから今すぐこのキャンプ場から逃げ出さないといけない。それで元に戻るかどうかも分からないけど、でもここにいるのは絶対にいけない。外で他の人に助けを求めるべきなの」

「そうだね。じゃあとりあえず外へ出ようか。あっちに管理小屋があって、その向こうに入口が……」

「駄目だった。試してみたけどそこからは出られない。いくら出ようとしてもここへ戻ってきてしまう。他のところも同じだと思う。普通の方法じゃ逃げられないんだよ」

「本当に？　じゃあスマホで電話を掛けるのは？　警察とか……」

「電波が届いてないから繫《つな》がらない」

「ありゃ、私のもだ。管理人さんは何をしているのかな」

「朝から出勤していない。私たちが外へ出られないように、外からも中に入れないんだと思う」

「そっか……じゃあ、あの人もいないよね。掃除のおじさん」

「掃除のおじさん？」

「あ、見なかった？　管理小屋の向こうの、注連縄《しめなわ》のかかっていた辺りにいた人」

「注連縄？　……いや、見てないけど」

「そう？　私の勘違いかな？　でも見た覚えがあるんだけど……あれ？　いつだっけ？　どこだっけ？」

「待って、恭子」

友美は慌てて彼女を制する。

「無理に思い出さなくていい。とにかく今はそんな人もいないし、そんな物もなかった。だから今思い出してもなんの役にも立たない」

「そ、そうだね。余計なことを考えている場合じゃないよね」

萩野は何かを思い出して混乱し、河津は友美を襲いながら、昔とも今ともつかない職場の不満を語っていた。記憶のない者が過去を振り返ると心が乱れてしまうのだろうか。見覚えのない人物やキャンプ場にはそぐわない存在を口走る彼女に不安を覚えた。

「でも、それじゃどうするつもり？　外に出たいけど出られないって」

「あっちのコテージに、北竹さんって家族が宿泊している。お父さんと二人の子供、娘と息子がいるんだけど」

友美は霧に隠れた遠くを指差す。不気味なカカシのお陰で方角の目安をつけることはできた。

「その人たちが、何かこの状況にかかわっているんじゃないかと思う」

「え、私が覚えていないことや外に出られないことに？　何その人たち？　何をやってそうなるの？」

当然の疑問だ。しかし友美は何も返答できない。あの一家には謎がある。しかしこの状況との繋がりが分からない。恭子はしばらくこっちの様子を見つめていたが、やがて分かったとばかりに大きくうなずいた。

「よし。じゃあこれから一緒にその家族のところへ行ってみよう。それで私の記憶を戻して外へ出してもらおう、ね」

「恭子……信じてくれる？」

　恭子は笑みを浮かべたまま首を横に振った。

「正直言うと信じていないし、何を言っているのか分からない。私ってお気楽だから。何も覚えていなくて、ここから外へ出られないなら、あれ、結構ハッピーじゃない？とも思っているんだよ」

「それでも手伝ってくれるの？」

「だって、あなた本気で困ってそうだもん。私のことも助けようとしてくれているみたいだし。放っておけないよ」

　からっとした晴天のような笑み。そう、こういう人だったと友美は今さらながら思い出していた。

「せっかくだから、あなたが満足するまで付き合うよ。秘密のキャンプ場からの脱出！だね」

「……ありがとう」

「ところで、あなたのお名前は？　二度目になって本当にごめんなさいだけど、そろそろ教えてもらってもいい？」

「友美……水瀬友美。今度こそ、絶対に忘れないで」

　友美はわざと口角を上げて笑顔を作り、三度目の名前を告げた。

3

友美は恭子を連れて南のコテージへ向かう。彼女はやはりキャンプ場での出来事を全く覚えておらず、友美が語る北竹一家や他の客たちの話を熱心に聞いていた。

「じゃあ他の人たちも昨日のことを何も覚えていないんだ。それなのに、なぜか友美だけはちゃんと覚えている。だから困っているんだね」

「言っておくけど、私の勘違いってことはないから。証拠もあるし、恭子の名前だって聞く前から知っていた」

「分かっているよ。でも凄《すご》いね、友美。ソロキャンプなのにみんなと顔見知りなんて積極的だね。初対面だったんでしょ？」

「それはコミュ強《つよ》の恭子がどんどん話しかけたから」

「いやぁ、さすがに私もそこまでアクティブじゃないよ。こう見えて知らない人には身構えるタイプだからね」

　さすがの恭子も自分自身のことは分からないのか。他人に指摘されると否定したくなるのか。余計な興味を持たないようにキャンプファイヤーのことは黙っておいた。

「それで、森の中で不気味な卒塔婆《そとば》を見つけたら、そこに書いてあったのがキャンプ場にいる北竹さんとかいう家族のことだったと。確かにそれは変だよね」

「悪戯《いたずら》であんなことをするとは思えない。でも悪戯じゃなかったとしたら……」

「ねぇ……それじゃ、友美が会ったその人たちって、ゆ、幽霊じゃないの？」

「幽霊じゃないと思う。足もあったし、透けてなかったし」

「顔は？　服装は？　声は？」

「普通だった。普通の顔で、普通の服で、普通の声で話して、お菓子も食べていた」

「じゃあゾンビだったとか？」

「ゾンビって……どういうの？」

「お墓の下から出てきて、体が腐ってボロボロになっていて、嚙《か》みついてくる奴」

「大丈夫。そんなのじゃなかったから。本当に普通だった」

ゾンビというのは土葬文化のある外国だからこそ現れる怪物だ。火葬で粉々の灰になれば蘇《よみがえ》りようがない。卒塔婆があるということは、あの場所に遺体か骨が残されていたのだろう。当然放っておかれるはずがなかった。

敷地に架かる橋のたもとで友美が立ち止まる。河原では幼い男の子が水に足を浸《つ》けてこっちを見上げていた。

「壱月くん……」

「え、あの子がそうなの？」

辺りに聖良や静夫はおらず、壱月は霧の中一人で川遊びをしていた。やはり見た目は普通の男の子に変わりない。恭子が先立って河原へ下りて近づいた。

「こ、こんにちはぁ。水、冷たい、かな？」

「全然冷たくないよ」

「嘘だぁ。全然ってことはないでしょ」

「全然冷たくないよ」

壱月はそう繰り返すと友美を見た。

「きただけ、いつきです」

「ああ、うん……」

本当にこんな子供がキャンプ場の異変にかかわっているのか。しかし卒塔婆に書かれていた名前に間違いはない。そもそもなぜあんな物が設置されることになったのか。この子の身に何が起きたのか。

「きちんとお名前を言ったら、みんなお友達になってくれる。お友達がたくさんできると楽しいよってママが言ってた」

「そうだよ。ママの言う通り。お友達と一緒だと色んなことができるからね」

恭子が腰を屈《かが》める。

「でも壱月くんは一人で遊んでいたの？　パパとお姉ちゃんがいるんだっけ？」

「パパとお姉ちゃんは、お家《うち》でご飯を作ってる。パパはいつも忙しいから邪魔しちゃいけない」

壱月は後ろの遠くを指差した。一家のコテージのある辺りだった。

「別のおじさんや、お姉ちゃんとも遊んだよ。僕、水の中で魚を捕まえてた」

そう言って正面の遠くを指差す。友美と恭子は振り返るが、土手の先には誰もおらず、やや傾いたカカシがぽつりと立っているだけだった。

「そうなんだ。もうお友達が沢山いるんだねぇ」

恭子はちらりとこっちに目を向けてささやく。

「この子、違うんじゃない？」

友美は返事せずに壱月を見つめる。別のおじさんとは磯村のことか。お姉ちゃんとは柚木のことか。いや、それなら瀧と柚木の二人か。いずれもあまり子供が好きそうにも見えなかったので意外だった。

「僕、魚を捕まえたよ。あっちに三匹いるよ。名前も付けたよ。メズとゴズとエマ」

「この川で捕ったの？　凄いね。見せて見せて」

恭子と壱月は並んで河原の先を行く。友美もその後ろから付いて行った。砂利の擦《こす》れる音が足に伝わり不快だ。さほど遠くない水辺の縁《へり》に石で囲った小さな生《い》け簀《す》が作られていた。

「魚は川の向こうに沢山いたよ。でもみんな凄く速くてすぐに逃げる。シュッて逃げる。僕、川に潜って目を開けて探すけど、水に押されてどんどん遠くへ流れていくよ」

「へぇ、暗いのによく捕まえられたね。将来は漁師さんだね」

恭子は大袈裟《おおげさ》に褒めて生け簀を覗《のぞ》く。隣で友美も見下ろした。

生け簀には小さな魚が三匹、泳ぐことなく浮かんでいた。

「死んでる……」

「なぁんだ。まあ、子供のすることだからね」

　恭子は苦笑いを見せるが、友美は顔を強張《こわば》らせる。土色をした小魚は腹を見せたり、尾が欠けたりした状態で漂っている。死骸《しがい》を拾ってきたのか、捕らえてから殺したのか。無邪気な男の子の遊びと思う余裕はなかった。

「ママは魚が好きだよ。お店へ行ってサンマとかイワシとかシャケとか教えてくれる。でももうママはいないから、僕がたくさん捕まえて図鑑で調べてる。この魚も載ってるかな。持って帰ったら分かるかな」

　壱月はつぶらな瞳《ひとみ》をじっとこちらに向けていた。

「ママはね。パパの言うことをよく聞きましょうって言ってたよ。それと友達をいっぱい作って仲良くしましょうって。それで毎日楽しく幸せになりましょうって。そしたらいつかまたママに会えるって。今は大事な用事で空へ行っちゃったけど、僕が良い子にしてたら帰って来てくれるんだよ」

「そうなんだ……」

「魚を見せてあげる」

　壱月はそう言うと突然友美の手を摑《つか》む。濡《ぬ》れた小さな掌《てのひら》が肌に張りついた。

「え、ちょっと待って」

友美はその冷たさに驚くが、振り解《ほど》くのをためらう。子供相手に手荒なことはできない。だがその間に信じられない力で川の中まで引き込まれた。

「友美!」

恭子の声が聞こえると同時に、友美は足がもつれて顔から水に突っ伏す。その勢いで壱月の手は離れたが、川の流れを受けてさらに横に転がった。鼻と口を水に塞《ふさ》がれて呼吸が止まる。慌てて顔を上げて四《よ》つん這《ば》いになり水を吐き出した。

寒気とともに体温が一気に奪われる。だが夏場なので凍えるほどではなかった。川べりでは恭子が笑い声を上げている。ふざけているとでも思ったのか。そのままの体勢で振り返るが、辺りには誰もいなかった。

「あれ、壱月くん?」

その直後、今度は左足を引かれて再び川の中に倒れる。さらに水流よりも遥《はる》かに強い力で川奥へと引きずり込まれた。一瞬、体が地面を見失って宙に浮いたような感覚を覚える。川の中央は想像以上に深い。反射的に水を掻《か》くが、服が重いのか体が浮き上がらない。

肺の中の空気が泡となって口から漏れる。目を開いても暗闇で上下の区別も付かない。かろうじて右足で川底を蹴《け》るが、左足が岩の隙間に挟まれたように動かない。やばい、恐怖が全身を駆け巡り、頭の中が真っ白になった。左足を引き寄せようとすると、かえって体が沈んでいく。何が起きているのかと目を凝らす。

壱月が友美の足首を小さな両手で摑んでいた。

驚いて呑《の》む息もなく、腹に力を入れる。壱月は暴れることも苦しむ様子もなく、まるで母親に甘える子供のように顔を上げて純真な眼差《まなざ》しを向けていた。ぐっと重みが増してさらに底へと引き込まれる。これは子供の体重ではない。川の流れのせいか、それとも何か別のもののせいか、友美に浮上する力はなかった。

『前にここのキャンプ場で事故があったとネットのニュースか何かで見た覚えがある。あっちの川で子供が溺《おぼ》れたとか』

昨夜に聞いた河津の声が耳の奥で再生される。あれは壱月のことだったのか、それとも川底で壱月を見た他の子供のことだったのか。友美は水中で右足を上げて左足の隣に添える。その下では壱月が見上げている。

迷っている暇はない。このままでは自分も溺れてしまう。この子を見捨てて自分だけ助かるのか。違う、呼吸を整えてから再び潜って救い出せばいい。そのためには今はこの子を引き剝《は》がさなければいけない。

友美は右足で壱月の顔を踏みつけると、足に力を込めて一気に押し下げた。

ばつんっと左の足首にちぎれたような激痛が走る。しかし体は一気に軽くなり、顔に川面《かわも》の風を感じた。濁った声とともに水を吐き出して空気を吸い込み、腕を伸ばして岸辺の岩を摑む。

「ちょっと友美ー。ふざけていると危ないよー」

ややや離れた川岸で恭子が叫ぶ。ほんの十数秒の出来事だったのだろうが、元の場所からずいぶん流されている。全身ずぶ濡れで、団子にまとめていた髪が解《ほど》けて顔に張り付く。咳《せ》き込み、あえぎ、足下をふらつかせながら川から上がる。左足首に痛みを感じたが怪我はなさそうだ。ちぎれたように思ったのは、壱月の手を無理矢理蹴り剝《は》がした時の反動だった
「壱月くん!」

命の危機から免れた途端、我に返る。慌てて川のほうを見ると壱月はさらに下流で浮上して自力で這《は》い上がっていた。友美と同じく濡れそぼっているがちゃんと足で立っている。しかし、

頭の左側がへこみ、左肩が外れたように垂れ下がっていた。

友美は口元を手で覆い悲鳴を抑える。壱月の顔がまるで空気の抜けたボールのように歪《ゆが》んでいる。しかし血は出ておらず、泣くこともなく、口の右端だけを持ち上げて微笑んでいた。

「お姉ちゃん。魚、見えた？　ぶわーって泳いでいたよ」

「い、いや……」

　友美は震えるように首を振る。川の中で壱月の顔を思いっきり足で踏み付けたので陥没させてしまったか。そんなことが有り得るのか。

「え！　壱月くん、その顔どうしたの？　大丈夫？」

　川岸を歩いてきた恭子が声を上げる。壱月は何事もなかったかのようにその場に屈《かが》み込むと、両手を水に浸《つ》けたり石を拾ったりして遊び始めた。

「友美、どういうこと？　あれ、平気なの？」

「平気じゃないよ……」

　平然としている壱月は自身の異常な状態に気づいていないようだった。川底に沈んでも苦しまず、頭が潰《つぶ》れても痛がらない。まさか本当にゾンビなのか。私を川に引きずり込んで溺死《できし》させるつもりだったのか。あの壱月がなぜ……

「友美、あの子コテージにパパがいるって言ってたよね。とにかく私知らせに行ってくるよ」

「待って恭子。私も行く」

　友美は濡れた髪を掻《か》き上げてシャツを絞る。恭子一人に行かせるのは危ない。自分一人がここに残るのも嫌だ。びしょ濡れの全身がたまらなく不快だが、一泊だけのつもりだったので替えの服も持参していない。寝間着代わりのジャージに着替えたほうが良さそうだ。

「お姉ちゃん」

　遠くから壱月が呼びかけてくる。

「僕、たくさん友達を作って、みんなと一緒に遊びたい。そしたらママも戻ってきて、一緒に遊んでくれるから。たくさん友達できたねって、きっと褒めてくれるから。お姉ちゃん、一緒に魚を捕まえて。あっちにたくさん泳いでいるよ」

　友美は返事もせずに立ち去る。得体の知れない恐怖に口を利くことすらできなかった。

4

　友美と恭子は橋を渡ってすぐのコテージの扉を叩《たた》いた。そこに宿泊していると聖良が昨日話していた。建物の外観は山小屋を意識した縦長の木造平屋で、臙脂《えんじ》色《いろ》の三角屋根が目立っている。壁面には配管やメーターボックスが付いているので、電気やガスや水道は通っているようだ。

　中からの反応はない。続けてドアノブを回して鍵《かぎ》がかかっていないことを確かめた。ためらっている場合ではない。二人はうなずき合うとゆっくりと開けて進入する。室内は照明もついておらず、外よりも薄暗かった。

「北竹さん！　おられますか、北竹さん！　大変ですよ！」

　恭子が入るなり大声で呼びかける。中は広い一間にキッチンとバスとトイレがあり、梯子《はしご》を登った屋根裏に寝室が設けられているようだ。部屋の中央には大きなテーブルがあり、管理小屋で売られていた菓子やシャボン玉を作る玩具《おもちゃ》などが置かれている。間違いなく一家が使っているコテージだった。

二人は靴を脱いで部屋に上がるが、人の姿はない。バスやトイレにいる様子もなく、寝室にいる気配もなかった。

「あら、いない？」

「それより……なんだか煙臭くない？」

友美は口元を手で覆う。室内には外の霧とも違う黒い煙が充満しており、天井に近づくほど濃く澱《よど》んでいる。かすかに薬品のような刺激臭が鼻を突き、目にも充血したような痛みを感じた。

火事かと思ったが何かが燃えている様子はない。煙の出所を探ると、テラスに面した大きな掃き出し窓の隙間から入り込んでいるのが分かった。

「恭子、テラスに北竹さんが……」

「あ、本当だ。人がいる」

「煙が……私ちょっと家のドアを開けてくる」

こっちに背を向ける北竹の姿に気づいたが、友美は堪《たま》りかねて先に部屋を引き返しドアを全開にした。煙が風とともに外に排出される。恭子はそれどころではないとばかりに掃き出し窓を大きく開けた。

「北竹さん！」

「え？　ああ……どなたですか？」

振り返り目を大きくしている北竹がいた。テラスに据え付けられた焚火台《たきびだい》でバーベキューをしているらしく、手元からはもうもうと煙が上がっていた。

「どうしたんですか？　いきなり入って来られたらびっくりしますよ。その、僕はそういうサプライズとかアドリブは得意じゃないので」

「ちゃんとドアもノックしましたし、何度も呼んでいました。聞こえませんでしたか？」

「あ、そうなんですか。うーん、それは申し訳ない。僕はその、工場で働いているんですが近頃耳鳴りがひどくて、難聴気味なんです」

北竹はそう言って片手を頭に添えた。サファリハットの下に四角い眼鏡。その見た目はこれまでと変わらず不審な点は感じられなかった。

奇妙なのは彼が燃やしている物だった。焚火台はコンクリートのブロックを四角く囲んだ炉に網を敷いたものだったが、その上で炎が高く上がっている。つまり下からの火で食材を焼いているのではなく、食材そのものが燃えている。

「そんなことより北竹さん、大変です。川で壱月くんが怪我をしたんです！」

「壱月が？　それはまた、どうしてまたそんなことに？」

「川の中で、岩か何かに頭をぶつけたんだと思います。とにかくひどい怪我を負っています！」

　恭子が強い口調で訴えるが、北竹はふうんと言っただけで火バサミを動かしている。友美は燃え盛る炎から目が離せなかった。食材ではない。肉や魚や野菜の燃えかたではない。大きな炎と黒い煙を出して、恐らく有害な物質も飛散している。プラスチックや化学繊維といった、いわゆる燃やせないゴミが燃えているようだった。

「壱月はやんちゃな子なんです。目を離すとすぐに危ない場所へ行ったり怖い目に遭ったりするんですよ」

「いや……北竹さん？」

「木に上ったり、川に入ったり、岩に登ってそこから落ちたり。誰に似たのかなぁ。僕はあんなじゃなかったと思うのですが。無理をしない、無茶をしないがモットーですから。それじゃ、やっぱり清恵《きよえ》かなぁ。気が強くて、僕はハイハイと言うことを聞くばかりなんですよ」

「ちょっと、そんな話よりも助けに行かないと、息子さんが危ないんですよ？」

「いやぁ、子供を叱るのも清恵の役目でねぇ。僕はどうにも苦手なんですよ。甘やかしちゃいけないとは思うのですが、慣れていないというか、なんというか」

　北竹はのらりくらりと、傍らのゴミを火にくべている。やはり不燃物のようだが、一体どこで集めて来たのだろう。キャンプ場のゴミ捨て場から漁《あさ》ってきたのか。しかし一体なんの目的で……

焼き網の隅で、見覚えのある緑色の虫除《むしよ》けリングが溶けていた。

「ねぇ友美、どういうこと？　この人、なんかおかしくない？　自分の息子が怪我しているのに……」

恭子の耳打ちをよそに、友美は小さな火の点《つ》いた虫除けリングから目を移して、鼻歌交じりにゴミを掻《か》き混ぜる北竹の顔を見た。

「北竹さん……聖良ちゃんはどこですか？」

「聖良ちゃん、聖良は偉い子です。親の贔屓目《ひいきめ》かもしれないけど、賢くて顔立ちも整っている。あれも清恵によく似ているんですよ。強がる仕草なんて特に……そう、強がっているんです。あの子は自分にも僕にも不満を持っています。だけど我慢して立派なお姉ちゃんを務めようとしています。でもやっぱりまだ子供だから隠し切れていないんですよ。僕は分かっているんです。分かっているけど……」

「聖良ちゃんはどこですか？」

「笑わなくなったんですよ。顔は笑っていても心では笑っていない。なんだか演歌みたいですねぇ。壱月もそうなんです。まだ五歳なのに、僕に気を遣おうとするんですよ。何も分からないのに、何もかも分かっている。僕は前の会社が倒産して、今は自動車の工場でアルバイトをしています。でも薄給だし、仕事にも慣れなくて毎日叱られ続けています。そんな僕の不甲斐《ふがい》なさをあの子たちは知っています。だけど、どうしようもないんですよ。だから頑張って、必死に、僕らはみんなで家族を演じているんです」

北竹は穏やかな笑みを浮かべながら、嚙《か》み合わない会話を続けている。よく見ると彼は金属の火バサミを素手で摑《つか》んだまま、炎にまみれた物体を叩いたりひっくり返したりしている。黒色の耐熱手袋を着けているように見えていたが、実は焦げて炭化《たんか》した生身の手だった。

「北竹さん。こっちを見てください、北竹さん！」

「ああ、申し訳ない。ええと、君は……」

北竹はこちらに向かって愛想笑いを見せる。友美は感情が消えて無表情になっていた。

「北竹さん……私、この近くの森で卒塔婆《そとば》を見つけたんです。静夫さんと聖良ちゃんと壱月くんの名前があって、清恵さんと仲良くお過ごしくださいと書かれていました」

「卒塔婆って？　卒塔婆ならうちの宗派も立てるけど、僕はそんなの見た覚えがないなぁ」

「記銘者は親族一同とありました。どういうことですか？　清恵さんは亡くなっていますよね？　どうやって仲良く過ごすんですか？」

友美はじっと北竹の目を見つめる。彼はしばらく黙っていたが、やがて愛想笑いを止めた。

「そう、初めは壱月が言ったんですよ。いつの夜だったかなぁ。ママに会いたいって泣き出したんです」

「壱月くんが……」

「それを聖良が凄《すご》く叱ってねぇ。ママはお空へ行ったって知ってるでしょって。僕はそれを、何も言えずに見ることしかできませんでした。だってまだ五歳だ。ママが恋しいのは仕方がないですよ。聖良だってそうです。自分が我慢しているのに壱月が駄々をこねたから怒ったんです。僕はみんな分かっています。聖良だってママに会いたいはずです」

北竹は潤んだ目をじっと向ける。だがその真に迫った表情には、現実的な離別の悲しさよりも、異常な言動からの恐怖を抱かされた。

「僕も会いたいです。ママに、清恵に。いきなりでしたからね、膵臓《すいぞう》ガンなんて。清恵もそんなの嫌だって、生きたいって。僕らと一緒にいたいって泣いていました。僕は何も言えませんでした。どうすればいいのか考えられませんでした。ひどい夫です。ひどいパパです。本当に情けないです。だけど、仕方ないんです」

「北竹さん、あなたは……」

「ここのキャンプ場は馴染《なじ》みなんですよ。ちょっと遠いけど綺麗《きれい》で設備も整っていて、子供も遊びやすいので気に入っています。オーナーも親切で愛想の良い人です。今日も久しぶりに話ができました。アウトドアは清恵の趣味だけど、ママも子供たちも喜んでくれるなら僕も嬉《うれ》しい。家族四人でいつも楽しくやっています」

北竹は照れ臭そうににやける。少し気弱で頼りなげだが、穏やかで優しいパパなのだろう。私の側にこんな人はいなかった。それは不幸だったのか、あるいは幸運だったのか。

友美は、和やかだが狂気に満ちた、歪《ゆが》んだ雰囲気を打ち消すように言い放った。

「北竹さん、だからあなたは、みんなで死のうと思ったんですか？」

5

霧と煙で灰色になった世界で、北竹は呆然《ぼうぜん》としていた。友美の言葉と態度を意外と感じたように、手にしていた火バサミをからんと落とした。

「違うよ。ママが、清恵が言ったんだよ。僕らといたいって。またみんなと暮らして、遊んで、笑って、ご飯を食べて、一緒に眠りたいって。忘れたのかい？　お願いだから、お願いだからって何度も僕に言ってきたんだよ」

北竹は真っ黒になった手で友美の腕を摑む。焼けるような熱さが服ごしに伝わる。

「ちょっと、北竹さん」

「だから僕たちはこのキャンプ場へ来たんだよ。君と過ごした楽しい思い出がたくさんあるこの場所へ……いや、この裏にある森へ行ったんだ。どういうところか知っていたから。そこなら都合がいいと思ったんだよ、清恵」

「わ、私は清恵さんじゃない！」

「友美から離れて！」

危険を察して恭子が北竹の腕を摑んで引き離す。ずるりと、手の皮膚が剝《は》がれて腕が離れた。よろめいた彼は焚火台《たきびだい》に頭から突っ込んだ。それでも熱がる様子もなく体を起こして近づいてくる。

「清恵、どうしたんだ。何をそんなに怒っているんだ。長い間待たせて悪かったね。僕は優柔不断だから、なかなか踏ん切りがつかなかったんだ。子供たちにも辛《つら》い思いをさせていた。申し訳ない。もっと早くに決断すべきだった」

「北竹さん、本当にあなたは……聖良ちゃんと壱月くんを、殺してしまったんですか？」

友美は戸惑う恭子をテラスから部屋に引き戻しながら、自分も退避する。卒塔婆の言葉と北竹の話から想像できたのは、残酷な現実だった。十一歳の聖良はまだしも、五歳児の壱月に自殺という発想はない。この父親が手を下したに違いなかった。

「殺す、殺す……いや、そうじゃない。ママに会わせたかったんだ。二人も会いたがっていたからね。僕は情けないパパだけど、それでも子供たちには喜んでほしい。願いを叶《かな》えてあげたいってずっと思っていたんだ」

北竹が部屋に入ってくる。籠《こ》もっていた煙は抜けたが、代わりに彼の体から漂う強烈な腐臭が充満する。

「キャンプに行こうと呼びかけてね、金曜日の夜明け前に出発したんだよ。壱月はまだ寝ていたけど、聖良はすぐに目を覚まして色々と手伝ってくれたよ。途中のサービスエリアで休憩を取って、聖良がトイレへ行っている間に、車の中で壱月の首を絞めた。本当は森でやるつもりだったけど、聖良に勘付かれそうだったんだ。壱月の呼吸が止まって、小さな心臓の音も聞こえなくなった。それでも目を覚ますかもしれないから、キャンプ用に持ってきたガイロープを首に巻き付けてきつく絞めておいたよ」

「そんな……」

「それから壱月をトランクに隠し、聖良にはいなくなったと話して捜させた。サービスエリアは車が多くて危ないからね。聖良は壱月のことをいつも心配していて、自分がママの代わりをしなきゃと思っていたんだ。僕が林のほうで声が聞こえたと言ってそっちへ向かわせてから、後ろから壱月と同じようにガイロープを首に掛けて絞めた」

北竹は拳《こぶし》を握った両手を左右に広げてロープを引く真似をする。

「聖良は賢くて強い子だろ。望んでいても苦しくなると抵抗するかもしれないと思ったんだ。だけど振り返って僕のほうを見ると……たぶん、少し笑っていたよ。ほら、君がよくする顔だよ。しょうがないパパねぇって時の、あの優しい顔。驚いたよ、本当にそっくりだったんだ」

弟と同じく、父親の身も案じていた聡明《そうめい》な子。あの子の父親への心配は現実のものとなった。そして私がそれを知った時には、もう全てが手遅れだった。

「と、友美。北竹さんの背中が燃えているんだけど……」

北竹が身に着けているシャツとハットの端に赤い炎が躍っている。焚火台に触れた時に燃え移ったのだろう。油でも付着していたのか、腕や首筋にも直接火がついている。大火傷《おおやけど》になるはずだが、北竹は平然としている。

「そのあと僕は二人を車に乗せて森へ向かったんだ。もう夜が明けていたからね。サービスエリアなんかに残しておいたら誰かの目に留まるかもしれない。もう僕たち家族は誰にも邪魔されたくない。僕はみんなのパパだからね。ちゃんと、みんなを守る責任があるんだよ」

友美は眼前に迫る北竹をにらみつける。眉尻《まゆじり》を下げた懇願するような顔は、妻に甘える時だけに見せていた表情か。恐怖よりも、気持ち悪さよりも、怒りが込み上げてきた。

「どうして、そんなひどいことをしたんですか……」

「清恵？　どうしたんだい？　まだ怒っているのかい？」

「どうして、聖良ちゃんと壱月くんを殺したんですか。誰が、北竹さんにそんなことを頼んだのですか」

「それは、君と子供たちのためじゃないか。もう一度、家族みんなが集まるために。だってこのまま生きていても仕方ないじゃないか。だから僕は……あれ、おかしいな。あの子たちはどこへ行ったのかな。ええと、清恵、僕は……なんだっけ？　また僕は、間違えたのかな？」

「間違っている。あなたのしたことは完全に間違っている。聖良ちゃんと壱月くん、あの子たちも辛いだろうけど、それでも将来があった。ママの死を乗り越えられるだけの時間と力があった。それをあなたが、いくら父親でもあなたが奪っていいはずはない、絶対に」

友美の握った拳《こぶし》に力が入る。知り合って間もない他人の家族であっても許せなかった。母は私を邪魔に思って首を絞めた。北竹は子供たちのためを思って首を絞めた。真逆の感情に思えるが、子供の命を自分の所有物としか考えない価値観は同じだった。

「どうして、あんないい子たちまで道連れにしたの。奥さんを亡くして、会社が倒産して転職を余儀なくされて、そのせいで体調を崩して。それは不幸だと思うけど、その苦しみを子供たちにまで押し付けるなんて。私はあなたが、そんな人とは思わなかった」

「ち、違うよ、清恵」

「私は清恵じゃない！」

「聞いてくれ、僕の話を……」

北竹が再び黒い手を伸ばす。だが友美に触れるより早く、恭子が彼の腕を摑《つか》んだ。

「き、北竹さん。それからあなたは、どうしたんですか？」

恭子が会話に割り込んでくる。

「子供たちを車に乗せて森へ向かって、そのあとどうしたんですか？　二人を埋めて帰って来たんですか？」

「埋める？　埋めたりなんてしないよ。泥だらけにしたらまたママに叱られる。前も雨の中、公園で遊んで大変な目に……」

「そうなんですね。それはいいですけど、北竹さんは？　どうして話してくれないんですか？」

「ぼ、僕？　僕は……あれ？」

「覚えていないんですか？　逃げたんですか？　子供たちを森に置き去りにして？　それってひどくないですか？」

「い、いや、そんなことはしない。僕はそんなことをした覚えは……」

「恭子、離れて」

瞬間、北竹が体に火をまとわりつかせたまま、膝《ひざ》から崩れ落ちるように倒れ込んだ。足が炭になり体を支えきれなくなったのだ。

「うん……そうだ、思い出したよ。僕は車から聖良と壱月を出して地面に寝かせてから、近くの木の枝にガイロープを結んで、首を吊《つ》ったんだ。二人の首を絞めたのと同じロープで、二人の顔を見下ろせるようにして。そうしたら離ればなれにならずにママに、清恵に会いにいけるからね……」

「と、友美、やっぱりこの人」

「うん……」

二人は燃えていく北竹から目を背ける。もはや見ていられなかった。いつの間にか恭子が腕に縋《すが》っていたが、それに気づかないほどの恐怖に体が震えていた。

「そうか……だから僕は死ぬんだね。ようやく分かったよ。僕はこれから死ぬんだ。聖良と壱月と一緒に。君は迎えに来たんだね、清恵。良かった。もう大丈夫だよ。僕はもう間違えない。でも、どうして僕は……」

もはや炭となった北竹の声が止まり、悪臭を含んだ真っ黒な煙が部屋の空気を汚していく。友美と恭子は息を止めると後ろ歩きのままドアへと引き返してコテージから脱出した。

6

友美はしっかりとドアを閉め、さらに三歩ほど建物から離れる。それでもまだ赤茶色のドアを凝視したまま、小刻みに息を吐いて慎重に呼吸を繰り返した。もうドアの向こうからはなんの音も聞こえてこない。それでも安心などできるはずもなかった。

「と、友美、なんなの？　あの人、に、人間じゃないよね？」

恭子が声を震わせる。今の彼女にとっては初対面の男だ。恐怖の感情しか生まれなかっただろう。

「やっぱり幽霊？　ゾンビだったの？　川にいた男の子もそうなの？」

「分からない……」

半ば予想していた通り、北竹一家は南の森で亡くなった死者たちだった。北竹静夫は妻・清恵の死を悲観し、仕事や健康の不調から心身を疲弊させて、ついには娘と息子に手を掛けて自らも死を選ぶという最悪の行動をとってしまった。どうしてあんなに穏やかで心優しいパパが、利口で素直で可愛らしい子供たちが、そんなことになってしまったのか。静夫の態度に怒りを覚えても、今は虚《むな》しいばかりだった。ここで彼らに出会った時から、すでに何もかもが遅過ぎた。

「友美、よくあんな人と付き合えたね。普通の人だって言ってたのに。私、滅茶苦茶《めちゃくちゃ》怖かったんだけど」

「あんな人じゃなかった。昨日までは、数時間前までは、ごく普通の家族だった」

「じゃあいきなりあんな風に豹変《ひょうへん》しちゃったってこと？」

「霧が晴れない……」

異常な世界を目撃したコテージから離れても、キャンプ場を取り巻く灰色の霧は一向に消える様子はなかった。この事態が収まったように感じられない。北竹一家の存在は解決の鍵《かぎ》ではなかったのか。静夫の言動を振り返っても、彼が何かを……たとえば死者の呪いのようなものを仕掛けた風には思えなかった。むしろ自らの死すらも忘れて、ここにいることも理解していなかったようにも見えた。

「じゃあこの状況は、北竹さんのせいじゃなかった？」

「まだ他にも何か起きるの？　友美は何を知っているの？」

「私は、何も知らない……」

また、偏頭痛がする。友美は側頭部に手をあてた。体が怠《だる》く、生乾きの服が重い。しかし体調が悪いなどと言ってはいられない。ここで倒れたら自分の身ばかりか、記憶を失った恭子や他の者たちまで危険に晒《さら》すことになるだろう。

「駐車場のほうへ行ってみよう。もしかすると出られるかもしれない」

「友美、大丈夫？　肩貸そうか？」

「いい。触らないで」

友美は思わず不躾《ぶしつけ》な言い方になってしまったと気づいて振り向く。ただ恭子は気にした様子はなく、心配そうにうなずいていた。彼女の大らかさにはいつも助けられている。同時に、何か小さな違和感を抱いたが、その正体は摑みきれなかった。

「と、友美、あれ……」

道を引き返して橋を渡る途中、恭子が川のほうを指差す。見ると突き出た岩の側で小さな男の子がうつ伏せの体勢で浮かんでいた。

「壱月くん……」

服装を見ても壱月に違いなかった。今まさに溺《おぼ》れているという状況ではない。遠目でもすでに事切れているのは明らかだった。いや、本当はもっと前から、父親の手によって命を絶たれていた。しかし、それはいつのことだったのか。

するとと浮かぶ壱月の後頭部に、上から大きな石が当たって弾んだ。

「友美、あの人」

恭子が川辺のほうを指差す。ちょうど友美が川から上がってきたあたりの砂利に、黒ずくめの男が川に向かってしゃがんでいる。男は近くの石を取ると、川に向かって大きく弧を描くように投げ込んだ。壱月の近くで大きな水しぶきが上がる。

「瀧さん？　何をしているの？」

「あの人も知り合い？」

「コテージに宿泊している。北竹さんの一家とは別の客で……」

「壱月くんに石をぶつけていたよ」

瀧はゆっくりとした動作で投石を繰り返している。川辺でよくやる暇潰《ひまつぶ》しだが、その的《まと》は子供の死体だ。友美と恭子は再び橋の袂《たもと》から下りて彼の許《もと》へ急いだ。

「あなた、何をやっているの？」

恭子が声をかけるが瀧は無視して石を拾い上げる。長髪に隠れた目は川の一点を見据えて、口元には笑みが浮かんでいた。投げた石は放物線を描いて壱月の背中に当たった。

「お、また当たった」

「ちょっとあなた、聞こえてる？」

「聞こえてるよ。見りゃ分かるだろ。石をぶつけているんだよ」

瀧はちらりと目を向ける。

「言っておくけど、俺がやったんじゃないからな。来た時からもうそこで浮かんでいたんだよ」

「だからなんで石をぶつけているのよ。普通は助けるでしょ」

「普通ってなんだよ。普通ならどう見ても死んでるだろ。初めは横向きに浮かんでいたけど顔がへこんでボロボロになっていたからな。俺が頑張って石をぶつけてうつ伏せにしたんだ。苦労したぜ」

瀧はそう言って乾いた笑い声を上げた。その顔は、昨日カカシを燃やそうと言い出した時と同じだった。

「でも川に入って溺死《できし》するってラッキーだよな。だって準備も計画もなくいきなり死ねるんだから。直前まで自分が死ぬなんて全然考えていなかったんだ。それで、あ、やばいと思ったらもう死ぬだけだ。なんていうか、理想的だよな」

「友美、どういうこと？　この人、何を言っているの？　こういう人なの？」

友美は返答に迷って何も言えない。薄笑いを浮かべながら、子供の死体に石を投げる男。言動の荒っぽい人とは思っていたが、そこまで常軌を逸してはいなかった。記憶以外にも何かが変わってしまったのか。彼の中で見えない何かが進行しているようにも思える。恭子が再び瀧に向かって叫ぶ。

「そんなことより大変なんです。私たちみんな記憶を失っていて、このキャンプ場からも出られなくなっているんです」

「はぁ？　何言ってんだ、あんた」

「本当のことを言ってるんです。さっきはそこのコテージで、北竹さんって人が体を燃やして倒れたんですよ」

「へぇ……いいじゃんか。どうせ死んだら焼かれるんだ。先に焼いても一緒だろ。バーニングマンだ。俺はもっと、人は自由であるべきだと思うぜ」

「と、友美。私じゃ駄目だわ」

「信じてください。何がどうなっているのか私たちにも分かりませんけど、とにかくここにいるのは危ないんです、瀧さん」

恭子に代わって友美が瀧を説得する。

「なんで俺の名前を知ってんの?」

「あなた自身から聞きました。でも瀧さんはそのことを覚えていませんよね? 私たちの話が本当だと分かりましたか? いや、もう疑っていてもいいですから、一緒に外へ出ましょう」

「外、外って……外へ出て、どこへ行くんだよ」

「そうじゃなくて、ここにいてはいけないんです。出たら家に帰るなり、好きにすればいいんです」

「家だって?」

瀧は石を拾いながら含み笑いを漏らす。その声はやがて甲高い哄笑《こうしょう》へと変わった。友美と恭子は顔を見合わせる。彼は拾った石をその場に叩《たた》き付けた。

「家? 家ってなんだよ。あの年寄りの社畜とその嫁が住む小屋のことか? それとも耳の腐った批評家どもが偉そうにふんぞりかえったオーディション会場か? 音楽よりも騒ぎたいだけの奴らを寄せ集めたライブハウスか？　帰ってどうするんだよ。また嫌味を言われても愛想笑いして頭を下げろって言うのかよ」

「な、何を言って……」

「俺の音楽は本物だよ。命をかけて真剣に取り組んできた成果だからな。それをあいつらは暗いだの下手だの流行《はやり》じゃないだのと言って否定した。くだらねぇ。もううんざりだ。遜《へりくだ》ってまで偽者どもの前で演奏する気はねぇ。帰りたければあんたらだけ帰れよ」

友美は息を呑《の》む。口汚く罵《ののし》る言葉に脅《おび》えたのではない。聞いてもいない身の上話を語る様子が北竹と同じだからだ。彼はこの場から立ち上がる様子もない。恭子が見かねて口を開いた。

「帰りたくないのはあなたの勝手だけどさ、だったらこれからどうするの？　ずっとここで川に向かって石を投げているつもり？　ご立派な音楽家さんが？」

「あんた俺のこと馬鹿にしてるだろ」

「一応私、広告業界の人間だからね。反論せずにはいられないかな。お客さんに受けるか受けないかはともかく、聴いてくれる人を貶《けな》すような人は好きになれないの。少なくともプロじゃないよね」

「あんたが言っているのはミュージシャンじゃなくてチンドン屋のことだよ」

「私はどっちも素敵だと思うけどね。不満があるならその気持ちで一曲作ればいいじゃん。それがミュージシャンのプライドってものでしょ？」

「……くだらねぇ。俺の音楽はそんなんじゃねぇんだよ」

「だったら自分の好きにすればいいのに。他人の悪口を言うのは、やっぱり受けたい、人気者になりたいって未練があるからでしょ」

「ふざけんな。話にならねぇよ」

「そう、話している場合でもないんだよ。悔しかったら外へ出ようよ。それともまだここに引き籠《こ》もるつもり？　帰るのが怖いから？」

「煽《あお》ってんじゃねぇぞ。俺はな、俺は……ああ、そうだ、行くんだったな」

「どこに？」

「森だよ。そこのコテージの裏手から行くんだよ」

瀧は黒い右手を上げて川を指差す。対岸にはコテージが建ち並び、さらに奥は、あの南の深い森に続いていた。

「有名なところらしいな。名前が知られているのは重要だぜ。結局は見つけてもらうことになるんだ。そうだ、俺はこんなところにいる場合じゃねぇんだ」

「何それ？　森なんて行ってどうするの？　リスや鹿を相手に演奏するつもり？」

「うるせぇよ。あんたには関係ないだろ。ほっとけよ」

そう言って瀧はまた石を手にする。

「ちょっと待って」

友美が割り込む。聞き流せない発言だった。

「瀧さんはどうして森へ行くんですか？　そこに何があるんですか？」

「うるせぇって言ってるだろ」

「有名ってなんですか？　なんで名前が知られているんですか？」

友美が質問を変えると、瀧は川に浮かぶ壱月に石を投げて振り向いた。

「なんだ、あんたら知らねぇのかよ。……あっちは、自殺の名所だよ」

どくんっと、川に石の落ちる音が響いた。

7

キャンプ場からの脱出を目指して訪れた南の森で、奇妙な物を見つけた。ビールの空き缶や菓子の包み紙、野球のグローブやぬいぐるみ、ふやけたアルバムや線香立て、そして腐り果てた花束の残骸《ざんがい》。北竹一家の名前が書かれた卒塔婆《そとば》を見つけた時、それらのゴミが置き去りにされている意味が分かった。しかし同時に、彼らのためだけの供物としては量が多過ぎることも気づいていた。

「自殺の名所なんかに、何しに行くんですか」

友美は見下すような目をした瀧を問い詰める。愚問だ。本当に聞きたいのはそこではないが、思考が現実に追いついていなかった。

「好きにすればいいって言ったくせに、俺の行き先に文句つけるのかよ」

「そんなところへ行くって言うなら、止めるに決まっています」

「余計なお世話だろ。ほっとけよ」

「ほっとけませんよ。柚木さんはどうするんですか？」

「はぁ？　なんの話だよ」

「柚木さんまで巻き込むんですか？　あなたの身勝手に」

「友美、柚木さんって？」

「瀧さんの恋人で、一緒にここへ来ている人」

「何あなた彼女がいるの？」

「……いねぇよ。誰の話してんだよ」

訝《いぶか》しげに目を細めて恭子に返す瀧だったが、嘘をついているようには見えなかった。

「誰って、柚木香苗さんですよ。まさかそれも覚えていないんですか？」

「彼女の名前まで忘れたの？　それってひどくない？　やっぱりそういう人なんだ」

「何を訳の分からねぇことを……」

その時、背後から砂利を踏みしめる音が聞こえ、振り返ると当の柚木が体を左右に振りながら近づいてきた。

「誰ですか？　何で私の名前を呼んでいるんですか？」

「柚木さん……ほら、いるじゃないですか」

友美は柚木の姿を見つけてほっとした。しかし瀧は柚木を見るなり、ああ、とつまらなそうな声を上げた。

「そういや、そういう名前だったな、あんた。柚木だっけ？」

「なんの話ですか？　気安く呼ばないでください……」

「あんた、俺の女らしいぜ。良かったな」

「……馬鹿馬鹿しい。なんで、あなたみたいなのと」

「俺に怒んなよ。こいつがそう言ってんだよ」

瀧が指差した友美に柚木は不機嫌そうな眼差《まなざ》しを向けた。様子がおかしい。

「あなた、一体なんですか？　どうしてそんなひどいことを言うんですか？」

「ひどいことって……あなたたちが言ったんですよ。一年……いや、半年前から付き合っているって」

「何を言っているんですか？　なんで初めて会ったあなたが、そんなデタラメを言うんですか」

「やっぱり覚えてないんですね。私たち、昨日も今日も会っているんですよ」

「昨日？　昨日、私があなたと会って、この人と半年前から付き合っているって話したって？」

そう言って柚木は首を振って溜息《ためいき》をついた。座ったままの瀧も甲高い笑い声を上げる。

「おいおい、あんた、頭大丈夫かよ。時間感覚がおかしくなってるぞ」

「だから、それはおかしくないんです。あなたたちが忘れてしまっているだけで……」

「俺がこいつと出会ったのは、今朝だよ」

「え？」

友美は訳が分からず固まった。柚木からも否定の声は聞こえない。

「今朝会ったばかりのこいつから、俺と半年前から付き合っているって、あんたは昨日聞いたのか？　おい、顔色悪いぞ。人より自分を心配したほうがいいんじゃねぇか？」

「いや、そんなはずが……じゃあ、あれも嘘だったってこと？」

「どこの、誰が、いつ、誰に、嘘をついたんだよ。なあ、あんたの友達、大丈夫か？　帰る前に病院へ行ったほうがいいぜ」

瀧がからかうように恭子を見る。

「友美はおかしくない。今までの話も間違っていなかった。おかしいのは私たちだよ」

「なんの宣言だよ」

「大体、今朝会ったばかりのあなたたちが、どうしてここでキャンプをしているの？　コテージに泊まるんだよね。二人きりで？　恋人でもないのに？　おかしいって思わないの？」

「キャンプなんてしてねぇよ。森へ行くって言っただろ」

「二人揃って、自殺の名所へ行くの？」

「そのために知り合っただけですから」

柚木が息を切らしながら答える。肥満した体が重そうで、立っているだけでも疲れてしまうようだ。

「この人……瀧さんは名前しか知りません。ＳＮＳで仲間を募って、実行日を決めて集まりました。だから会うのも初めてです」

「それって……一緒に自殺をする仲間ってこと？」

「一人でするには勇気がいります。準備も大変ですし、途中で気力が尽きるかもしれません。失敗するかもしれません。でも他の人たちと協力すれば成功しやすいんです。他に二人と一緒に来たのですが、どこへ行ったんでしょうか。知りませんか？」

「知らないよ。ねぇ、柚木さんだっけ？　本気で言っているの？」

「あなたも冗談でそういうことを言う人ですか？　お前なんか自殺しろって」

「い、言わないよ。本気だと思うから心配しているんだよ。やめようよ。何があったのか知らないけど、自殺したっていいことないよ」

　恭子は柚木を思い留《とど》まらせようと訴える。友美は考え込んでいた。瀧と柚木の不可解な態度の理由がようやく分かり始めてきた。今、二人は真実を語っている。昨日や今朝に語った話のほうが嘘だった。自らが語った嘘を覚えていないから、彼らは嘘と断言できるのだ。

「私、子供の頃からずっと虐《いじ》められてきました。あだ名はデブス、デブのブスだからそう呼ばれていました。痩《や》せようと思って色々と試したけど、どうしようもなくて、拒食と過食を繰り返してきました。周りの人たちからはからかわれたり、殴られたり、物を盗《と》られたり。悪いことが起きたら私のせいにされて、先生たちからも嫌われていました」

　柚木は生白い顔に青色のフレンチスリーブのシャツとプリーツスカートを身に着けてサンダルを履いている。コテージに宿泊するとはいえ野外での活動には向いていない。その想像は正しかった。彼女たちはこのキャンプ場へ来たわけではなかった。

「何をやってもうまくいきませんでした。私を虐めていた人たちはみんな良い学校へ入ったり、良い会社に就職したり、結婚したりして、幸せになったのに。私はずっと虐められていた時のまま、どこにも馴染《なじ》めず、何者にもなれず、成長も変化もなく疲れ切ってしまいました」

　恐らく、瀧と柚木は何も分からないままここにいるのだろう。いきなり現れたのか、自らここへ来たことも忘れてしまったのかは分からない。しかし彼らは自分たちの存在を保つために、キャンプをするために訪れたカップルと思い込んだのだろう。付き合った期間が一年や半年と語ったのも辻褄《つじつま》を合わせるためだった。あるいは他の客たちに本当の目的を悟られないための嘘だった。

「自殺しようとしたこともあります。何度も。手首を切ろうとしたり、高いところから飛び降りようとしたり、薬も沢山飲んだりしました。でも、果たせませんでした。その度に体も心もボロボロになって、親に叱られて、おかしなカウンセラーへ連れて行かれて、どうしようもない人間になっていきました。だから、もうこんな人生はやめようと決めたんです」

「駄目、駄目だよ、そんな風に考えちゃ。ねぇ、友美、どうしよう。この人たち本気だよ」

　恭子が助けを求めるようにこっちを見てくる。そうだ。今、柚木は本当のことを話している。この異様な状況が彼女の心に暗い影響を及ぼしたとしても、悲惨な過去までは捏造《ねつぞう》できない。彼女も瀧も死にたがっている。それではこの二人は偶然、無理心中を図った北竹たちのいるこの場にやって来たのか。それとも……

「あなたは考えたことがないんですか？　もう死んでしまいたいって。もし思ったことがないなら、きっと他の人に辛《つら》さや悲しさを押し付けてきたんだと思います。この世界は鈍感な人しか生きられないんです」

「鈍感で、分からず屋で、恥知らずで、攻撃的なんだよ、みんな」

　瀧が座ったまま目線を恭子に向ける。

「なぁ、あんた、恭子さんだっけ？　俺をやばい奴だと思っただろ。口が悪くて、乱暴で、何をしでかすか分からない、危ない奴だと思っただろ。でもな、俺からすればあんたのほうが怖い奴なんだよ。こんな世界を平然と楽しんでいる。他人を蹴落《けお》としながら生き続けているサイコパスなんだよ」

「誰がそんな……」

「なぁ、教えてくれよ、恭子さん。あんた本心ではどう思っているんだ？　その顔は本物か？　赤の他人の自殺を止めたいと思うほど、この世界を愛しているのか？」

「もしかして、自分はこの世界を愛していると思いたいから、俺たちに死んで欲しくないだけじゃないのか？　そこまでいかれているのか？」

友美はうつむいていた顔を上げる。もしや彼らはこれから森へ行くのではなく、森からやって来たことを忘れているのか、北竹たちのように。

「私は……私も、そうかもしれない。自分の生き方が正しいと思ってきたけど、本当は違うんじゃないかって、この頃は思い始めてきた」

恭子はぽつりと、つぶやくように吐露し始める。

「いつも忙しくて、ずっとしんどくて、だけどちっとも幸せになれない気がしてた」

「かわいそうな人です。他の人たちからいいように使われて、最後は使い捨てられる。それでもまだ続けるんですか？　帰ってからもまた繰り返すんですか？　不幸にしかならないと知っていながら？」

「だって、待っている人たちがいるから」

「いませんよ。そんな人。いるとすれば、恭子さんを利用したい人だけ。あなたの時間と心を奪って自分が幸せになりたい人だけですよ」

「そう……なのかな。みんなそんな人たちなのかな」

「そうです。みんな奪い合って生きているんです。だから、与えるだけの私や恭子さんは中身が全部なくなって、空っぽになって、生きられないんです」

「私の本心は……」

柚木はますます体を膨らませ恭子を追い詰める。

「あんた、俺たちと一緒に来た仲間じゃなかったか？　俺たちは四人で来たはずなんだ。ここに四人いる。あんたたちはそれを忘れているんじゃないか？」

そう言って差し出された瀧の右手は古い血で真っ黒に汚れ、腐った小指と薬指がぶら下がっていた
「私は……」

「恭子！　駄目！」

友美は恭子の腕を摑《つか》む。掌《てのひら》から電流が流れるように嫌悪の鳥肌が立ったが離すわけにはいかなかった。

「駄目。この人たちの言うことを聞かないで。私たちとは仲間じゃない。会ったこともない。私は記憶を失っていないから分かる」

「友美……でも私もそう思っていたんだよ。毎日必死に働いて、勉強して、気を遣って、体も使って、我慢してきたのに、仕事が終われば誰もいない、何もない空っぽの生活が待っている。ねぇ、私には何もないんだよ」

「そんなことない。恭子はいいものをたくさん持ってる」

「私はもっと自由で、誰にも気兼ねすることなく生きていたかった。でもそんな風にはできなかった。みんなから捨てられるのが怖かった。それでいつも好かれようと無理をして、会社のためにも頑張って、その代わりに弱い人たちを蹴落としてきた。ひどい奴

なんだよ。だから、もう……」

「何も悪くない。恭子のやってきたことは間違っていない」

「友美は何も知らないんだよ。あなたに私の何が分かるの？」

「恭子のことはまだ知らなくても、死ねば何もかもなくなるのは知っている。人生をやり直したいなら、自由に生きたいなら、これからそうすればいいんだよ。みんなから捨てられても大丈夫。私は恭子と一緒にいる。二人でいれば怖くないよ」

友美は涙ぐむ恭子を必死に励ましながら、瀧と柚木に向かって言った。

「私もずっと孤独だった。どこへ行っても虐められて、家に帰っても気が休まらなくて、誰にも気持ちを理解してもらえなかった。だけど自分で死のうと思ったことは一度もない。いつも自分の居場所を探しているけど、それはこの世界のどこかだから」

「そんなの、どこにもありませんよ」

柚木が即座に否定する。

「あんたも素直になれよ。そいつに死なれたら後味が悪いから助けたいだけだろ？　自分一人で死ぬ勇気がないから、くだらない世界からドロップアウトする奴を許せないんだろ？」

瀧が薄笑いを浮かべる。友美は恭子の腕を摑んだまま冷めた目で見返した。

「友達を助けて何が悪い。くだらない世界に居座って何が悪い。あなたたちもそうだったじゃない。だからきっと……自分たちがもう死んでいることに気づいていない」

ボンッと、何かが弾《はじ》ける大きな音が聞こえる。同時に柚木の背後に腐った何かが飛び散ると、彼女の体が萎《しぼ》むように痩《や》せていった。霧とともに凄《すさ》まじい悪臭が流れてくる。友美と恭子はわずかに身を引く。

「ああ、なんだ……もう行ってたのか、俺は、森に……」

瀧は川に向かって大きく腕を振った。浮かんでいる壱月の近くの水面に何か落ちる音が響いた。

「仲間が欲しいんだ。いや、欲しかったんだ。俺を認めてくれる人を。こんなクソみたいな世界でも生きていける、仲間を……」

うつむいた瀧の右手の先がちぎれてなくなっている。投げたのは石ではなかった。

「なんだよ、この体。これじゃギターも弾けねぇじゃん」

見れば腰から下は砂利交じりの血溜《ちだ》まりになっている。彼は河原で腰を下ろしているのではなく、もうそこから立てなくなっていた。

「四人で来たはずなのに、二人しかいない……」

柚木が棒立ちのまま、震える声で体を揺らす。風が吹けば倒れそうなほど細くなり、その顔は脅《おび》えるように青ざめていた。

「私の体……どうなっているんですか？　どうして私はここにいるんですか？　分からない。助けてください。お願いします。私と一緒にいてください……」

「……嫌だ。あなたたちは悪い人じゃないけど、もう一緒にいられない。私はここを出て家に帰らないといけない。だから、あなたたちも還《かえ》るべきところへ行って」

彼らはすでに死んでいる。もう助けることはできない。ここにいる理由が現世への未練であるとすれば、わずかにも同情心を見せるべきではないと友美は思った。

「わ、私も……一緒には行かないからね」

恭子も震える声で拒否する。

「だって、友美と一緒にここから脱出するって約束したから。あなたたちとは付き合えない。それに私、そんな風になりたくないから。ひどい奴と言われても、私はまだ死なないよ」

「嫌……体が壊れていく。私が溶けていく……。誰か助けて、お願い……」

柚木は膝《ひざ》から崩れ、腕が落ち、首の上で支えきれなくなった頭がぐるぐる回っている。

「痛い……おかしいじゃねぇか……一酸化炭素中毒って、もっと楽に死ねるんじゃなかったのかよ。いや、違うよな。なんだこれ？　なんで俺、こんなところで死ぬんだ？　誰が……」

瀧は砂利の上に転がって自問自答を繰り返している。もう二人とも人間の姿をしていない。まるで死体が腐り果てていく様子を早送りで見ているようだった。

「早く行こう、恭子。ここにいちゃいけない」

友美はそう急《せ》かして河原を後にする。瀧と柚木が呼びかけるような声を上げていたが聞こえないふりをした。たとえ悪意はなくともその会話には引きずられるような不安を抱いた。もはや彼らはこの世界の人間ではなかった。

8

橋の袂《たもと》まで引き返してから再び北の管理小屋のほうへ歩き始める。辺りは初夏の山とは思えないほど静かで、何もかもが死に絶えたようで不気味だった。もう背後からも何も聞こえてはこない。河原の二人は追いかける足も失っていた。

「友美、あの人たちも昨日までは普通の人たちだったんだよね？　それが今はあんな風になっちゃったんだよね？」

隣の恭子が霧に阻まれた正面を向いたまま同意を求めるように聞いてくる。余所見《よそみ》のできる状況ではなかった。

「でも話を聞いていると、それよりももっと前に亡くなった、自殺していたようにも思えたんだけど、どうなっているのかな？　なぜか生き返って、また死んじゃったってこと？」

「……あれが地縛霊って奴なのかもしれない」

友美はそう返して咳《せ》き込む。肺の中に砂埃《すなぼこり》が溜まったようなざらつきを感じていた。

「南の森で自殺したけど、未練があってそのまま彷徨《さまよ》い続けている。それで自分たちが死んだことも忘れて、ただキャンプに来たと思い込んでいた」

「未練があって彷徨っているのに、キャンプするかなぁ」

「その未練すら忘れていたみたい。だけどこの山からは離れられないから、ずっとここで、何年も同じことを繰り返している。そして生きている人間に出会うと、一緒に死のうと誘っていた……」

「だから私たちにもああやって呼びかけたのかな。でも説得に失敗したから死んじゃった？　ということは、またその内生き返ってくる？　なになに？　地縛霊ってそういうスタイルなの？」

「知らないよ。私だって初めて見たんだから」

「あ、ごめん……そうだね。怖いからあれこれ聞いちゃうけど、友美もなんでも知っているわけじゃないよね……」

――いけない。口調が冷たいのは私の悪い癖だ。そんなことだからいつも損をしている。だが、憶測でお喋《しゃべ》りを楽しむ余裕もなかった。

あれは本当に地縛霊だったのか。怪談話で聞いたことはあっても、実物を見たことはなかった。あんなに生々しく体を持つものなのか。もし地縛霊でなかったとすれば、あれは一体なんなのか。そして、どうして私はそれと出会ってしまったのか。

「友美、さっきは助けてくれてありがとう。私、なんだか分からなくなって、あの二人の話に引き込まれそうになっちゃった。友美が言い返してくれなかったら、私も仲間にさせられていたかも」

「勝手なことを言ったと思う。恭子のこと何も知らないのに。結局私も、一人になるのが怖かったから……」

「友達を助けて何が悪いって言ってくれたねぇ」

「うん……」

「死んじゃいけない理由がはっきり分かったよ。私、三十二年生きてきてそんなこと言われたの初めてだったからね」

「私も、そんなこと言ったの初めてだから。というか、今、年齢も初めて……」

その瞬間、友美は何かに足を取られ地面に倒れ込んだ。石ではない。左足の先を摑《つか》まれたような感覚だった。慌てて地面に転がり、逃げるように足をばたつかせる。壱月に水中へ引きずり込まれたことを思い出した。

「な、何？」

「どうしたの？　友美」

恭子も足を止めて隣にしゃがむ。視線の先にはなんの姿もなく、ただ短い草がわずかに生い茂っているだけだった。草が絡まっていたのか。膝立ちになって近づくと、数本の葉が捩《ねじ》れて輪になっているのを見つけた。

「草が……結ばれている？」

「友美、大丈夫？　怪我してない？」

「平気、だと思うけど……」

アキレス腱《けん》が伸びて膝も強く打ったが特に痛みはない。むしろここにきて偏頭痛や熱っぽさも気にならなくなっていた。緊急事態ゆえの空元気《からげんき》か。倒れている場合ではないという思いがそうさせるのか。友美はデニムの裾《すそ》を捲《まく》って足を晒《さら》した。

足首から脛《すね》にかけて、真っ赤な血に塗《まみ》れていた。

息を呑《の》む。まるで焼け爛《ただ》れたように、皮膚が剝《む》けて薄い膜に覆われた筋肉が露出している。草に足を引っかけただけでこんなことになったのか？　そっと指で触れると痺《しび》れるような激痛が走った。隣の恭子も、ひゃっと悲鳴を上げた。

「何それ……ひどい怪我じゃない」

「気づかなかった。いつこんなことに……」

「早く手当てしないと。でも私、何も持ってない」

「私のテントにファーストエイドキットがある……いや、ひとまずは大丈夫だから。心配しないで」

友美は冷静でいようと思いつつ裾をゆっくり戻す。体の感覚が鈍くなっているのか。よく見ればデニムも真っ赤に濡《ぬ》れている。この霧の暗さと水没したせいで気にしていなかった。それだけでなく、服のあちこちも血で汚れている。柚木が背中を破裂させた時に飛び散ったのか。膝に手を置き、足に力を込めて立ち上がる。

掌《てのひら》の皮が、ずるりと剝《む》け落ちた。

ぞっと背筋に寒気が走る。指先から手首までの皮膚がボロボロになり、まるで手首を切り落とされたような鋭い痛みが走る。なんだこれは。今、地面に手を突いたせいで擦《こす》れたのか。あんな程度で皮がめくれたのか。まさか、体が脆《もろ》くなっているのか。

あの人たちのように、私の体も……

「友美、どうしたの？　それ……」

恭子の顔にも脅《おび》えの色が浮かんでいる。友美は彼女に向かって小刻みに首を振った。大丈夫、なんともない。痛みはあるが手足も動くし、こうして立てるし歩けるから。そう言おうと口を開けたが、喉《のど》に違和感を覚えて激しく咳き込んだ。途端、地面に血の塊《かたまり》がボトボト落ちる。

「あ、あ、あ……」

声が途切れながら漏れて、血の味が口内に広がっていく。手で口を拭《ぬぐ》うと、赤い唾液《だえき》が手の甲にべっとり付く。口の中を切ったか、咳《せき》で喉を傷めたか、それとも昨日の食事があたったか。思い浮かぶ安易な可能性では恐怖をごまかしきれない。知らず右手を後頭部に添えて、髪の中に差し込む。ちくちくと掌が痛む中、指先には脱毛した肌の感触が伝わった。

「嘘、だよね？」

友美は目の前に立つ恭子の顔を窺《うかが》う。彼女の表情には戸惑いと焦りの色が浮かんでいた。

「恭子……私の体、どうなってる？」

「な、何ともないよ。どこも変になってない。怪我をしているけど、ただそれだけ」

「本当に？　本当に……」

埃《ほこり》を払うように体を叩《はた》き、後ろを向いて背中を見ようと試みる。ブチブチと、腰と首の辺りから変な音が響いた。体の中で何かが切れる音、いや、関節が鳴っただけか。体のバランスがうまく保てず、バラバラに砕けてその場に崩れ落ちそうになる。

「私も……なの？」

北竹静夫と瀧秀一と柚木香苗の姿が思い浮かぶ。私の体の中で何が起きているのか。まるで肉と骨と内臓をぐちゃぐちゃに混ぜて詰め込んだ革袋になった気がする。痛みよりも、息苦しさよりも、自分でなくなるという感覚が何よりも恐ろしかった。

なぜ気づかなかったのか。なぜ自分は無関係だと思い込んでいたのか。昨日のことを覚えていたから、自分こそが皆を救い出す主人公と勘違いしていたのか。彼らも自身の過去は忘れていなかった。ただ、最期の瞬間が欠落していただけだった。

頭の中で記憶が不安定になり、自分自身への信頼感まで薄れていく。私がこのキャンプ場へ来たのは本当に昨日だったか。本当に会社を欠勤してまでここへ来たのか。いつまで経っても馴染《なじ》めないあの職場に私は今も勤めているのか。高校生の頃に受けた虐《いじ》めは絵画を諦《あきら》めただけで済んだのか。母親に首を絞められたあと、私はどうやって息を吹き返したのか。

どこかのタイミングで、命を絶ってはいなかったか。


「やい、友美！」

恭子の力強い声で我に返る。鼻が触れるほど間近に迫った彼女が笑顔を見せていた。

「聞こえてる？　今、友美、どっか行っちゃいそうになってたよ」

「私、どこに……」

「どこにも行っていない！　友美はここにいる！　ここは霧のキャンプ場。脱出できない死人だらけの野外活動だよ！」

恭子の表情が賑《にぎ》やかに変化して、その声もやけに明るい。

「私、分かったから。おかしなことが起きるのも、おかしな気持ちになるのも、みんなこのキャンプ場のせいだよ。だからここから出ればみんな元に戻るんだよ」

「恭子、近い……」

「あ、でもその怪我は治らないかも……いや、大丈夫。まだ若いんだから。おいしい物をいっぱい食べて、たっぷり寝たらすぐに治るよ。あ、今度いいお店に連れて行ってあげる。いやぁ、こういう仕事をしているとね、お店とかめちゃ詳しくなるんだわ」

「わ、分かったから。大丈夫だから」

「ね、一緒に行こうよ。ここを出たらその足で。どうせ暇なんでしょ？」

「どうせってなによ」

友美が言い返すと、恭子が嬉《うれ》しそうに歯を見せた。励ましかたが無遠慮で強引すぎる。だがそのお陰で見失いかけた目的を取り戻せた。

「ありがとう、恭子。私も……ちょっとおかしくなっていたみたい」

「怪我、痛いよね？　気分はどう？」

「最悪……だけど平気。今は外へ出ることだけを考えるよ」

絶望を抱くのはまだ早い。曖昧《あいまい》な想像だけで決めつけるべきではない。そう決意すると体は芯《しん》が通ったように背筋が伸びて、足腰にも力が戻った。気力はまだ尽きてはいない。

「大体、こんなところに足を引っ掛けそうな草が生えているのがいけないんだよ。メンテナンス不足だよ。職務怠慢だよ。気をつけようね、友美」

「そうだ、草だ。でもあれは……」

友美は思い出して目を向ける。キャンプ場にあの程度の草むらは付きもので文句は言えない。足を引っ掛けて転んでも自己責任だ。しかしあの草は明らかに、人の手によって結ばれていた。

その時、どこからともなく土を掘る音が聞こえてきた。

9

『バンドの奴から聞いたんだ。どこで寝泊まりしたかは知らないけど、朝になったらいなくなっていたって。当然、家にも帰っていない。だからきっと、管理小屋の奴が殺して埋めたんだろうって言ってたぞ』

昨日、キャンプファイヤーの場で、まだまともな頃の瀧が話していた。ざっ、さう、ざっ、さう、と規則正しい音が鳴っている。すぐに土を掘る音だと気づいたのもその話を覚えていたからだろう。

『あんたらテントで寝るんだろ？　気をつけろよ。夜中に穴を掘る音とか、地面から呻《うめ》き声が聞こえたら逃げろよ』

恭子も音に気づき、口を噤《つぐ》んで耳をそばだてている。呻き声は聞こえてこないが、暢《のん》気《き》に土いじりをしているとも思えなかった。気にせず先を急ぐべきか、それとも事実を突き止めるべきか。少し迷ったものの真っ直《す》ぐ進むうちに、音はどんどん大きくなってきた。

敷地の中心、消し炭となったキャンプファイヤーの近くで、中年男がシャベルで土を掘っていた。

「磯村さんだ……」

友美と恭子はやや離れたところで立ち止まり様子を窺う。大きなシャベルをざっと地面に突き立てて、さうっと土を掻《か》き出している。左側の手と足を不自由にしていたが、慣れた動作だった。

「友美、あの人は？」

「磯村和彦さん。キャンプに詳しい、元材木工場の社長さん。元々この山の所有者だったって」

「山の所有者？　それなら今、何が起きているのか分かるんじゃない？　でもなんで穴を掘っているんだろう」

磯村はこっちの会話も聞こえないようで、無心に穴を掘り続けている。昨日にはなかった行動だ。果たして彼は正常なのだろうか。

「どうする友美。話しかけてみる？」

「危なくない？　私もう誰も信用できない」

「だけど、もし私たちみたいに訳も分からず迷い込んだ人だったら、やっぱり放っておけないよ」

恭子は、私たちという言葉を強調する。放っておけないという優しさも彼女らしかった。

「死者だったとしても、私はもう惑わされないよ。友美はここで休んでいて」

「いや、私も行くよ」

その時、磯村はようやくこっちの姿に気づいたが、特に関心も示さず作業を続けている。初めに声をかけたのはやはり恭子だった。

「あのう、何をされているんですか？」

「なんだ……ここの客か？」

顔も向けずに答える磯村は、やはり初対面の態度だった。

「そうです。里見恭子っていいます。こっちは……」

「そうか、災難だったな」

「災難？　ええ、まあ……それで何を？」

「穴を掘っている」

「そうですよね。……穴を掘って、どうするんですか？」

「穴を掘って……底に先の尖《とが》った杭《くい》を何本か逆さにして埋め込むんだ。その穴に格子状の蓋《ふた》をして、上から草や土を被《かぶ》せておけば落とし穴になる」

「落とし穴？　そんなの作って、誰を落とす気ですか？」

「鹿や猪だろうな。熊はかからない」

「鹿や猪を捕まえて？　まさか食べるんですか？」

「食べる」

恭子は友美を見て首を傾げる。

「そ、そんなことより磯村さん。磯村さんですよね？　大変ですよ。私たちここから出られなくなっているんです。鹿を捕まえている場合じゃないですよ」

「まだ捕まえていない。あんまり騒ぐな。獣が逃げる」

「だから！」

「だからメシを捕《と》らなきゃならないだろうが」

磯村は穴を掘る手を止めると髭《ひげ》だらけの顔を向けた。

「出られないならメシを確保しなきゃならない。あんたら、草や土でも食うつもりか？」

「出られない……え、出られないんですか？　本当に？」

「おい、さっきと言っていることが逆になっているぞ」

磯村は呆《あき》れたように鼻で笑う。昨日と変わらない、ふと見せた優しげな表情だった。

友美が代わりに尋ねる。

「磯村さんはどうして出られないって知っているんですか？　実際に見たというか、体験されたんですか？」

「ここへ来たのはいいが、メシを買い忘れた。それでさっき管理小屋の向こうへ行ったが出られなかった。訳が分からん。真っ直ぐ進んでいるのに、いつの間にかこっちに帰ってくる。何度やっても同じだった」

「やっぱり、まだ……」

薄々感じてはいたが、状況は何も変わっていないらしい。北竹一家の行動は無関係だったのか。いや、瀧や柚木も同じく死者であったことを考えると、この状況を引き起こしている要因は別ということか。

「管理小屋へも行ったが誰もいなかった。中には売店もあったが、菓子やカップ麺《めん》くらいしかなかった。それで仕方なく獣を狩ることにした」

「管理小屋って、鍵《かぎ》が掛かっていませんでしたか？」

「いや、開いていた。このシャベルもそこのやつを持ってきた。盗んだんじゃないぞ。ちゃんと金も置いてきた」

「外に出ることは考えないのですか？」

「考えても出られないものは出られないだろ」

「そうですけど、ここでずっと過ごすわけにもいきませんよね？」

「食う物があればなんとかなる。川の水もあるし、寝床もある。山には生きる術《すべ》がすべて揃っている」

「でも……」

「ないない、無理無理、無茶言わないでくださいよ」

恭子が呆れ顔で首を振る。

「原始人じゃないんだから、こんなスマホも繋《つな》がらない山奥でなんて生きられませんよ。それじゃキャンプじゃなくてサバイバルじゃん。友美も納得しちゃ駄目だよ」

「納得はしていないけど」

「磯村さん、力を合わせて脱出しましょう。きっとなんとかなりますよ」

「脱出してどこへ行く。俺はこの山で生まれ育った。帰る場所なんてもうどこにもない」

「私は生まれ育っていないから帰らないといけないんです」

「諦《あきら》めろ。もう俺たちは箱罠《はこわな》にかかったんだ」

磯村は腰に手をあてて周囲をにらむように見回す。

「山に仕掛けるカゴ状の罠だ。獣が入ると出入口が閉まって出られなくなる」

「このキャンプ場がそのカゴの中ですか？　フェンスか鉄格子で塞《ふさ》がれているんですか？」

「そんな感じの物ってことだ。たとえだ。実際にカゴがあるわけじゃない」

「じゃあカゴから出る方法はないんですか？」

「中から出られたら罠の意味がないだろ。あったとしても、獣の知恵では脱出できない」

「私、もうちょっと賢いつもりなんですけど、駄目ですか？」

恭子が訴えるが、磯村は呆れていた。恭子の言葉は軽いが、磯村の態度も決してまともとは思えない。実直で朴訥《ぼくとつ》とした印象は変わらないが、脱出できないから獣を狩るという考えも唐突で不気味に映る。何か心に歪《いびつ》なものを感じる。

「磯村さん。さっき私、あっちで草に引っかかって転んだのですが、あれもあなたが作ったんですか？」

「ああ、作ってはみたが、獣はあんな物には引っかからない。他にもいくつか残っているから歩く時は気をつけてくれ」

「……慣れているようですが、本当に脱出する方法をご存じないんですか？」

「どういう意味だ？」

「それとも、知っているけど私たちには教えてくれないんですか？」

「なぜだ？　俺が知るわけがない。自分で罠にかかる猟師がどこにいる」

「磯村さんは、元々この山の所有者ですよね。山の事情にも詳しいのではないですか？」

「俺が、山の何に詳しいんだ？」

「分かりませんけど……呪いとか、そういうものでしょうか？　だからこれが箱罠だと気づかれたのではないですか？」

　呪いなど信じたこともないが、この非現実的な状況を目の当たりにしてはそう言うしかない。北竹一家や瀧や柚木の未練がキャンプ場を閉ざしたと思ったが、箱罠という発想から別の可能性も感じられた。

　磯村はシャベルの持ち手を両手で摑《つか》んだまま、じっとこちらを見つめる。しかしその小さな目は遥《はる》か遠くを見据えているようにも思えた。

「そう、あんたの言う通りだ。この山は、もう俺の山じゃない。切り裂かれて、捨てられて、汚された、呪いの山だ」

そして唸《うな》るように低い声を震わせた。

10

「そうだ、この山は、もう呪われている。俺のせいだ。そう言われても仕方ない」

「あなたが……」

「酒で体を壊して、博打《ばくち》で身を持ち崩した。借金がかさんで工場も土地も田んぼも畑も、そしてこの山も手放した。女房と子供にも逃げられて、親類縁者も寄りつかず、周りから人が離れていった。もう俺は帰るところなんてない。一人で山に籠《こ》もって……でもこもう俺の山じゃないんだ」

磯村はシャベルの柄に額を押し付けてうなだれる。

「なんとか工場を立て直したかったんだ。先祖代々の林業を受け継いで、発展させて、守りたかった。だけど、どうにもならなかった。結局は守るどころか手放してしまった。親父にも先祖にも、山にも申し訳ないことをしてしまった」

「だから山に呪われたんですか？　でもそれは……」

「そうですよ。そんなのよくある話じゃないですか。磯村さんのせいじゃないですよ」

　友美と恭子が揃って否定する。恭子も言葉は冷たいが間違ってはいない。先祖代々の持ち物だろうと、土地や山林の売買で呪われては堪《たま》らない。

　だが磯村は聞こえていないかのようにうつむいたままだった。

「俺のせいだ……俺が馬鹿だから騙《だま》されて……そう、騙されたんだ。俺はあいつらの罠にかかったんだ」

「あいつら？」

「必ず儲《もう》かるから、工場の借金なんてすぐに返せるから、そう言われて俺は投資したんだ。それなのにあいつらは、儲けが出ないと分かった途端に消えやがった。いつも酒をおごってくれて、友達だと思っていたのに。その頃からだ。ここを自殺の名所だなんて言い触らす奴が出てきたのは。お陰で売る時もそれを理由に安く買いたたかれた。そうだ、最初から全部仕組まれていたんだ。あいつら……」

　磯村は語気を強める。やはりあの南の森は自殺の名所となっているらしい。この山を借金の形《かた》に買い取った連中が言い始めたことなのか、前々から噂が広まっていたのかは分からない。ただこの山で死体となった者を友美はすでに五人も見ていた。

「どうする友美。この人もさっきの人みたいに死者なのかな？」

　恭子が隣で耳打ちする。

「死者……でも他の人みたいに体も崩れていない。記憶が曖昧《あいまい》になっているだけかも」

シャベルを支えにして顔を伏せる磯村に異変は見られない。北竹や瀧や柚木はもっと明確に体を損傷させていた。ただ気になるのは、北竹たちは私たちを待っていたかのように、話を交わしているうちに心と体が壊れていった。そこに理由はあるのだろうか。

「磯村さん、じゃあこのキャンプ場のオーナーも、あなたをひどい目に遭わせた一人なんでしょうか」

ネイビーのキャップの上にサングラスを載せて、薄く髭《ひげ》を伸ばした青年。確か野島という名前だった。もしや彼が磯村の言う箱罠を仕掛けた張本人か。しかし自分のキャンプ場に地縛霊を閉じ込める意味はあるのか。

「キャンプ場だと……そんな物を作るなんて、俺は聞いていなかったぞ……」

磯村は両手をぶるぶると震わせ顔を上げる。表情は怒りに満ち、その目は友美と恭子を交互に睨《にら》み付けていた。

「山を大事にしてくれって頼んだじゃないか。ここは誰のものでもない。守り抜いて、また次に継がせるのが使命なんだ。それなのに、買い取った途端に切り崩して、何も知らないどこかの奴に売り飛ばしたな。お前らは最後まで俺の気持ちを踏みにじったんだ」

「お、お前ら？」

その瞬間、磯村がシャベルを前に向かって大きく振り上げてきた。友美はとっさに身を引くが、掘り返された細かな土をばさりと顔に受けた。

「どいつもこいつも山を蔑《ないがし》ろにする。いくら自然を汚しても平気だと思っている。俺が落ちぶれたのは俺のせいだ。酒も博打も女房も子供も俺の失敗だ。馬鹿にされても騙されても自業自得だ。だがな、山を切り裂いて、ゴミ捨て場にするお前たちは許さない！」

磯村は聞いたことのないような大声を上げてシャベルを振り下ろす。先端が空を切り肩をかすめた。友美は腰が抜けてその場に尻餅《しりもち》をつく。足が震えて胸が早鐘《はやがね》を打った。

「ま、待って、磯村さん！　私、そんなの知らない。そいつらの仲間じゃない！」

「もう騙されるか。お前は俺の名前を知っていた。ここが俺の山だと知っていた」

「それは磯村さんが自分で……」

「馬鹿にするのもいい加減にしろ。たとえ手放したとしても、山を守るのが俺の使命だ」

地面を穿《うが》ったシャベルが横に薙《な》ぎ払われる。友美はそのまま横倒れになりかわした。磯村の目に見境《みさかい》のない殺意が宿っている。誤解を解く余裕はなかった。

「やめて！」

続けざまにシャベルを振り下ろす磯村に向かって恭子が飛び込む。磯村は身を引くが、左足が体重を支えきれず彼はその場に倒れた。シャベルの先端がまたしても友美の目の前に落ちる。木製の柄がしなりバキリと折れた。

「いきなり何を切れてるの？　私たちはなんの関係もないし、山を汚してもいない。一緒にここから脱出しようって誘っただけでしょ！」

「恭子、下がって！」

「友美、逃げよう！　もうこんな人放っておこうよ！」

仰向《あおむ》けに倒れた磯村が怒りの色を顔に滲《にじ》ませて、折れたシャベルの柄を杖《つえ》にしてゆっくりと立ち上がった。

「逃がすか……お前らを逃がせば山が汚れる。氏神《うじがみ》の社も壊して更地にして、キャンプ場などにしたお前らを始末するのは、俺の責任だ……」

「だから、私たちそんなの知らないって言ってるでしょ！」

「呪いがあると言っただろ。俺が、あのおかしな儀式のことを知らないと思ったか」

「儀式？」

確かに、この状況は何かの呪いではないかと磯村に聞いた。だが根拠があったわけではない。

磯村は目に見えるほど肩を上下させて呼吸を繰り返している。まるで獰猛《どうもう》な熊が血を煮えたぎらせて興奮しているようだ。友美は慎重に言葉を選んだ。

「磯村さん……私、儀式なんて知らない。それはあなたの勘違いじゃない？」

「もう騙されるか。俺は見た、聞いた。お前らの仲間を。ここまで山を汚しておいて、五年に一度の除霊だと？　排除されるのはお前らだ。ここは俺の山だ……」

「五年に一度の、除霊……」

その時、磯村が素早く右腕を振った。とっさに友美は顔を引いたが、右の頬を何かがかすめて、冷たい痛みが走った。触れると、擦り剝《む》けた掌《てのひら》に新しい血が付いていた。

磯村が大ぶりのナタを手にして睨んでいた。

「あ、ああ……」

右の頬に汗とは別のものが流れる。ズキズキとした痛みが広がる。磯村はナタを振り上げて飛び掛かってくる。それより早く、背後から体ごと引き下げられた。

「逃げるよ！　友美！」

恭子の声で我に返る。同時に、直前までの磯村の声が耳の奥で蘇《よみがえ》った。

「待って、恭子。今、磯村さんが何か……」

「駄目だよ！　もうあの人は敵だよ！」

「磯村さん！　除霊って何？　誰が、何のために？」

「お前らも道連れだ。二度と悪さをできないように、殺して、埋めて、そして俺も……」

磯村は地の底から響くような怨嗟《えんさ》の声を漏らし続ける。

「教えて、磯村さん！　除霊って……まさか、これがそうなのか！」

「馬鹿！　行くよ！」

恭子に強く手を引かれて友美はつまずきながら後退する。ナタを避《よ》けられた磯村は左足を引きずり、体を激しく前後に振りながらあとを追ってきた。満足に走れないのですぐには追いつかれない。しかし箱罠《はこわな》の中では逃げ切ることもできなかった。

第四章　解《げ》斎《さい》

1

友美と恭子は磯村から足早に離れる。この霧のせいで簡単には見つからないだろうが、こちらも目隠しをして逃げるようで安心できなかった。

「磯村さん……」

いかつい見た目に反して、意外と親切で頼りがいのある人だった。無駄口を叩《たた》かず黙々と作業をする姿は、会ったことのない父親を見ているようにも思えた。それだけに恨みの籠《こ》もった目でナタを振るう姿はショックだった。

「どうしよう、友美。テントに隠れる？　寝袋に入って……」

「……管理小屋へ行こう。テントなんて外から襲われたら逃げられない」

たとえ管理小屋へ行ったところで安全が確保されるとは思えない。それでも行かなければならない理由がある。磯村が語った、五年に一度の除霊という言葉の意味を知る必要があった。

管理小屋の近くにも人の姿はなく、窓から見える室内も照明は点《つ》いていない。今朝早くに見た時と状況は変わっていないが、閉まった木製ドアはノブが壊され、掛かっていた【CLOSED】の札が地面に落ちていた。

「ドアが壊されている。誰が？」

「磯村さんじゃない？　さっき管理小屋へ行ったけどカップ麺《めん》しかなかったって言ってたよ」

「勝手に開いていたみたいに話していたけど」

「そりゃ閉まっていたから壊して入ったとは言わないでしょ」

室内に入ってドアを閉めると、懐中電灯の明かりを頼りに辺りを探る。居場所が知られるから照明のスイッチは入れられない。すぐ近くに公衆電話を見つけたが、受話器を上げても硬貨を入れても、緊急通報ボタンを押しても作動しない。本体を探っても電話線や電源コードが抜けている様子もなく、動かない理由は分からなかった。

室内に誰もいないことを確かめると二人で陳列棚を引きずってドアを塞《ふさ》ぐ。せめてものバリケードだが、ドアの近くには人が充分に通り抜けられる幅の窓ガラスがあった。

「友美、手は平気？　……こんなことしたって多分、意味ないよね。むしろ私たちがここにいるのも外からバレちゃう」

「でもいつの間にか侵入されて、いきなり襲われるよりはいい。無理矢理入ろうとしてくるなら、その隙に私たちも動ける。何か武器もあればいいけど」

管理小屋は右に受付カウンターがあり、左に軽食や玩具《おもちゃ》を並べた陳列棚がある。今はそのうちの一つをドアの前まで引っ張ってきた。室内は奥にもう一つ広い部屋があり、テントやウェアや焚火台《たきびだい》などのキャンプ用品が並べられている。そこから友美と恭子は小振りのアウトドアナイフと、テントを張る際に杭《くい》を打つペグハンマーを拝借した。

「そっか。アウトドア用品って結構危ない物もあるんだね。いや、友美って頼もしいわ。キャンプに詳しいし、冷静だし。私、一緒に付いてきて本当に良かったよ」

「でも、こんなものを武器にしても磯村さんとは戦えない。まさか刺したり殴ったりできないし。せいぜいナイフで脅して怯《ひる》ませて、その隙に逃げるしかない」

「そうだね……でも、キャンプ場から出られないといつか捕まっちゃうよ」

「分かってる。だからここに来た」

友美は鞘《さや》に収めたナイフを腰に引っかけると受付カウンターを回り込む。そこはデスクやチェアやキャビネットが置かれた小さな事務室のようになっていた。さらにカーテンで仕切られた奥にも一部屋あるらしい。

「磯村さんが言っていた。このキャンプ場ではおかしな儀式が行われているって。それは五年に一度の除霊だって。もしかすると、これがそうなんじゃない？　今、私たちはその除霊の最中《さなか》にいるんじゃないかな？」

「だからあんなにはっきりと幽霊が見えたの？　でも除霊ってどうやるんだろう。お坊さんか神主さんがお祓《はら》いをするのかな」

「それは分からない。ただ重要なのは、この状況を作ったのは北竹さんたちではなく、キャンプ場の人かもしれないってこと。それならこの管理小屋のどこかに、脱出方法が分かる何かがあるかもしれない」

昨日、河津や瀧はこのキャンプ場にまつわる怪談を話していた。単なるキャンプファイヤーの余興だと思っていたが、実際に起きた事件だったのかもしれない。磯村の話では、この場所にはかつて氏神の社があったが、山を売った際に取り壊されてしまったという。さらに南の森は自殺の名所であるらしい。オーナーがキャンプ場の除霊を意識しても不思議ではなかった。

懐中電灯で周囲を照らしながら、友美と恭子は真相へと導く鍵《かぎ》を探し回る。しかしそれが脱出するための装置なのか、地縛霊を祓う呪文なのか、全く見当も付かない。少なくとも、見回す限り怪しい物は何もなかった。

「友美はここの管理人、オーナーさんを見たことがあるんだよね。私も会ったはずなんだけど、やっぱり全然思い出せないの。どんな人だった？　怪しい人だった？」

「普通の人にしか見えなかった。だから疑ってもいなかった」

思い返せばオーナーの割には挙動不審な態度が気になっていた。客と目も合わせず対応も淡々としていて、事務的な手続きも拙《つたな》く、キャンプファイヤーをやりたいと話した時も返事を迷っていた。もしかするとそれは単なる人見知りのせいではなく、予約も取らずにやってきた私を地縛霊と思い込んで、祟《たた》りを畏《おそ》れて関わりを避けようとしていたのかもしれない。

「オーナーは私たちよりちょっと年上の男性だった。確か昨日の午後六時に管理小屋の営業を終えて、午後七時にはキャンプ場を出て帰宅する予定になっていた」

「ということは、オーナーさんが外に出たあと、私たちをここに閉じ込めたって？」

「それか、先に閉鎖されていたこのキャンプ場からどうにかして脱出した。だって一度入ってきた地縛霊は外に出したくはないはずだから。箱罠は一旦《いったん》中に入ると外へは出られない。でも仕掛けた当人だけは抜け出す方法を知っていたんじゃないかな？」

受付カウンター上には利用者に見せるための料金表や敷地マップや利用規則が書かれた案内書が積まれている。その裏側、事務室側には利用者が記入する受付用紙や領収書の束や筆記用具、そして手提げ金庫があった。手提げ金庫は鍵が掛かっていたが、持ち上げて軽く振ると中身は空《から》だと分かった。

「あっつ！」

恭子の小さな悲鳴とともに、何か割れる音がした。

「ごめんごめん。神棚があったから気になって……」

「神棚？」

見れば壁面の上方に小さな棚が設置されている。白木で作った小さな社と、小さな水入れと小皿、そして同じく小さな花瓶が置かれていた。椅子の上に乗って神棚を調べていた恭子が、二つある花瓶の一つを床に落として割ってしまった。白い破片が散らばり、生けていたらしい茶色く枯れた枝葉が散乱していた。

「花瓶割っちゃったけど、大丈夫かな？　罰が当たったりしない？」

「怪我はなかった？　神棚に何かあった？」

「うーん、分かんない。よく考えたら私、神棚なんて普段からあまり見ていないし、おかしいかどうかも……」

恭子が神棚に向かって柏手《かしわで》を打つ。懐中電灯で照らしても特に変わった様子はなく、ごく一般的な神棚に見えた。これを排除すれば結界のようなものが解けて外へ出られるのか。それとも恭《うやうや》しく拝めば出口へ導いてくれるのか。どう扱うべきか分からなかった。

壁に貼られたポスターは地元で開催される花火大会を告知している。デスクの上にはノートパソコンとプリンターがあり、分厚いファイルが数冊並んでいた。ファイルの中身は税務関係の書類や雑多なチラシで、特に目を引く物はない。重要なものはパソコンで管理しているのだろうか。電源を入れたが起動せず、隣のプリンターも反応しなかった。

恭子は引き出しやキャビネットを調べているが、そちらもめぼしい物はないらしい。少し離れた棚の上にはファックス付きの固定電話が設置されていた。友美は受話器を上げてみたが、予想通り発信音は聞こえず液晶ディスプレイも消えている。さっきのノートパソコンもプリンターも、この電話機も電源ケーブルは間違いなくコンセントに差さっている。どうやらキャンプ場の主電源が落ちているようだ。

電話機の側には一冊のノートが紐《ひも》を通してぶら下げられていた。開いてみるとカレンダーになっていて、日付ごとに予約状況が手書きで記されていた。『101』や『102』という数字はコテージの棟番号か。するとその下にある『正』の字は、テントサイトの埋まり具合を示しているのだろう。

「予約が入っていない……」

カレンダーは昨日から何も書き込まれていない。その前日には三組の予約が入っているが、それ以降は真っ白になっていた。

『……そうですねぇ。今月はもう平日もご利用いただけません。いやぁ、申し訳ございません。来月のお盆明け、十六日以降は平日にまだ少し余裕がありますけど。ああ、九月なら週末でも空きはありますよ』

昨日見かけた野島の電話応対を思い出す。ページをめくると翌月の半ばから新たな書き込みが始まっている。その翌月も、さらに翌月も土・日・祝日を中心に予約が入っていた。

「恭子、見て。この予定表、昨日から来月まで一人の予約も入っていない」

「ほんとだ。七月なんてキャンプシーズンなのに」

恭子もノートに目を落とす。

「私らの予約も書いていないね。みんないきなり直接ここへ来たってこと？」

「私はそうだった。恭子は？」

「……駄目。覚えていない。でも可能性は充分にあるよ。思いつきで行動することが多いから」

「ここにいる人全員がそうとは思えないけど……」

「ねぇ友美。これ何かな？」

その時、恭子がノートに挟み込まれていた小さな付箋《ふせん》を摘《つ》まみ上げた。裏面の糊《のり》が弱いのか、貼り付けた場所から外れてしまっていたようだ。薄黄色の正方形の紙片に黒い文字で走り書きされている。


『厳守！　十九時退場、サカキ注意』


「サカキ？」

付箋には日付が書かれていないのでいつの話かは分からない。しかし今月のページに紛れ込んでいたようだ。冒頭の『厳守』が『！』で強調されている。十九時退場はオーナーがキャンプ場を出て帰路に就く時刻だった。

「サカキって誰？　オーナーさんの名前？」

「いや、オーナーは野島って名前だったから、別の人？」

「その人に、注意？　気をつけろってこと？　だから十九時には退場しろって？　あ、お客さんの名前とか？」

「そんな名前の人は、今いないはずだけど」

それにしても、そんな名前の人に注意して、十九時にはキャンプ場を出よというのも不自然だ。ではこの文面には別の意味があるのか。

「人の名前でないとすれば……」

友美は振り返って床に目を落とす。壁面に据え付けられた神棚の真下には、割れた白い花瓶の破片と、茶色に枯れた枝葉の残骸《ざんがい》がある。

その時、小屋の入口でドアを強く蹴《け》る音が響いた。

2

友美と恭子が示し合わせたかのようにその場にしゃがみ込む。真っ暗な室内に緊張感が走った。

「な、なんの音？　今……」

「照らすな。明かりを消して」

友美に言われ恭子が懐中電灯のスイッチを切る。それと同時に、激しくドアが叩《たた》かれる。無言なのがかえって恐ろしく、まるで人間ではない大きな動物が暴れているようにも思える。二人は息を殺してドアのほうを窺《うかが》っていた。

ドンッという衝撃音とともに、分厚いナタの刃先がドアを突き破った。

「磯村さんだ。本当に来た」

「ど、どうする友美……」

途端、堰《せ》き止めていた陳列棚が轟音《ごうおん》を立てて倒れる。並んでいた品が次々と転落し、地響きが体を震わせた。二人は揃って短い悲鳴を上げて、慌てて口を塞《ふさ》ぐ。物音に掻《か》き消されて相手の耳には届かなかったことを願った。

「どこに隠れた……詐欺師が……コソ泥が……俺から何もかも奪いやがって……山が……うちの山が……なんでこんなことに……このままじゃ親父にも先祖にも顔向けできない……」

ぶつぶつと独り言を言いながら、磯村が床の残骸を踏みつけ入ってくる。背を丸め、首を伸ばしてゆっくりと左右を見回している。そのシルエットは餌を探し回る熊そのものだった。

友美はわずかに頭を上げてカウンター越しに様子を窺う。息を潜めて、瞬《まばた》きもせず、まるで石になったかのようにじっとしていた。シャベルの先が体を掠《かす》め、ナタで頬を切られた瞬間が目の奥で蘇《よみがえ》る。腰に下げたナイフに手を伸ばすこともできない。戦うどころか、脅して怯《ひる》ませることすら不可能だと悟った。

「逃げよう、友美。逃げるよ」

「今は駄目だ。入口を塞がれている」

「じゃあどうするの？　私、あんな人と話できないよ」

「奥の部屋に行ったら、その隙に……」

「出てこいクズ共！　ここにいるのは分かっているぞ！」

野太い叫び声とともに、けたたましい音が小屋の壁に反響する。磯村は陳列棚を蹴り倒し売り物を薙《な》ぎ払う。辺り構わず物が投げつけられ、甲高い音を立てて窓ガラスが割れた。友美のほうにも何かが飛んできてとっさに身を伏せる。


頭上をかすめ背後の壁に、ナタが突き刺さった。

友美は奥歯を強く嚙《か》んだ。頭を下げていなければ顔面に直撃していた。


「バレたっ」

恭子も同じく床に手を突き顔を伏せている。

「バレてない。手からすっぽ抜けただけだと思う」

「でも取りに来るよ。あっちへ行くより先にこっちに来る」

すると物音がぴたりとやんで室内が静かになる。見えないところから男の息遣いと唸《うな》るような声が聞こえていた。友美は耳をそばだてて磯村の動きを想像する。手に持っていたナタが消えたことに気づきしばし冷静さを取り戻す。足下を見て、周囲を見回して、受付カウンターの向こうに刺さっているのを見つける。放っておく理由はない。割れたガラスを踏みしめてこっちに向かう足音が聞こえた。

とんとんと、隣から腕を突《つつ》かれて振り返ると、恭子が顎《あご》を上げてカーテンに隠れた奥の部屋を示した。このままでは磯村に見つかる。もう小屋の入口から逃げ出すことはできない。迷う猶予はない。二人は腹這《はらば》いのままカーテンの裾《すそ》を潜《くぐ》って部屋を移った。

奥の部屋は右手に狭いシンクがあり、その隣には家庭用の冷蔵庫がある。さらに向こうには電子レンジや電気ポットを収めたラックも見えて小さなキッチンのようになっていた。どうやら物置を兼ねたスタッフの控え室らしい。天井は低く、中央にはテーブルと二脚の事務椅子があり、入口正面の壁面には窓が設けられている。左手は壁面に沿って三つのロッカーが並んでいて、その前にはバケツとモップと雑巾《ぞうきん》の掃除セットが見える。部屋の隅にはいくつもの段ボール箱が積み上げられていた。

恭子は立ち上がるなりすり足で部屋を横切り窓に近づく。そして音を立てないように慎重に鍵《かぎ》を開けて外を覗《のぞ》くが、すぐに振り返って素早く首を振った。窓の向こうは黒い格子状の柵《さく》で阻まれていて外に抜け出すのは不可能だった。

「やばいよ友美。この部屋、袋小路《ふくろこうじ》だよ」

「静かに。もうそこまで来ている」

友美は恭子に向けて人差し指を立てる。カーテン側の壁越しに人の気配を感じる。ナタを取り戻した磯村がこの部屋に気づかないはずがない。カーテンを開けて覗いてくるに違いない。頭と視線をばらばらに動かして回避策を探す。窓から外へ出ることはできない。テーブルの下は視界の真正面になるからすぐに見つかるだろう。身動きの取れないロッカーの中に隠れるのは間違いなく悪手《あくしゅ》だ。

ふと見上げると、友美は天井に長方形の切り込みを見つけた。

「あれは……」

管理小屋は丸太小屋風で天井も三角屋根に沿った高い造りになっていた。しかしこの部屋だけは一般家屋のように天井板があり、端には小さな穴の空いた長方形の扉が設けられていた。似たような物を会社の給湯室で見た覚えがある。その時は社外の業者が……

「恭子、棒、棒を見なかった?」

「え? 棒? なに棒? 自撮り棒? 持ってないよ」

「もっと長い棒。この部屋のどこかにあると思うんだけど……」

友美は両腕を広げて長さを示す。恭子は理由も聞かずに左右を見回した。会社ではどこにあったか。それとも業者が持参したのか。

「友美、掃除のモップがあるよ。あれのこと?」

「違う、けど、いけるかも?」

恭子からモップを受け取る。長さは充分だが問題は太さだ。友美は恭子をカーテンの側に立たせて警戒させると、ブラシの近くを持って柄を高く持ち上げる。その先端が狙うのは天井の穴だった。

　隣の部屋から机を蹴り倒す音が大きく響く。その瞬間を見計らってモップの先で穴の奥を突いた。すると天井の切り込みから扉が開き、天井裏へと続く金属製のタラップがゆっくり降りてきた。友美はロボットのように硬い動きでタラップを引いて床まで下ろす。

「な、何これ？　秘密の階段？　知ってたの？」

「説明はあと。早く上がって。音を立てないように」

　天井の切り込みは設備業者が天井裏や配管スペースへ入るための点検口だった。狭い建物では顔を入れる程度の穴しかないが、この大きさなら人間が上がって活動できるスペースが設けられているはずだ。その場合、穴の中には鍵があり、扉が開くと同時に折りたたみ式の金属梯子《はしご》が下りる仕組みになっている。事故を防ぐためにゆっくりと静かに作動する特徴があった。

　壁の向こうから大きな音が聞こえて、何かが床で割れて散乱する。聞き覚えがある。恭子が神棚の花瓶を割った時と同じ音だった。続けて強く床を打つ音。磯村が神棚を叩き落として踏み潰《つぶ》しているのだ。山を奪って氏神を踏みにじった奴が神棚を祀《まつ》っているのが気に入らないのか。そのすぐ近くでこの部屋に繋《つな》がっていたはずだ。

「早く、早く……」

恭子のあとに友美もタラップを上がって天井裏に入る。三角屋根がそのまま斜めに傾いだ壁面になっているが、中は立って歩けるほど広い。急いでタラップを戻して点検口の扉を閉める。ガチャガチャと煩わしい金属音がかすかに響く。

シャッと、カーテンを引く音が下から聞こえた。

友美と恭子は点検口の扉と繋がっているタラップの手すりを摑《つか》んだまま息を止める。見られなかったか。音を聞かれなかったか。覗き穴はないが、今、真下にナタを持った磯村が立っている。誰もいない室内を見回しているか。天井を見上げてこの点検口に気がつくか。近くに立てかけているモップを見て察するか。音が鳴るのを恐れて動くこともできなかった。

一秒、二秒、三秒……十秒。友美は無言のまま恭子と見つめ合う。するとその表情が少し口角を持ち上げた笑顔に変化した。一緒に付いてきて良かったと言ってくれたが、それは友美も同じだった。彼女が側にいるお陰で恐怖に耐え、絶望感に抗《あらが》い、脱出を諦《あきら》めずにいられる。一人だったらとっくに気持ちが折れていただろう。

3

天井裏の床に伏せたまま、何分が過ぎただろうか。緊張のあまり時間感覚も失っている。下から聞こえる音は、椅子を蹴《け》り飛ばす音だろうか。ロッカーを開けて、閉めて、殴りつける音。恐らく電子レンジが落下して、段ボール箱が散乱している。こっちを捜し回っているのか、物に当たり散らしているのか。やがて再びカーテンの音が聞こえた。

「……出て行ったんじゃない？」

「……本当に？」

そのうちどこかで物の壊れる音が聞こえた。距離は明らかに遠ざかっている。キャンプ用品が売られている建物の奥へ向かったか。二人はようやく手すりから手を離すと、音を立てないように深く溜息《ためいき》をついた。

「間一髪だったねぇ……こんな隠し部屋があるなんて、友美はよく気づいたね」

「他と比べて天井が低かったから、もしかしてと思ったの。でも危ない賭《か》けだった。タラップが付いているとも限らないし、中がこんなに広いことも……」

友美は懐中電灯のスイッチを入れ、光が漏れることを恐れて水平よりやや上に向けた。

複数の人間の足が明かりに照らされて目に飛び込んできた。

「だ、誰？」

いくつもの赤黒い足が並んでいる。想像もしていなかった存在に体が震えて総毛立った。

「友美、動いちゃ駄目。下に響くよ」

「で、でも……」

「人間じゃない。これ、人形だよ」

「え？」

確かに並ぶ足は微動だにせず、慌てるこっちを前にしても身じろぎ一つしなかった。二人は慎重に腰を上げる。上はまだまだ余裕があり、天井裏というよりは二階部屋と呼べるほどの広さがあった。

「に、人形？　これが……？」

棒立ちの人々は確かに人形らしい。暗がりの中、人間と体型が同じ物体は見分けが付かない。キャンプ場にある管理小屋の天井裏にそんな物があるとも思わないだろう。しかし奇妙なのはそれだけではなかった。

人形の体には、赤黒い肉が全面に巻き付いていた。

友美がすっと息を呑《の》むと同時に、強い刺激臭が鼻を突いた。なんだこれは？　目の前の光景に理解が追いつかない。人形の足先から頭の天辺《てっぺん》にわたって、牛や豚や鶏の肉片らしき物が何重にも巻かれている。すでに傷んで溶け始めたそれが濃い腐敗臭を放っていた。

　どこかで見た覚えのある、人体の皮を剥《は》がした筋肉標本に似ている。しかしそれよりも粗雑で、構造にも従っておらず、ただ不快さだけが際立っていた。その近くには木を組み合わせただけの人体模型もあり、恐らくそれが肉を貼り付ける前段階の物だと思われる。さらに薄黄色い布を胴体や手足に沿って覆った状態もあり、そっちは肉人形の後段階だと分かった。

　つまりこの人形は、木製の骨格に肉を巻き付けて厚みを出し、布地の皮膚を貼り付けるものらしい。しかし誰が、なんのためにこんな不気味な物を作っているのか。あのオーナーの趣味なら人格が疑われる。いや、趣味ではなく目的があるとすれば……

「……除霊？」

「何これ、気持ち悪い……カカシ？」

「カカシ？」

　恭子のつぶやきで気づく。カカシといえばキャンプ場の至るところに立っている。奥のほうにはアウトドアファッションを身に着けて帽子を被《かぶ》った人形も立っていた。あのやけに生々しいカカシはこうやって作られていたのか。霧の中でぽつりと佇《たたず》む人影を思い出し寒気が走った。

「でも、どうしてこんな物を……」

「待って友美。そこに何かいる」

恭子が小声で制する。見ると、人形の足下で膝《ひざ》を抱えてうずくまる人の姿があった。人形ではなく即座に人間と分かったのは、その服装に見覚えがあったからだ。黒の半袖《はんそで》シャツにグリーンのカーゴパンツ、赤いスニーカー。

「萩野さん？」

マッシュルームカットの髪型に中性的な顔つきをした十九歳の男。南の森で走り出したあと行方が分からなくなっていた。テントにも戻っていなかったが、まさかこんなところに潜んでいると友美は思ってもいなかった。

「この人も知り合いなの？……大丈夫？」

恭子は一歩引いて様子を窺《うかが》っていた。これまで出会った人たちは揃って心や体に異常を起こしていた。もはや恭子も自ら声をかけようとはしない。誰一人として信用できなくなっていた。

友美は床の軋《きし》みを極力抑えて静かに近づく。萩野と初めて会った時、彼は私たちに強い不信感と警戒心を示していた。記憶を失っていることも自覚しており、他の者たちに近づくのは危ないと訴えていた。さらに南の森へ足を踏み入れることも恐れていた。

今、友美もようやくその意味を理解した。北竹一家や瀧や柚木は死者であり、磯村は錯乱して襲いかかってきたのだ。南の森は自殺の名所で地縛霊を生み出す場所だった。萩野の言う通り、彼らに近づいてはいけなかった。あの場所へ行ってはいけなかった。彼は無意識のうちに忌避の念を抱いていたのだ。しかし、なぜ彼だけがそれを知っていたのか。

「萩野さん……」

静かに呼びかけると丸まった背中がわずかに動く。元々痩《や》せて小柄な人だったが、以前にも増して小さく弱々しげに見えた。友美は彼の正面に回り込むと、慎重な手つきで肩を叩《たた》く。南の森では彼に手を摑まれた時、反射的に振り解《ほど》いてしまった。今は他人に触れられない悪癖に囚《とら》われている場合ではない。彼は一度大きく肩を震わせると床に伏せていた顔を恐る恐る持ち上げた。


萩野は目を真っ赤に充血させて、白い頰を涙で濡《ぬ》らしていた。

4

「あ、だ、誰だ……」

「また忘れてしまった？　萩野さん」

「そ、そうだ。萩野悠だ」

萩野はそう言うと泣き笑うような表情を見せた。

「助けてくれ。助けに来てくれたんだろ？　俺の名前を知っているってことは、やっぱり捜索願《そうさくねがい》が出ていたんだな。そう、俺が萩野悠だ。地縛霊じゃない。生きている人間だ」

「地縛霊じゃない？」

彼も地縛霊の存在に気づいていたのか。

「俺、恋人と別れて、家に帰りたくなくて、自殺するつもりでここの森へ向かったんだ。でも、どうせ死ぬなら今日でも明日《あした》でも一緒だと思ってこのキャンプ場で一泊することにした。いや、今はなんとなく分かる。死にたい気持ちがあったからここに誘われたんだろう」

「死にたい気持ちがあったから……」

「でも俺は死んでいない。ここに来たのは間違いだった。次の日になったら外へ出られなくなって、他のキャンパーが襲いかかってきた。だからずっとここに隠れて、助けが来るのを待っていた」

「ずっと？　でも萩野さんは少し前まで私と森へ……」

「嘘じゃない。知らなかったんだ。ここでこんな儀式が行われているなんて。イビツビなんて俺、聞いたこともなかった」

「イビツビ？」

「そうじゃないのか？　下の事務室のノートに書いてあったけど……」

萩野の表情に困惑の色が差す。彼の話はどこかおかしい。九割までは納得できるが、残りの一割に妙なずれを感じていた。イビツビなどという言葉は知らない。ただあの部屋も隅々まで調べたわけではないので、どこかに書かれていたのかもしれない。

「知らないのか？　あんたたち、俺を助けに来てくれたんじゃないのか？」

「それは……」

「静かに、萩野くん。下にはまだ怖い人がいるから。分かるよね」

友美の後ろから恭子が顔を出す。

「もちろん、私たちは君を助けに来たんだよ。このキャンプ場に閉じ込められているって知ったからね。でもここで何が起きているかまでは知らないの。当たり前でしょ、関係ないんだから」

「あ、ああ……そうだな、うん」

「だから教えて。イビツビって何？　萩野くんは何を知っているの？　ここで何が起きているの？　それはとっても大切な情報なんだよ」

恭子は眉尻《まゆじり》を持ち上げた堂々とした表情で励ます。うまい誘導だ。

「俺、ノートを見つけたんだ。電話の近くに日誌みたいなのがあって、今日の日付のところにカタカナでイビツビって。除霊の日だから休業って。だから俺も地縛霊と間違われたんだ」

変だ。電話の近くのノートは調べたはずだ。どこにもそんな言葉は書かれていなかった。萩野が続ける。

「ここにあるカカシもそのために作っていたらしい。豚肉を巻いて何かした人形を立てておけば、やって来た地縛霊がそこに乗り移るって。そしたら生きている人と同じようになって、あとは自滅するまで放置すれば除霊できるんだ」

「カカシに地縛霊が乗り移って、自滅する？」

「ああ、俺は見たんだ。多分あいつらは毒みたいなものを出している。いや、ノートには霊障《れいしょう》って書いてあった。それで自分の体、カカシの体が腐っていくと、死にそうだとか、死にたくないとか叫びながら倒れて、本当にいなくなるんだ。変な話だよ。だって、もうとっくの昔に死んでいるはずなのに」

「そうか……地縛霊に死を自覚させているのか」

友美は萩野の話から真相を理解した。地縛霊がこの世に居残るのは、自分の死を認めていないからだ。北竹静夫や瀧秀一や柚木香苗は、自ら死を選びながら死にたくないという強い思いを持ち続けていた。北竹聖良や北竹壱月も父親の手によって殺されることを望んではいなかっただろう。だから皆は自分が死んだことを忘れて生者のようにさまよい、時折このキャンプ場へ来ては客に見られたり事故を起こしたりしていたのだろう。

イビツビはそんな地縛霊を除霊するための儀式だった。何かしらの方法で呼び集めた地縛霊たちにカカシの肉体を与えて、テントやコテージを貸し出してキャンプ場へ来たものと錯覚させる。しかし地縛霊たちは霊障、友美の体調を悪化させたり、手足に火傷《やけど》のようなものを与える不吉な力を放っているため、そのせいでカカシの肉体を急速に劣化させてしまうようだ。その結果、地縛霊たちは自らの体が崩壊していく様を目の当たりにして、死を自覚し消滅する。

「あいつら、俺を仲間だと思って誘ってくるんだ。一緒にバーベキューをしないかとか、コテージに遊びに来ないかとか言って。俺も最初は付き合っていたけど、その内にどんどん体の調子が悪くなってきて、あいつらもおかしなことを言い出すし、体も腐っていくみたいになって……」

「やっぱりそうなんだ。私も誘われたよ。友美が助けてくれたけど、やっぱり危ないところだったんだ」

恭子は同意を求めてくるが、友美はうなずいて返すこともできずにいた。やはりおかしい。彼が誰かに誘われるのを見た覚えがない。唯一声をかけたのは私と恭子で、しかも冷たく断ってきたはずだ。

「だから俺は、逃げてここに隠れていたんだ。この場所は偶然見つけたんだけど、ラッキーだったよ。キャンプ場の外に出られないから、ここで助けが来るのを待っていたんだ。何日も」

「何日も？」

「腹が減って、喉《のど》が渇いて、でも下にも降りられなくて。ここのカカシの肉も食った。そしたら気分が悪くなって動けなくなった。最悪だよ。それでも俺は待つしかなかった。ずっとずっと、待ち続けていたんだ」

「萩野さん、まさか……」

事務室の予約表では来月の半ばまでこのキャンプ場は休業になっていた。オーナーは地縛霊たちが自滅するまでこの箱罠《はこわな》を一か月近くも放置するつもりだったのだろう。外界への連絡手段はなく、行方不明者が捜索されることもない。閉じ込められた生者が生き残る術《すべ》はなかった。

友美はそっと両手を伸ばすと、萩野の右手を包み込む。その手はすでに土気色に黒ずみ腐り果てていた。電流のような刺激が腕を駆け上がり、息が詰まるような不快感に襲われる。それでも手を離すことはできなかった。

「分かった。そうだったんだね、萩野さん」

「どういうこと？　友美」

恭子も萩野の様子がおかしいことに気づく。友美は唇を噛《か》むと恭子に向かって首を振った。

「この人は、ここで亡くなったんだよ。五年前に」

五年に一度の除霊と、磯村は話していた。今の友美と同じことを、萩野は五年前に経験していた。生者でありながら除霊の箱罠にかかり、恐怖し、逃げ惑い、ここに隠れて、そして来ることのない助けを待ちながら餓死か霊障で死んだ。そして今、地縛霊としてカカシの体を借りて蘇《よみがえ》っていた。だから彼だけは初めから地縛霊に警戒し、自殺の名所を恐れ、今はもう存在しないノートから真相を知ったのだ。

「なあ、あんたたちは、本当に俺を助けに来てくれたんだよな？」

「……うん、そうだよ。だから安心して。萩野さんはもう外に出られるよ」

「良かった。俺、もう恋人と別れたことも気にならなくなった。自殺する気も失《う》せたよ。やっと見つけてもらえて、助けてもらえて。ありがとう。本当にありがとう。それだけでもう、俺は……」

萩野は涙を流して頭を下げる。友美も目を潤ませ何度もうなずいた。死してなおここに閉じ込められている彼が不憫《ふびん》でならなかった。もう彼は地縛霊から逃げる必要もなければ、助けを待ち続ける必要もない。だから、嘘でも彼を慰められるならそのほうがいいと思った。

萩野の頭部がごろりと床に落ちた。

「萩野さん？」

呆気《あっけ》に取られる友美の前に転がってきた頭は、目も鼻もないカカシの頭部だった。繫《つな》いでいた手は、腐り果てたカカシの一部だった。そして目の前には、萩野の服を着たカカシがうずくまっていた。

「ど、どうなっちゃったの？　彼」

恭子も突然の変容に唖然《あぜん》としている。まるで手品を見せられたような気分だが、この状況は萩野自身の説明と一致している。カカシの手は冷たく、気持ち悪い感触だが、もう痺《しび》れるような痛みは感じられない。それはすでに単なる物体に戻っていた。

「未練がなくなったから、消滅したのか」

友美は手の残骸《ざんがい》を萩野の頭だった物の側に添えた。

5

それからしばらくしてから友美と恭子は点検口の扉を開けた。下からはもうなんの物音もしない。自分たちを捜す磯村が諦《あきら》めて出て行くまでに充分な時間が過ぎていた。それでも音を立てないように慎重にタラップを下ろして控え室に戻った。

隣の事務室で探索を再開したものの、めぼしい物はもう何も見つからなかった。受付カウンターを回った奥の部屋には大型のアウトドア用品が展示販売されている。ハンガーに掛かっていたウェアは引きずり落とされ、筒状に丸められたテントは投げ出され、テーブル型のバーベキューグリルは倒れてフレームが曲がっていた。

「ちょっと友美、これ見てよ」

恭子に呼ばれて入口のほうへと引き返すと、売店は嵐が通り過ぎたように荒れ果てて、陳列棚に並べられた商品が一つ残らず床に散乱していた。箱の開いたチョコレートを拾ってみるとドロドロに溶けて腐敗している。菓子パンは袋の中で小さく萎《しぼ》んで黒ずみ、カップ麺《めん》は干からびて粉々になっていた。

「全部、傷《いた》んでいる」

「うわっ、見てみて、このサバ缶、売り物なのにサビだらけ。しかもパンパンに膨らんでいるよ」

　恭子が楕円《だえん》形に膨らんだ缶詰を珍しそうに手にしている。一個だけではなくすべてが同じ状態だった。

「破裂するから触らないほうがいい。中身が腐ってガスが出ているんだと思う。外国の缶詰で見たことがある」

「え、缶詰って腐るの？」

「簡単には傷まないと思うけど……これも霊障だと思う。地縛霊が近くにいると周りの物が腐ったり傷んだりするみたいだから。棚の金属部分も錆《さ》びているし、木も腐ってボロボロになっている。普通じゃない」

　霊障がどういう性質やエネルギーをもって周囲に作用しているのかは分からない。ただ『死をもたらすもの』であるのは間違いないようだ。人も物も急速に劣化していく。死んでも死にきれない地縛霊だけがその影響を受けないのは皮肉なことだった。

「ねぇ友美。ということは、磯村さんもやっぱり地縛霊なのかな？」

「そう思う。あの言動は普通じゃない。外へ出ようともせずに私たちを襲うなんて、記憶がなくて誤解したとしてもおかしい。本当は、あんな人じゃなかったから」

「だけど、それならどうしてあの人は自滅しないんだろう。地縛霊なら他の人たちみたいに勝手に腐って死んでいくんじゃない？」

「きっと、未練が抑え込んでいるんだと思う。強い意志があれば体を保てるとか……」

そこで言葉を呑《の》み込み恭子を見ると、彼女は半信半疑の表情で通電が途絶えて溶けきったアイスクリームの並ぶ冷凍庫を見つめていた。友美は不安から顔を背ける。

「とにかく恭子。これでもう食べる物も手に入らなくなったみたいね」

「あ、そっか……やばいね」

「しかもこれがキャンプ場のオーナーが仕掛けたものだと分かった以上、待っていても助けが来るとは……」

何気なく奥の部屋を振り返り、友美は目を留めた。


その光景が、さっきとはどこか変化したような気がした。


「助けは来ないだろうねぇ。萩野君もお腹を空《す》かせて死んじゃったみたいだし」

恭子は何も気づかずに腕を組んで辺りを歩き回っている。友美は奥の部屋に懐中電灯を向けるが、不自然な点は何もなかった。気のせいだろうか。

「どうかした？　友美。話聞いてる？」

「ああ、いや……」

磨《す》り減った神経が感覚を惑わせて、疑心暗鬼を招くのか。しっかりしないといけない。

「ごめん恭子。何？」

「うん、だから、私も一度、このキャンプ場から外へ出てみようと思うの。友美の話を疑っているわけじゃないけど、私はまだ実際に体験していないからね」

「ああ……そうだね。じゃあ行ってみよう。私ももう一度確かめてみたいし」

「案外、私だけは出られるかもしれないよ」

恭子がいたずらっぽく微笑む。

「私、割とこういう時って運がいいからさ。行列のできるお店にもスッと入れることも多いし、新幹線の発車時刻が迫ってもギリギリで乗れたりするんだよ」

「運の問題じゃないと思うけど」

「いや、いけるね。さっき神頼みもしたし。花瓶割っちゃったけど」

「そうだ、花瓶だ」

友美は思い出して声を上げる。恭子は目を丸くして表情を強張《こわば》らせた。

「恭子、さっき聞きそびれたことがあったんだけど、確かあなた……」

「待って、友美」

恭子が上擦った声で話を遮った。その顔はなぜかまだ固まったままで、目線は友美を通り越して何かを見つめている。

「え？　何、恭子……」

「危ない！」

突然、恭子が飛び掛かってきて友美を突き飛ばした。同時に恭子は別の方向に飛ばされる。激しい物音が小屋に響き渡る。友美は背中を受付カウンターに打ち付けてしまった。突然の衝撃に対処できないまま、反射的に顔を上げた。

赤茶色のロングパーカーを着てフードを被《かぶ》った磯村が、ナタを構えて立っていた。

「磯村さん？」

友美は中腰になって身構える。磯村は棒立ちになって左右に分かれた友美と恭子を窺《うかが》っていた。服装が違う。羽織っているパーカーは奥の店で売られていたものだろう。見知らぬ格好で顔と体を隠して、暗がりに身を潜めていたのか。

「恭子！」

「逃げて……友美」

恭子は倒れたままだ。意識を失ってはいないようだが、あのナタでどこかを斬られたのかもしれない。磯村は獣が喉《のど》を鳴らすような低い呻《うな》り声を上げている。フードの陰に隠れて表情は見えないが、理不尽な怒りに囚《とら》われて我を失っていることがその気配で分かった。

友美は磯村の敵意に感化されたように、腰のナイフに手を掛けた。身を守るために出た無意識の動作だった。磯村は地縛霊だ。現世に縛られて生者に害を与える悪霊だ。その体は自滅の罠《わな》を隠した粗末なカカシだ。だからナイフで刺そうと斬ろうと気に病む必要はないはずだ。

磯村は友美に背を向けて恭子のほうへゆっくり歩き出した。二者択一の狙いを定めたらしい。動けない恭子は仰向《あおむ》けのまま頭を持ち上げ脅《おび》えきっている。

友美は受付カウンターに背を押し付けて立ち上がる。ナイフを構えて全力でぶつかれば磯村に傷を負わせられる。恭子を守るためだ。迷っている時間はなかった。

「山が……」

磯村はうわごとのように声を漏らす。

友美は気が抜けたようにナイフをそのまま床に落とした。

「磯村さん」

静かな声でそう呼びかけると、磯村は恭子の前で足を止めて振り返った。フードの中の顔は傷だらけで、片目がなく唇が垂れ下がっている。自滅の道を進んでいるのか。友美は思い切って近づくと彼の正面に立った。

そして、両手を伸ばして磯村を抱き締めた。

「友美！　何してんの！」

「磯村さん……もういいんです！ あなたは充分よく頑張りました！」

恭子の声を掻《か》き消すように友美が叫ぶ。磯村がナタを持つ手を持ち上げるが、友美は彼の背に手を回してさらに強くしがみついた。

「あなたはもう死んでいます！　南の森で、自殺の名所で、自ら命を絶ったんです！　だからあなたはもう、ここでは生きられないんです！」

物凄《ものすご》い悪臭に目が眩《くら》み、胸に火傷《やけど》とも凍傷ともつかない激痛が走る。他人に触られた時よりも百倍強い嫌悪感に襲われる。だがそれは、まるで磯村の痛みと苦しみそのもののようにも感じた。

「これ以上、山を汚してはいけない。悪い人たちの言いなりになってはいけない。この山は磯村さんのものじゃない。みんなの山です。誰もあなたに役目なんて押し付けていない。誰もあなたを責めてはいない。全部そう思い込んでいるだけです。あなたは自分の失敗を、怒りを、悔しさを晴らしたいために山を利用している。そんなことをしてはいけない。磯村さんだけは、そんなことをしてはいけないんです！」

見上げると磯村が崩れた顔で見下ろしている。いつの間にか流れ出した涙でぼやけた彼の顔が、元の無骨だが優しげな顔に戻って見えた。どうして彼がこんな目に遭わなければならないのか。死んでも浮かばれず、恨みに縛られて現世をさまよい、無慈悲な除霊の罠にかからなければならないのか。彼を傷つけるのはあまりにも不憫《ふびん》だった。

「磯村さんだって分かっているはずです。切り分けられても、削り取られても、もうどうしようもないって。だけど、どうしようもないと思うのはあなただけです。山は何も変わらない。山はすべてを受け入れるはずです」

「俺の山は……」

「山は磯村さんのものじゃない！　磯村さんが山の一部なんです！」

地縛霊は自らの霊障によってカカシの体が崩壊していく様を見て、死を自覚して消滅する。それがこのキャンプ場に仕掛けられた箱罠、イビツビの真相だった。

しかしもう一つ、除霊の手段があることを萩野悠が教えてくれた。彼は体を失う前に未練から解き放たれて消滅した。もう一度死の苦しみを味わうことなく進むべき道に戻れた。

「だから……もう帰りましょう。あなたは、こんなところにいなくてもいいんです。誰も傷つけなくていいんです。山へ帰ってゆっくり眠りましょう。あなたはもう、生きなくていいんです」

「……そうか。俺は山に帰っていたのか」

磯村の手からナタが落ち、白濁した目から赤い涙がこぼれ落ちる。

「もう二度と手放さないように。親父とお袋と、先祖と一緒に」

「そう、きっと皆さん待っています」

「サカキを……」

「はい？」

「サカキを、抜いてくれ……」

「サカキを、抜く？　それは一体……」

「あれは山にあってはいけない……あれは山の摂理に刃向かう……」

磯村が濁った声を絞り出す。

「頼む。お願いだから、どうかサカキを抜いてくれ。あれを、どうか……」

「……分かりました。私が必ず抜いておきます」

意味は分からなかったが、今再び磯村に未練を抱かせるわけにはいかない。

「磯村さん、何も心配いりません。だからもう、みんな忘れてください」

「ありがとう。これで俺は……」

磯村の安心したようなささやきが耳の中に消えていく。次の瞬間、友美の手の中で一体のカカシが床に崩れ落ちた。その重みで友美も床に膝《ひざ》と手を突く。途端に耐えがたい寒気に襲われ、胃を締め付けられるような圧迫感を受け嘔吐《おうと》した。

「友美！」

恭子が駆け寄る。友美は片手を上げて彼女を制した。

「恭子……怪我は？」

「ひ、人の心配をしている場合じゃないでしょうがぁ……」

恭子は呆《あき》れたように肩を落とす。どうやら傷は負わなかったらしい。友美は涙目のまま軽く笑う。緊張の糸が切れて思わず頬が緩んだ。

「磯村さん、消えちゃったの？　友美の愛を受けて？」

「そんなのないよ。私はただ一言、言いたかっただけ。もうやめよう、帰ろうって。ナタで斬られるのは嫌だけど、ナイフで刺すのも嫌だったから。大体なんで戦わなきゃならないんだと思ったら、磯村さんがかわいそうになって」

「その気持ちは分かるけどさぁ、普通あのバケモノは説得できないよ。根性あるわ」

「……だって悪い人じゃないって分かっていたから、恭子のお陰で」

「ええ？　私そんなこと言ってないでしょ」

恭子は驚いて否定するが、友美は何も言い返さずに立ち上がる。皆でキャンプファイヤーを囲んだ昨日が、ひどく昔の出来事のように思えた。

6

友美と恭子は管理小屋を出ると駐車場のあるキャンプ場の北へ向かった。さほど距離はなく小屋の裏手を回ってすぐのところだ。しかし進むほどに霧は濃くなり歩く方角も分からなくなる。やがて小屋の裏手が遠くに見えて、元の場所へと戻ってきた。

「ありゃ？」

「やっぱりまだ出られないか……」

「どうなってんの？　私たち真っ直《す》ぐ歩いていたよね？　どこかで後ろ向きになってい

ないよね？」

友美は冷静な顔で相槌《あいづち》を打つ。もう一度進んでみたが結果は変わらなかった。

「ちょっと友美、そこで立って待っていて。私、一人で行ってみる」

諦《あきら》めきれない恭子はずんずん進んで霧の中へと消えていく。風もなく、鳥の声もなく、空気は籠《こ》もって澱《よど》んでいる。彼女の姿が見えなくなると途端に不安を感じて、左右や後ろを見回してしまうが、しばらくすると恭子が同じ歩調で戻ってきた。いや、ここへ進んで来たと言うべきか。

「どうだった？」

「ごめん……実は私、ほんのちょっとだけ友美の話を疑っていたの」

「そう。疑いが晴らせて嬉《うれ》しいよ」

やはり話で聞くよりも実際に体験したほうが理解も早い。恭子の強運も全く役に立たないことが分かった。

「キャンプ場の周り全部がこんな風になっているのかな？　それともこの辺だけとか？」

「私たちを閉じ込めるために仕掛けたとしたらどの方角からも出られないと思う。南の森もずっと奥へいったら、やっぱり同じ場所へ戻っていた。東や西へ行ってもたぶん一緒だと思う」

「上はどう？　ジャンプして飛び越えるとか」

「それなら、またいでも同じことじゃない？」

「じゃあ下は？　穴を掘って脱走するとか」

「下……」

友美は軽く地面を蹴《け》る。しっかりと踏み固められた土を掘り返すのは容易ではない。しかも人が通り抜けるとなると広さも距離も相当なものになるだろう。疲れ切った女二人にそんなことができるだろうか。

「恭子、それよりも私気になることがある。サカキって何か知ってる？」

「サカキ？」

「ほら、事務室のノートに書いてあったでしょ。『厳守！　十九時退場、サカキ注意』って。十九時退場がオーナーの帰宅時刻だとしたら、サカキはなんだと思う？」

「そういえばあったね。そんな言葉」

「それと、さっき磯村さんが言ったの。サカキを抜いてくれって。それも山にとっては必要なことのように思えて」

「抜く？　サカキって抜く物なの？　それじゃ……」

「私は木だと思う」

友美が結論を先に伝えると、恭子は、ああと応《こた》えた。

「木かぁ。聞いたことあるね、榊《さかき》の木」

「神棚に置かれていた花瓶の中で枯れた枝があったでしょ。あれ、榊って名前だったと思う。神事で使うのを見たことがあるから」

「うんうん、祓《はら》いたまえ、清めたまえってやつだね」

「磯村さんは事務室の神棚を壊していた。その理由は聞けなかったけど、きっと何か許せないことがあったんだと思う。それと、恭子の話も思い出したんだ」

「私の話って？」

「このキャンプ場へ入る時に、注連縄《しめなわ》を見たと言っていたでしょ。それもこの辺りじゃない？」

「ああ、そうそう。注連縄が掛かっていたんだよ。大きなのが上のほうに……どこだろ？」

恭子は上を見上げる。友美も目を向けたが、霧のせいで何も見つからなかった。

「注連縄も神事で使う物でしょ。しかもあれって、こっちの世界とあっちの世界とを分けるための物って聞いたことがあるんだ」

「あっちの世界……じゃあここって神様の世界ってこと？　その割には物騒すぎない？」

「それは分からないけど、境界を作るためにあるんだと思う。だからそれを取っ払えば、ここからも出られると思うんだ」

この間に見聞きした情報から思いついた脱出方法だった。証拠も根拠も何もないが、現実離れした状況には、現実離れしたことをやらないと解決できない気がする。それは穴を掘って抜け出せる程度の罠《わな》じゃないと思った。

「信憑性《しんぴょう》あるかも。じゃあ榊の木を探して抜けばいいってことだね」

恭子は腰に付けていたホルダーから大型のナタを取り出した。磯村が持っていた物だった。

「抜けなきゃこれで切り落とすよ。でもどんな木だろ」

「私もよく知らないけど、わざわざ植えた木なら見た目で分かるんじゃないかな？　離れると危ないから一緒に探そう」

友美と恭子は互いに見失わない距離を保ちながら、ひとまず東に向かって歩き始めた。境界を作っている物ならば、その近辺に植わっているのではないかと想像していたが、周辺は短い草の生える地面があるばかりで、木の一本も見つからない。見通しの悪さも厄介だった。

「ねぇ友美……もしこれがうまくいって、ここから出られたとしたら、どうしたい？」

恭子が聞きながらあちこちに懐中電灯を向けている。友美は迷うことなく即答した。

「お風呂《ふろ》に入って寝たい。十二時間くらい、三度寝くらいしたい」

「だよねぇ。そういえばお仕事って何しているの？　黙って休んでいてもいいの？」

「事務職。スマホが繋《つな》がるようになったら一報入れて、明日《あした》も休むって言うつもり。でも事情を話しても信用してくれないだろうな」

「事務系かぁ。なんか分かるよ。しっかりきっちりしているから」

「イラストレーターだとは思わなかった？」

「イラストレーター？　なんで？　絵が好きなの？」

「前に……いや別に。なんとなく、そう思っただけ」

「でも事務職さんがそんな自由に欠勤して大丈夫なの？　みんなに迷惑かかるんじゃない？」

「恭子は出勤するの？」

「そうだねぇ。今は手元にスケジュール帳がないから覚えていないけど、さすがに何日も休んじゃいられないと思う。広告代理店の営業をしているんだけど、フレキシブルだから仕事が詰め放題なんだよね」

恭子は愚痴を零《こぼ》しつつも楽しげだった。

「休んだほうがいいよ。こんな目に遭っているのに、すぐに働くことないよ」

「ありがと。でも大丈夫。私、仕事しているほうがリラックスできるの。不真面目だからさ」

「……じゃあ、やっぱり私、予定変える。ここから出たら恭子とどこかの温泉に行く。それで何かおいしい物でも食べて、一眠りしてから帰る」

「ああ、それもいいねぇ。脱出記念だね。仕方ない、付き合うよ」

「帰るまでスケジュール帳もスマホも見ないことにする、二人とも」

「私も？　……スマホも駄目？」

「駄目。約束して」

「うーん……分かった。約束するぅ。強引だねぇ、友美は」

「嫌?」

「えー、嫌じゃないよ。ドキドキする」

「何を言って……うわっ」

「え? 友美どうした……わわっ」

友美が何かにつまずいて転ぶと、近くにいた恭子も足をもつれさせた。見ると足下の短い草が輪のようになっている。人の手で数本をまとめて固く結ばれていた。

「何これ。磯村さんが作った罠じゃない。あっぶないなぁ」

恭子は腹立たしげに草の輪を踏みつける。確かに前に友美がつまずいた磯村の罠と同じ作りだった。こんなところにも仕掛けていたらしい。獣はあんな物には引っかからないと言っていたが、友美は二度も転ばされた。

「恭子、磯村さんがこの辺りにも来たってことは、榊の木も近くにあるのかな」

「かもね。ほら、立てる? 気をつけようね。まだ仕掛けてあるかもしれないから」

恭子が辺りを見回しながら手を差し伸べる。

「でも友美、この辺りに木が生えていたとしたら、磯村さんはどうして自分で抜かなかったのかな? 大きなシャベルも持っていたのに」

「そういえばそうだ。なぜだろう……」

友美は恭子の手を摑《つか》んで立ち上がる。抜いてほしいと頼むからには、どこかでそれを見ているはずだ。なぜ放っておいたのか。榊の木には不思議な霊力が備わっていて地縛霊には触れられなかったのか。

「あ、木があるよ。あっちにも、こっちにも……」

恭子が進む方角に懐中電灯を向ける。やがて数を増やして乱立する木々に進行を阻まれた。どうやらキャンプ場の東の端まで辿《たど》り着いてしまったようだ。

7

キャンプ場は特に囲いのようなものがあるわけではなく、ただ斜面や林や草むらによって管理する敷地が示されている。正面は直進できない密度で木が生えて、足下では膝《ひざ》の辺りまで背の高い草が青々と生い茂り、これ以降は未整備の山林なのは明らかだった。

友美と恭子はその林に入ってなおも東に進み続けた。生えているのはクヌギやコナラなど山でよく見かける樹木ばかりだった。霧でほとんど届かない陽光は、上で黒く広がる枝葉に明かりを遮られる。ほとんど夜の森を歩いているような感覚だった。

「友美、この中の一本が榊の木だったりしないかな？」

「見る限りでは違うっぽい。それほど大木ではないと思うけど」

「でも仕掛けた人にしたら、何か分かりやすい目印がないと困るよね？　赤いリボンを付けているとか、そこだけ周りの草を刈っているとか」

「確かにそうだね……」

　二人は木々の一本一本を丹念に調べながらゆっくりと進んでいく。しかし視界は狭く、暗闇に紛れて見逃している可能性は高い。その内に元のキャンプ場が現れた。引き返すこともなく。

「やっぱり敷地全部を囲まれていると思ったほうが良さそう。それにしても木はどこにあるんだろう？」

「敷地を囲まれている……ねぇ友美。私、思い出したんだけど、敷地を木で取り囲む儀式ってそういえば見たことがあるよ」

「え、どこで？」

「ほら、新しいビルや家を建てる前によくそういうことするよね。地鎮祭《じちんさい》だっけ？」

「地鎮祭……ああ、見たことある。工事する人たちが集まってお酒とかお米とかを供えて、神主さんがお祓《はら》いして」

「私、仕事の関係でそういう場に参加することもあるの。前にやった時は施工業者だけじゃなくて家主とか会社の社長とか、一応関係者全員が参加したよ。真夏の暑い昼間に、黒い礼服を着てこいって言われて最悪だった。これで土地も鎮《しず》まりましたとか言うんだけど、こっちは気持ちもお肌も荒れるわって……」

「それで、どういうこと？」

「その時にね、地鎮祭を行う場所の四隅に木を植えて、その木に細い注連縄を結んで四角く囲んでいたの。それで中に祭壇を作って神様を祀《まつ》るんだけど、つまりそれって今みたいに結界を作るってことじゃない？」

「その時に植えた木が榊《さかき》の木だった？」

「分かんない。あれ、木じゃなくて竹だったかな？　杭《くい》だっけ？　いや、色々あった気がする。何が言いたいかというと、四隅を押さえれば範囲が決められるよねってこと。だからこっちの東の境界と……」

「北の境界が交わる場所……」

友美は北のほうを見る。そもそも北の境界から東に向かって探索を始めたので、北東の隅はさほど離れていない場所にあるはずだった。

「榊の木も、注連縄《しめなわ》も見当たらないけど……」

「でも友美、あそこ見て。バオバブみたいな変な木があるよ」

「バオバブ？」

恭子の示す方に目を向けると、地面から太い丸太が突き出していた。

「本当だ。変な木がある。あれ、バオバブっていうの？」

「え、分かんない。違うんじゃない？　だってバオバブって、アフリカとかに生えている物凄《ものすご》く大きな木らしいから」

「じゃあなんで言ったの」

「面白い木なんだよ。太い幹の上に細い枝が曲がりながら生えるから、葉っぱが枯れたら根っこが上に向かって伸びているように見えるんだよ」

「根っこが上に？　あ……」

友美はあることに気づいて足を進める。丸太は恭子が言った通り奇妙な形をしていた。

「恭子……これだ。間違いない。これが探していた木だ」

「あれ、榊ってこんな木だっけ？」

「榊の木じゃない。抜いた木を逆さまに植えた、逆木《さかき》だ」

丸太から歪《いびつ》に伸びているのは枝ではなく、根そのものだった。磯村が抜いてほしいと懇願した、山の摂理に刃向かう邪悪な神事。これが結界を作る一部なのは間違いなさそうだ。

「あ、逆木ってそういう意味だったの？　じゃあこれを抜けば外へ出られる？」

「やってみよう」

二人は丸太の両側を持って力を込めた。しかし余程深く埋まっているのか、まるで大地を持ち上げるかのように微動だにしなかった。周囲を掘ろうにも、土はコンクリートのように硬く踏みしめられている。それでもナイフの鞘《さや》や、付近に落ちていた尖《とが》った石を使って少しずつ掘り続けた。

「なんだこれ、抜けるのかな？」

「友美、下がって。私がやってみる」

恭子はナタを取り出すと、丸太の根を切り落として斜め下に向かって振り下ろした。

しかし木そのものも相当堅いようで弾《はじ》かれてしまう。これは木の中でも特に堅いカシの木かもしれない。何度も繰り返すがわずかに傷が入る程度で切り落とすのは難しい。やはり諦《あきら》めて周囲の地面をガリガリと掘り進めた。

「つ、疲れるね……」

「代わるよ、恭子」

友美がさらに掘り進めていくと、やがて丸太から生えた太い枝が何本も下に向かって伸びているのが見えてきた。人の力だけでこんな作業をしたとは思えない。重機を使って穴を掘り、クレーンで丸太を逆さまに差し込んでしっかりと土を被《かぶ》せて固めたのだろう。

「あ、友美。何か出てきたんじゃない？」

地面にほとんど腹這《はらば》いになって、数十センチほど掘ったところで上から恭子が懐中電灯を向ける。丸太の周囲に茶色く染まった綱が巻き付いている。その大半はまだ土に埋まったままだった。

「注連縄みたいだ」

土の底に見えるのは太い荒縄を何本もまとめて固く捩《ねじ》った注連縄だった。恐らくこれがキャンプ場に境界線を生み出している存在。地縛霊を呼び寄せて閉じ込める罠《わな》の正体だろう。太い綱には稲妻型に切られた黒い紙片が何枚も絡まっている。注連縄に下げられた白い紙、紙垂《しで》のように見えた。

「その注連縄を断ち切っちゃえばいいんじゃない？」

「これを……切れるかな？」

友美はナタをナイフに持ち替えると、穴に腕を差し込み注連縄に刃を押し当てた。しかし地中に埋まったそれは太い上に異様な固さがあり、いくら動かしても手応《てごた》えは感じられなかった。さらに土や石も交じって思うように切りつけられない。注連縄より先にナイフの刃が欠けてしまいそうだった。

友美は手を休めて呼吸を整える。ようやく目当ての物を見つけたが、不思議とナイフを振るう力が出ない。無理な体勢とあまりの固さに腕力が足りないのか。逆さまに祀られた不吉な木に気力を吸い取られてしまうのか。それとも他に理由があるのか。

「これを切ったら……」

その時、湿気に蒸された木と土の生々しい匂いとともに、血の混じったヘドロのような強い腐臭が鼻の奥に入り込んできた。同時に何か大きな波が迫ってくるような得体の知れない気配を感じる。

友美は咳《せ》き込みながら顔を上げて辺りを窺《うかが》うが、近くで腰を屈《かが》めている恭子の他には誰もおらず、懐中電灯の光が届く範囲にも人の姿はない。代わりに一体のカカシが立っているだけだった。

「どうしたの？　友美」

「なんだ……？　今、近くに何かがいたような気配がしたんだけど、恭子は見なかった？」

「え？　何もなかったよ。何かって、何？　怖いこと言わないでよ」

　恭子は眉《まゆ》をひそめると、腰を上げて左右に目を配る。気のせいだったか。悪臭ももう感じられない。地面に伏せたまま目を向けると、立ち上がった恭子の足が見える。右足のレギンスとスニーカーの間に覗《のぞ》く足首が赤い血に染まっていた。

「きょ、恭子、その足どうしたの？　血が出てる」

「え？　ああ、さっき足を引っかけた時に怪我しちゃったみたい。大丈夫だよ」

「本当に？　かなり深手に見えるけど」

「それより注連縄はどう？　切れそう？　交代しようか？」

　恭子は痛がる素振りも見せずに腰を上げて、右足を左足の後ろに隠す。友美も腕を穴から抜いて立ち上がった。

「駄目だ。全然切れそうにない。交代しても無駄だと思う。せっかくここまできたのに……」

「そっか。じゃあきっと、ここじゃないんだよ」

「いや、こんなおかしな物が埋まっているのは理由がある。逆木と注連縄の推測も合っていると思う。脱出の鍵《かぎ》はここにあるはずだ」

「そうじゃなくて、オーナーさんが出入りに使ったのはここじゃないってことだよ」

「オーナーの出入り？」

「だってオーナーさんは昨日の夜七時にこのキャンプ場から外へ出たんでしょ？　でも

その時に、この逆さまの丸太を抜いたり、土の中の太い注連縄を切ったり結んだりしたと思う？　埋め直すのも大変だよ」

「ということは……」

「逆木は敷地の四隅に埋まっているはずだよね。北東の隅から出られないとすれば、きっと出入りに使ったのは北西の隅だよ。行こうぜ！」

恭子は小気味よく親指を立て、率先して背を向けて歩き出す。

「あ……」

その瞬間、友美は思わず息を呑《の》む。その光景を目にして、太い注連縄を切断できなかった理由に気がついた。

しかし何も言わずにかぶりを振るとナイフとナタを拾ってあとに続いた。

8

ポケットから取り出したスマホの時計表示は午後六時を過ぎている。ついに一度も霧が晴れないまま日没の時刻を迎えつつあった。一日中、飲まず食わずで歩き続けて体力も底を突いている。まるで泥を固めて作った贋物《にせもの》の体を、気力だけで無理矢理に歩かせている感覚。それが、あの人たちとそっくりに思えてぞっとした。

「前に仕事のイベントでオバケ屋敷を造ったことがあってねぇ」

先を行く恭子がちらりと振り返る。

「その時に出たアイデアの中に、道筋じゃなくて時間で出られるオバケ屋敷っていうのがあったんだ。どういうのか分かる？」

「時間で出られる？」

「中の様子は暗くて怖い普通のオバケ屋敷なんだけど、お客さんが入ったら入口を閉鎖するの。それで出口のある予定の場所と道で繋《つな》げちゃうんだよ。もちろん直線の一本道じゃなくてぐにゃぐにゃに曲げたり脇道を作ったりしてね」

「出口も入口もなくなるのか」

「そう。だからお客さんはどんどん先へ進んでいるのに、いつの間にかさっき通ったところに戻ってきちゃう。おかしいなと思っても出口は見当たらないし、入ってきたはずの入口へも戻れない。周りは真っ暗だし、怖い仕掛けも通るたびに変わっていく。どうしようどうしようと焦っていたら、三十分後に出口を開放するの」

「それ、怖いというよりタチが悪い。イベントはうまくいったの？」

「結局ボツになってお披露目はなかったよ。お客さんの人数も制限されるし、出られないからパニックになって、本気で助けを求めたりセットを壊したりする人が現れるかもしれないって。オバケ屋敷ってね、お客さんの想定通りに怖くしないと受け入れてもらえないみたい。想定外に怖がらせたらトラブルになるんだって」

　恭子が笑う。確かに、事前にアナウンスがないままに三十分間閉じ込められるのはオバケ屋敷とはいえ理不尽だ。運営側に何かトラブルが起きたのではと心配にもなるだろう。

「私なら非常口を探して脱出するだろうな」

「それも言われたよ。じゃあ非常口も隠そうって提案したら、それは法的に駄目だって。それで結局、普通のオバケ屋敷になったよ。ちゃんと出口のある奴ね」

「それで、どうしてそんな話を？　今の状況に似ているから？」

「出口のないオバケ屋敷を企画した時にね、試験的に作って実際にお客さんも入れてみたんだよ。その時も不評だったけど、一部の人は楽しんでくれてね、三十分後に外へ出られた時の爽快感《そうかいかん》と安心感が半端ないって言われたの」

「それはそうだろうね」

「私たちがここに閉じ込められてから随分経ったでしょ。三十分どころじゃないよね。だからきっと、外へ出られたら半端なく気持ちいいと思わない？　たぶん最高の気分になるよ。あとちょっとでその快感が得られるんだよ。そう考えたらワクワクするよね」

「そう……恭子は前向きだね」

「私の目的は、友美がはしゃぎ回る姿を見ることだから。任せて」

　恭子は私の弱っている姿を見て励まそうとしてくれたのだろう。全身の筋肉と関節と、胸の奥がズキズキと痛んだ。

もはや懐中電灯をあちこちに向けて探し回る必要もない。逆木のあった北東の隅から真っ直《す》ぐ西へ進むと北西の隅に辿《たど》り着けるはずだ。管理小屋を越えてしばらく進むと、木製の看板の側に立つ人の姿が見える。『いななき森林キャンプ場』と書いた入口の看板と、麦わら帽子にオーバーオールを着た大柄な男のカカシだった。

初めてここを訪れた時、このカカシを人と見間違えて驚いたことを覚えている。今はもうなんの感情も湧いてこない。異常体験が精神に耐性を与えていた。これより北に進むと逆戻りの罠《わな》にかかるので内側を素通りする。よく見ると右手に掃除用の竹箒《たけぼうき》が握られていた。

「あ、友美！　ほら、あれじゃない？」

カカシを通り過ぎてさらに進むと、先行する恭子が遠くに懐中電灯を向けた。やや下り坂となった林の入口には触手のような枝を伸ばした木のシルエットが霧の中に浮かんでいた。

「あれ、か？　まだよく見えないけど」

「絶対そうだよ。さっきより幹も細そうだし、抜けるんじゃない？」

「気をつけて、恭子。走ると危ない」

恭子がその影に向かって駆け出した。友美は走る体力もなく、歩いてあとに続く。

バサバサッと土の跳ねる音が聞こえて恭子の姿が消えた。

「え、恭子？」

友美は驚いて足を速める。土煙の中にむせかえるような山の匂いを感じる。消えたのではない、落ちたのだ。恭子は不意に途切れた地面の窪《くぼ》みに転落していた。

「何これ、土砂崩れ？」

「お、落とし穴だよぉ……」

下り坂の途中にできた二メートルほどの穴に、彼女はすっぽりと収まっていた。

「最悪……きっと磯村さんだよ。あの人、こんなところにも罠を仕掛けていたんだよ」

「こんな深い穴を……大丈夫？　引き上げるよ」

「いや、友美は来ないで。土が崩れそうだから」

恭子が顰《しか》めっ面《つら》でこっちを見上げている。

「一人で出られるから。先に逆木のほうを見に行って」

「わ、分かった。ゆっくりでいい。何かあったら呼んで」

友美は迂闊《うかつ》に近づくこともできず、言われた通り北西の端へ向かった。落とし穴は格子状の蓋《ふた》をして、上から草や土を被《かぶ》せて作ると磯村は話していた。霧の夕刻は地面の判断も難しい。一歩一歩足踏みをしながら先を目指した。

不気味な形状を晒《さら》した一本の木は、間違いなく逆さまに埋められた逆木だった。北東に埋まっていた物よりは細めに見えるが、それでも両手を回してようやく指が届くほどの太さがあった。

「恭子！　この木だ。やっぱりこれが逆木だ」

「よし、抜いちゃえ！」

穴のほうから恭子の声が聞こえる。友美は抱え上げようと試みるができるものではない。幹を足の裏で蹴《け》りつけると少しぐらついたがそれ以上は折れも倒れもせず、踵《かかと》が痛いだけだった。しかし土はさっきよりも明らかに柔らかく、周囲と比べて色も黒く湿っている。最近掘り返して、埋め直したのは明らかだった。

結局友美は腰を下ろして、ナタをシャベル代わりに土を掘り始めた。全力を振り絞ってもボウルで卵を溶くくらいの力しか出ないが、ここに違いないという確信が気持ちを支えていた。出口のないオバケ屋敷などうんざりだ。

「どこへ、行くんだい？」

近くで聞こえた男の声に手が止まる。まるで家を出た時に呼びかけられたような、気さくで穏やかな雰囲気。しかし今ここで耳にするにはあまりにも不自然だった。


顔を上げると、カカシのように佇《たたず》む河津が悲しげな顔で微笑んでいた。

9

友美はナタを持ったままゆっくりと腰を上げる。ここを離れて逃げ出すわけにはいかない。河津は小さく首を傾げた。

「驚いたよ。いきなり俺を蹴ってどこかへ行ってしまったからね。足が折れて走れないし、おまけにこの霧だ。追いかけることもできなくて、ずっと捜していたんだよ」

「河津さん……」

「怒っているわけじゃないよ。きっと怖がらせてしまったんだね。俺は君に出会って、助けてくれると思って、ちょっと行きすぎてしまった。ごめん、謝るよ。そんなつもりじゃなかったんだ」

友美が蹴った河津の右足は膝《ひざ》から下が有り得ない方向に曲がっている。しかしそれ以外は顔も体も損傷はなく、見知った好青年のままだった。

「だけど、君もひどいじゃないか。必ず助けに戻るって言っていたのに、全然来てくれなかった。俺は君だけが頼りだったのに。他の誰も俺を助けてはくれないから、君しかいないのに」

「……ごめんなさい。河津さん。私はやることがあるんです。これからこの逆さまの木を掘り返さないといけないんです」

「逆さまの木？　ふぅん……でもどうして掘り返すんだい？」

「このキャンプ場の外へ出るためです」

「え、外へ出るのかい？」

河津は不思議そうだ。煽《あお》っているのではなく、本気でそう言っている。友美は強く唇を嚙《か》んだ。

「せっかくここへ来たのに、どうしてまた外へ出ようとするんだ？　危険だよ。外は敵ばかりだ。よってたかって俺に責任をなすりつけて、俺一人が不正を起こしたことにするつもりだ。だから俺は外へ出るわけにはいかない。君なら分かってくれるはずだ」

「河津さん。もうやめてください」

「やめるのは君のほうだよ。外へ出るなんて愚行だ。外は暗くて、汚くて、臭くて、腐った人間どもが歩き回っている地獄だよ。俺は知っているんだ。悪いことは言わないから、俺とここにいよう」

「それは無理なんです。分かってください」

「どうして？　君も俺を裏切るのか？　あいつらと同じように、俺の気持ちを踏みにじって、俺を苦しめるのか？　君まで俺を傷つけるのか？」

「違うんです。あなたは、もう死んでいるんです」

「死んでいる？　俺が？」

河津が目を大きくする。見た目は変わらないがその口振りは他の地縛霊と同じものだった。永遠に同じ時間をくり返す彼らには未来がない。新しい物事を受け入れられない。だからすべてを自分に都合良く解釈することしかできない。死とは肉体を失うことだけではないと、これまでの経験でそう理解した。

「ああ、そうだ。俺は死んだも同然だ。君の言う通りだ。外へ出ればきっと逮捕される。当然仕事も辞めさせられる。犯罪で辞めた官僚なんてどこも雇ってくれない。あいつらはのうのうと仕事を続けて、辞めても天下りがあるのに。もう俺の居場所はどこにもない。あの馬鹿どもに俺は殺されたんだ」

河津は上司の犯罪を押し付けられて、プライドを引き裂かれて、やむにやまれず自殺した。その恨みと悔しさが未練となって残っている。本当は死にたくなかったという思いが枷《かせ》となって、肉体を失ってもこの場から離れられなくなってしまった。

「俺は外へ出られない。ここに隠れ続けるしかないんだ。でもそんなに悪いものじゃないよ。ここは景色も綺麗《きれい》で緑も多いし、川の水も綺麗だ。都会と違ってゆっくりと時間が流れている。競争やしがらみや悪巧みもない。ただ物足りないのは話し相手がいないことだった。でもそれも解決した。君がいるからね」

河津は照れ臭そうにはにかむと、足を引きずりながら近づいてくる。キャンプ場の箱罠にかかり、カカシの体を与えられて、訳も分からないままにソロキャンパーを演じていた。彼が初めに声をかけてきたのはナンパが目的ではなかった。不確かな自己への不安と心細さを解消したかったのだ。

友美は手にしたナタを地面に捨てると、河津に近づき抱き締めた。激痛が骨にまで伝わり涙がこぼれる。

「ごめんなさい、河津さん。私はここにはいられない。だけど、あなたもここにいてはいけないんです」

「俺は……」

「こんなところにいても不幸になるだけです。辛《つら》い目に遭ったんだと思いますが、もうどうすることもできないんです。あなたはもう死んでいるんです。どうか受け入れてください」

「死んでいる……？」

河津の両腕が背中に回って友美の腰を抱く。しかし、そのまま体重を預けられ地面に押し倒された。反射的に頭を上げて後頭部を守る。すると今度は首を両手で絞めてきた。

「そうか……君も俺を裏切るのか。せっかく優しく接しているのに。心から君を思っているのに。あのクズ共の仲間になって、俺を殺すのか」

鉄のように冷たく固い指が喉《のど》に食い込み息ができない。首筋の血流が止まり鼻の奥が詰まる。腹の上に馬乗りになられて身動きが取れない。手足をばたつかせても、全く力が入らなかった。

「痛いか……苦しいか……。俺がお前から受けた痛みはこんなものじゃなかった。俺がどれだけお前たちに尽くして、助けて、救ってやったか分かっているのか。何度答えを教えてやったか。どれだけ予算を通してやったか。馬鹿の振りをして愛嬌《あいきょう》を振りまいて、愚鈍な振りをして話を合わせて、必死に働いてきた。でもその度に裏切られて、捨てられて、責任を押し付けられてきた。そして最後には死ねと言われたんだ」

怨嗟《えんさ》が耳に流れ込み脳を圧迫する。もう河津の顔も分からず、ただ覆い被《かぶ》さる黒い影を見つめていた。手足が石のように冷たくなり、顔が風船のように大きく膨らんで破裂しそうだ。すぐ側でたくさんの電車が走っているような轟音《ごうおん》がこだまして、やがてその音も途切れた。

この感覚には馴染《なじ》みがある。それは何度も夢に見た光景で、遠い過去の記憶だった。もしかすると私は、あの時に死んでいて、ずっとカカシの体を与えられた地縛霊としてこの世に残り続けていたのかもしれない。だからこのキャンプ場に引き込まれて、他の地縛霊たちに出会ったのだろうか。私もまた、自分が死んでいないと思い込んでいるだけだったのか。

しかし私には、生きたいと願う未練も執念もない。

ただ死にたくないという、動物的な生存本能があるだけだった。

「お前に……お前に俺の気持ちが分かるか」

河津の一言が私の脳を震わせて意識を覚醒《かくせい》させる。

「ふざけないでよ……そんなの、知るか……手をどけろ、馬鹿」

その瞬間、本当に河津の手が離れて彼の体が右に転がる。喉が解放されるなり一気に酸素が流れ込み激しく咳《せ》き込んだ。呼吸ができる。すぐさま腕に力を込めて体を持ち上げた。

恭子が地面に倒れた河津に向かって木の杭《くい》を振り下ろしていた。

「恭子！」

友美は叫んだつもりだが、声にならなかった。恭子はなおも木の杭を振り上げると、尖《とが》った先端を河津の首元に突き刺す。

「私たちは脱出するの。あなたも諦《あきら》めて」

恭子は肩で息をしながら河津を見下ろす。河津は仰向《あおむ》けのまま恭子に手を伸ばすも、力尽きて体の横に落ちた。あとにはもう廃棄されたかのように横たわる、一体のカカシだけが残っていた。

「遅くなってごめんね、友美。大丈夫だった？」

「恭子、あなたも……」

友美はそう言いかけて再び咳き込み、心配そうに駆け寄る恭子にうなずいた。

咳《せき》でごまかしたと思われたくなかった。

10

辺りを取り巻く霧はいつの間にか血を溶かしたように赤黒く変化している。何が起きたのかは分からないが、色が付いた気流のうねりが、キャンプ場に幻想的なマーブル模様を生み出している。皆とキャンプファイヤーをしていた時の光景を思い出す。

友美と恭子は逆木の側で腰を下ろして土を掘り返している。土質は北東のものより明らかに柔らかいが、それでもナタで掘るのは難儀だった。

「友美、この杭とか使えない？　さっきの人を刺しちゃったやつだけど」

「こんなのどこで拾ってきたの？」

「落とし穴の中に入ってた。私、磯村さんに食べられちゃうところだったよ」

「磯村さんはそんなことしないよ。重くて大きいから使いにくいよ」

「じゃあ私がこれを使って上から土をほぐすよ。当たらないように気をつけてね」

恭子はそう言って逆木の周囲を杭で突き回す。友美がその土を掻《か》き出すと確かに効率が上がった。

「恭子、見て。ここも枝が何本も下に向かって伸びている。しかもかなり太い」

「ありゃ。これじゃ抜けないね。ナタで切れない？」

「頑張れば見える部分は切れるかもしれないけど……でもそれだと、キャンプ場のオーナーもここから脱出したわけではないってことになる。こんなに深い木、簡単には抜き差しできないから。ここでもなかったってこと？」

「焦っちゃ駄目だよ。あっちの逆木には注連縄《しめなわ》が付いていたよね。こっちもそこまで掘ってみたら何か分かるんじゃない？」

　恭子は強く杭を突き立てる。友美は枝を切って掘り進める。しかし撫《な》でるような力しか出ず、手も止まりがちになってきた。

「どうしたの？　友美。疲れちゃった？」

「いや……」

「きっとあと少しだよ。交代しようか？」

「……どうしようもなかったのかな」

　友美は歯切れの悪さを感じつつ、地面に向かって吐露する。

「こんな方法が、本当に正しかったのかな」

「え、なんのこと？　穴の掘りかたの話？」

「みんなのこと。私にとっては知らない人たちじゃなかった。きのう出会って、一緒に話して、キャンプファイヤーもやった。それなのに、みんな忘れてしまって、変わってしまって。とうとうこんなことになってしまった」

「でもみんなが幽霊だとは知らなかったんでしょ？」

「知らなかった。でも他に何か助ける方法とか、解放する手段はなかったのかなって。こんなことじゃなくて」

　友美は土を手ですくいながら自問自答する。すると恭子が隣に腰を下ろして一緒に土を掻き出し始めた。

「でも、こうしないと私たちが襲われていたよ。さっきの人も……」

「河津隼人さん」

「河津さんも友美の話を聞いてくれなかったじゃない。私がやっつけないと友美、危なかったんだよ」

「それは本当に感謝している。私ももう駄目だと思った。恭子のお陰で助かったよ。だけど」

「友美は除霊の方法って知ってる？　お祈りとかお祓《はら》いとか、他にどんな方法があるか」

「いや、詳しくはない。興味もなかったから」

「私も知らない。というか、嫌いだから。幽霊とか、そういう話には近づかないようにしているの。大体、怪談って何？　なんで語るの？　なんで聞くの？　黙っておけばいいじゃない。それがイベントとして成立しているのが全然分かんないよ」

　興奮した恭子が捲《まく》し立てる。

「と、まあそんな感じなんだから。私たちだけじゃどうしようもなかったんだよ。友美が説得か愛の力で除霊できたのだって奇跡だよ。あとはここから脱出できたら大成功だと思うよ」

「だけど、それだと私は、この忌々《いまいま》しい除霊の手伝いをしただけじゃない。山を荒らして自殺の名所にして、地縛霊が出るから除霊するって。そんな身勝手な奴らの望みを叶《かな》えてやっただけだ。みんなだって好きでここにいるわけじゃなかったのに」

「しょうがないでしょ。私たちは巻き込まれたんだから。友美が責任を感じることじゃないって」

「それでも……」

友美は言葉が続かず口籠《くちご》もる。止まった手に恭子の手が重なった。

「優しいねぇ、友美。もっとサバサバしていると思ったけど」

「私、こんなところに来るんじゃゃなかった。どうして、こんなところへ……」

「ああ、それは正解だねぇ。来なかったら誰も知らないままだったし、こんな目に遭わなかったし、嫌な気分になることもなかったよね」

恭子は友美の手を取って土を掘り続ける。友美はその手をじっと見つめていた。

「だけど、私はここへ来て良かったと思っているよ。だって友美と出会えたからね。私たち普通なら接点なんて全然なかったよね。お互いにソロキャンプに来たから友達になれたんだよ」

「どうして……」

「あ……友達、だよね？」

「友達だよ。でもどうして私なんかと……」

「私、仕事が好きでずっと休みも気にせず働いてきたんだけど、この歳になって気がついたら、友達って一人もいないなぁって思っていたの。もちろん恋人もね」

「信じられない。でも河原で、瀧さんたちといた時もそんなこと言っていたね」

「そりゃ遊ぼうって手を挙げたら、何人かは集められると思うよ。でもそれって友達って言えるのかな。予算を取ればもっと大規模なイベントも立ち上げられるけど、やっぱりそれは仕事だよね。終わったらみんな仲の良い人たちだけで寄り添って、私は一人になるんだよ」

「その感覚、私には分からないかも」

「だって友美、誘われても行かないタイプでしょ？　みんなで集まって遊ぼうって言われても、私は遠慮するよって人でしょ。私は逆。誘われたらなんとしても行かなきゃって思うタイプ。断ったら次は声をかけてもらえないかもって心配になる人なんだよ」

「それだと確かに、私たちは接点がなかっただろうね」

「だけど私、本当は友美みたいになりたいの。他人のことなんて気にせずに、自分がやりたいように、楽しいようにやっていきたいって。悪口じゃないよ。スマホの電源を切って、ソロキャンプに出かけて、ご飯を食べて、昼寝して、誰とも会わず、何もせずにぼんやりする日がほしい。そこになんの焦りも後ろめたさも感じない人になりたいの」

恭子が目を輝かせる。友美は直視できずに穴を掘り続けた。

「私は、恭子みたいになりたかった。いつも明るくて、前向きで、賑《にぎ》やかで、元気で、話が上手で、他人を気遣えて、励ませる人。たとえ辛《つら》くてもふて腐れず、落ち込まず、困難に立ち向かえる人。なにより、ここが自分の居場所だって、はっきり言える人。そういう人になりたかった」

「えー、そんなに褒めてもらったら照れるよ。でも正直、そんな風に思われて生きるのも結構大変だよ。友美が羨《うらや》ましがるほどのもんじゃないよ、実際」

「それでも……」

「じゃあお互い、ないものねだりだね。きっと私たちの中間くらいがちょうどいいんだよ」

「違う！」

友美は顔を上げて強く訴える。

「私は恭子が思うような奴じゃない。あなたが憧《あこが》れるような奴じゃない。私は根暗で冷たくて意地汚くて、卑怯《ひきょう》で、他人の気持ちを全く理解できないクズだ」

「友美？」

「……子供の頃に、母親に殺されかけて、それからは自分が生きている意味が分からなくて、ここは私の居場所じゃないって思い続けてきた。いや、本当は母親のせいにして、嫌なことから逃げ続けてきただけ。絵なんて描かなくてもいい、他人なんて気にしなくていい。どうせ私は死んだ人間だからって。そうやって心を閉ざして、壁を作って引き籠もってきた。他人に触れるのも触れられるのも嫌なのは、それを知られるのが怖かったから。嫌われるのは何も怖くない。だけど、このろくでもない気持ちを知られることが怖かった」

友美はこぼれる涙を気にすることなく、話しながら胸をざくざくと抉《えぐ》られる痛みを感じていた。分かっている。これも本心ではない。しかしいくら言葉を吐いても、涙を流しても、真実が喉《のど》から外へ出ることはなかった。

「だから私は、みんなを裁く資格なんてない。私なんかが除霊なんてしていいはずがない。未練でも執念でも、恨みでも後悔でも、みんなのほうがずっと真剣に生きてきたのに。私のほうがずっと死んでるみたいに……」

「駄目だよ。友美。地縛霊に引きずられちゃ駄目。そんなこと考えちゃいけない」

「違うんだ恭子、私は……」

「違わない。友美は何も間違っていない。これで良かったんだよ。友美は何一つ背負わなくていいんだよ」

　恭子は笑顔で優しく認めてくれる。友美はただ彼女の言葉に縋《すが》ることしかできなかった。

「あ、ほら、何か出てきたよ！　これじゃない？」

　逆木の幹を掘り返した穴の奥に、茶色く染まった注連縄《しめなわ》が埋まっている。北東で見たものよりもずっと細く、そこの先が幹に固く結びつけられていた。

「きっとこれだよ。オーナーさんはこれを解《ほど》いて脱出して、また外から結び直して土を被せたんだよ」

「これを切れば、外へ出られる……」

「よし、友美。切っちゃえ」

「私が？」

「友美が切るんだよ。その暗い気持ちを断ち切るんだよ」

恭子が友美の腰からナイフを抜いて手渡す。友美は震える手で受け取ると、注連縄の一番細い部分に添えた。

「私は、ただ、助けたかった。やり方は分からなくても、きっと何か方法があると思って。それなのに、私は……」

「大丈夫。これでみんなここから出られる。それぞれの居場所へ帰れるよ。だからスパーンといっちゃって」

友美は涙でぼやけた目で彼女の笑顔をじっと見つめた。

「恭子……ごめんなさい」


ナイフの刃がキャンプ場を囲む注連縄の先端を切断した。

11

その瞬間にはまだ何が変わったのか分からなかった。相変わらず辺りには赤黒い霧が立ちこめ、汚物を塗り固めたような腐臭が漂い、山奥とは思えないほどの静寂に包まれていた。

立ち上がって見回すと、首筋を撫《な》でるような風が感じられる。ゆっくりと霧が動く。

これまで滞っていた空気の流れが起きている。

やがて明るさが増して、霧が外へ向かって飛散していく。そこでようやく霧が赤く変化した理由に気づいた。開け始めた視界の遠くに、山の尾根にかかる太陽があった。晴れ渡った空は黄昏時《たそがれどき》の夕焼け色に染まっていた。

風はさらに強まり膨大な量の霧が急速に流れ出ていく。それとともに山の騒音が洪水のように流れ込んできた。木々を震わす風の音と、絶え間ない蟬の声。川のせせらぎすらも聞こえるような気がした。

遠くにはアスファルトで舗装した道路が見える。林に遮られながら目で追うと、キャンプ場の下にある駐車場まで続いていた。その奥にはネイビーのガソリンタンクが光るクラシカルなバイクが停まっている。小振りだが頑丈で積載量も大きい愛車は、まるで忠犬のように健気《けなげ》に主《あるじ》の帰りを待ち続けていた。


振り返ると、足下には一体のカカシが横たわっていた。

「え、何これ？　どういうこと？」

すぐ近くで恭子の声が聞こえる。霧の濃さに合わせて存在感が途切れがちに感じられた。

「私の服を着たカカシ？　え、私、どうなってんの？　……嘘でしょ？」

声が聞こえたのはここからではなかったが、その姿はもう見えない。声が届いているかどうかも定かではなかった。

「ねぇ、友美。どういうこと？　知ってたの？　私が……私も？　……ねぇ、ねぇ、友美！」

友美は逃げ出したくなる足に力を込めてその場に留《とど》まる。これは罰だ。取り返しの付かない罪を犯した私が受けるべき苦痛だ。だがそれも自身への卑怯な言い訳に思えた。反省することで償えると、自身に言い聞かせたいだけだと思った。

恭子が地縛霊かどうかはずっと分からないままだった。直前の記憶を失っているから地縛霊と決めつけることはできなかった。瀧と柚木との会話から彼女も心に深い傷を負っていると知ったが、それでも確信には至らなかった。それほど彼女は生き生きとして力強かった。

しかし彼女から手を握られた時、地縛霊に摑《つか》まれた時と同じ痛みを感じた。火傷《やけど》か凍傷を負ったような刺激と、体力を奪われたかのような疲労感。独特の腐臭も嗅《か》いでいた。

決定的だったのは、管理小屋で磯村と対峙《たいじ》した時だった。友美を突き飛ばして救ってくれた恭子は、すぐあとにナタを持つ磯村に薙《な》ぎ払われた。その磯村の除霊を済ませたあと、彼女は何食わぬ顔で立ち上がって駆けつけてきた。

「ごめん……」

だがその背中は、服が破れて骨が見えるほど深く切り裂かれていた。

さらに足を引っかける草の罠《わな》に捕らわれた時、右足首にも傷を負っていたが、痛がる素振りも見せずに先を歩き続けていた。そして落とし穴に転落したあと、自力で這《は》い上がって友美を守り、河津の喉を突き刺して強制的に除霊した。武器に使った鋭い杭《くい》は、落とし穴の底に仕掛けられていた物だった。

だから恭子の下半身は、ずたずたに潰《つぶ》れていた。

「知ってたの？　友美。知っていたのに、言ってくれなかったの？　私が地縛霊で、体がカカシだって。どうして？　どうして言ってくれなかったの？　私たち、友達になったんじゃなかったの？」

地縛霊は意志の力で存在を保っている。家族一緒に暮らしたい、人に認めてもらいたい、恨みを晴らしたい、死にたくない、その思いが強い間はカカシの体との繋《つな》がりも強く霊障を遠ざけていた。だから死を自覚するか、思いが満たされたら消滅することができた。逆に生きていることを強く実感している間は体が損なわれることはなかった。

私がここから出たいと訴えたから、恭子は存在を揺るぎなくしてしまった。

結果的に、私は恭子を利用してしまった。閉じ込められたキャンプ場で、地縛霊に抗《あらが》いながら脱出するために、彼女の協力を求めてしまった。その明るさと、前向きさと、機知と、体力と、励ましの声がなければ助からなかった。一人では萩野悠のように取り残されて餓死していた。

恭子の力がどうしても必要だった。だから地縛霊と知りながら口にすることができなかった。何か、救う方法があるのではないかという期待もあった。いや、それもまた言い訳だ。そんな方法はないと知っていながら、温泉だの食事だのと脱出してからの約束も交わして勢い付かせてしまった。ただ自分だけが生き残るために。

「ねぇ、ひどいよ。こんなのってないよ。私、信じていたんだよ。これから友美と仲良くなれるって。もう一人じゃないんだって。だから一生懸命頑張って、絶対にこの人とここから出るんだって。ねぇ、友美、お願い、私も連れてって……」

霧が薄れていくにつれて、恭子の声も小さくなっていく。無人のテントが点在するキャンプ場は赤く照らされ、胸がすくような美しい景色に変わっていた。急速に戻りつつある現実感に懐かしさすら覚える。それは私の居場所はここだという実感でもあった。

今になってはっきりと分かる。私は地縛霊ではない。彼らのように純粋で、ひたむきで、叶《かな》えられない思いを抱えて、自ら命を絶つことしかできなかった者たちではない。卑劣で小賢《こざか》しく、傲慢《ごうまん》で強《したた》かに生き続ける生者の一人だ。彼らと火を囲むこともおこがましい汚れた存在だ。友達への裏切りすら仕方なかったと割り切ってしまう非情な女だ。

だからこの世界で生きていられる。この世界にのさばる大勢の中の一人だった。

「お願い、友美、返事をして。私を一人にしないで……」

恭子の声がふつりと途切れて聞こえなくなった。

友美は返事もせずに背を向けて、駐車場へと歩き出した。

地縛霊に引きずられちゃ駄目、という彼女からのアドバイスを言い訳にして、振り返ることもなかった。

12

それから一年以上過ぎた、八月の朝。

友美は湾岸を走る高速道路のパーキングエリアにバイクを停めて、オレンジジュースを手に夜明けの海を眺めていた。

水平線が赤く染まって空と海の青色にグラデーションが広がっていく。深呼吸すると夜気の中に潮の香りが感じられて、胸の奥に夏の空気が広がった。

駿河湾《するがわん》沿いにある海辺のキャンプ場からの帰り道《と》だった。ほぼ一年ぶりのソロキャンプは変わらず一人でテントを張って、一人で食事を摂って、浜辺で貝などを拾って、波の音を聞きながら一泊した。夏なので海を見ようと訪れたが、家族連れの客も多くて騒がしかった。昼間は海水浴客の混雑もあってやけに気忙《きぜわ》しい気持ちにさせられた。ただ、それでも山奥のキャンプ場へ予約も取らずに訪れるような冒険はまだできなかった。

今回は初めから夏休みを利用して一泊二日の行程を組んでいた。三月一杯で産業機械メーカーを退社して、五月からは釣り具メーカーの企画部に転職した。釣りには馴染《なじ》みがなかったが、新たにキャンプ用品の開発と販売を展開する部門を立ち上げるというので、その新部署を希望して採用された。とはいえ釣りを全く知らないのも良くないので、たまには新たな上司や同僚に付き合い教えを乞《こ》うようなこともしている。人の手に触れるのは相変わらず苦手だが、釣った魚や餌の虫を摑むことに抵抗はなかった。

海の遠くに顔を出した太陽はみるみるうちに上昇して、空と海を色付かせていく。振り返ると広い駐車場に停まる車の台数も増え始め、友美と同じように見晴らし台に来て海を眺めたり、スマホを構えたりする人も現れてきた。

駐車場の向こうには森が広がり、そのまま連綿と続く山の尾根まで伸びている。緑の木々は朝日に照らされて、目覚めたばかりのような鮮やかさを見せていた。その中腹には白いヴェールをかけたような霧が立ち込めている。友美はその景色に、息が詰まるような既視感を覚えた。

あの日、『いななき森林キャンプ場』で起きた出来事を友美は誰にも語っていない。有給休暇を取って、さらに二日も延長したが、どこで何をしていたか問い質《ただ》す者は誰もいなかった。もちろん事件となってニュースで報じられることもなかった。現場には中を荒らされた管理小屋と、放置されたままの数張のテント、そして人間ではなく腐り落ちたカカシが転がっているだけだ。それは何も起きていないも同然だった。

しかしそれからおよそ一か月後の秋口に、全く別の事件であのキャンプ場の名前を見ることになった。それは管理小屋で火災が起きてオーナーの野島が焼死体で発見されたというニュースだった。宿泊客によると、営業を終えてドアも閉めていた小屋から突然火の手が上がり、瞬く間に夜空を焼くほどの炎になって全焼したらしい。その後の警察の捜査により、小屋内に大量のガソリンを撒《ま》いて火が点《つ》けられたという。現場の状況と目撃者の証言を合わせてもオーナーが焼身自殺を図った可能性が高いとのことだった。

一体オーナーの身に何が起きたのか。その理由を知っているのは、遠く離れた友美だけかもしれない。あの除霊行為がオーナーの手によるものか、他に除霊師なるものが存在するのかは知らない。ただ、もし自滅を促す除霊の箱罠から逃れて、しかも真相を知った地縛霊が一体でもあの場に残っていたとしたら、どのような復讐《ふくしゅう》が為《な》されるかは想像に難《かた》くない。それでも友美は、誰にも何も語らなかった。彼女の気持ちを思えば口にできるはずもなかった。

あのキャンプ場は今は閉鎖され、もう立ち寄る者はいなくなった。しかし今年の春に外国の有名なアウトドア会社が買い取り、新たなグランピング施設として開発を進めているとニュースで知った。敷地はあの時の倍以上の広さになって、来年夏のオープンを目指しているらしい。当然名前も新たなものとなり、過去を知らない者たちが集まることになるだろう。

霧の立つ山から目を逸《そ》らしてオレンジジュースを飲みきる。ペットボトルをゴミ箱に捨てると駐車場に停めたバイクの許《もと》へ戻った。軽くシートを撫《な》でてからハンドル脇のホルダーにスマホを設置してナビゲーション画面を表示させる。帰宅まで一時間半の道程だった。

ヘルメットで頭と耳を塞《ふさ》がれると安心感と集中力が高まる気がする。余計な声を聞かず、余計なものを見ずにいるのは、この世界で生き延びるために身に付けた自分なりの処世術の一つだ。もう一つは、未練も後悔もなく死を迎えること。あと一つは、なるべく早くに忘れてしまうことだった。

それでも私は、まだあの日のことを夢に見る。
皆と囲んだ、彼女が作ったあの火のことを。
きっと彼女は今も私を待っている。
孤独の小さな灯火《ともしび》を、絶望と恨みの炎に変えて。
今もあの場所で。